U0945188

《水润雄安》文萃系列丛书

家在雄安

王春光　白云霜　张莉萍　著

河北大学出版社·保定

出 版 人：朱文富
责任编辑：李丽华
装帧设计：赵 谦 杨艳霞
责任校对：姚萌萌
责任印制：常 凯

图书在版编目（CIP）数据

家在雄安 / 王春光，白云霜，张莉萍著. -- 保定 ：河北大学出版社，2022.12

ISBN 978-7-5666-2105-4

Ⅰ. ①家… Ⅱ. ①王… ②白… ③张… Ⅲ. ①剧本－中国－当代②随笔－作品集－中国－当代 Ⅳ. ①I217.2

中国国家版本馆 CIP 数据核字 (2023) 第 045814 号

JIA ZAI XIONGAN

出版发行：河北大学出版社
地址：河北省保定市七一东路2666号 邮编：071000
电话：0312-5073003 0312-5073029
网址：www.hbdxcbs.com
邮箱：hbdxcbs818@163.com
印 刷：涿州市般润文化传播有限公司
幅面尺寸：185 mm × 260 mm
字 数：260千字
印 张：14.5
版 次：2022年12月第1版
印 次：2022年12月第1次印刷
书 号：ISBN 978-7-5666-2105-4
定 价：60.00 元

《水润雄安》文萃系列丛书

编委会

总序

党的二十大擘画了全面建设社会主义现代化国家的宏伟蓝图，做出了“增进文化自信自强，铸就社会主义文化新辉煌”的战略部署。我们保定学院人认真学习贯彻党的二十大精神，立足保定实际，紧跟雄安新区建设步伐，持续激发全体师生的文化创新创造活力，坚定文化自信，积极投身社会主义文化强国建设。

设立雄安新区，是以习近平同志为核心的党中央深入推进京津冀协同发展做出的一项重大决策部署。作为千年大计、国家大事，建设雄安新区是推进北京非首都功能疏解的有力举措，是调整优化京津冀空间结构的必然要求，是培育推动高质量发展和建设现代化经济体系新引擎的关键举措。新区建设秉持“世界眼光、国际标准、中国特色、高点定位”理念，努力打造贯彻新发展理念的创新发展示范区。雄安新区建设注重传承文化基因，让这座“未来之城”不仅成为“数字城市”“智能城市”和“绿色低碳城市”，同时更会成为一座“文化之城”。

建设“文化之城”离不开大学之力。作为毗邻雄安新区最近的大学，保定学院师生情系新区建设、力聚新区发展。自2017年4月1日雄安新区设立以后，新区党工委委托保定学院自5月起组成专家团队，以凝练雄安文化特色、塑造城市精神为研究方向，开展雄安新区规划建设特色文化传承研究，研制课题300题，形成《基于雄安新区深化规划的生态文化地标发掘发展建议书》，创办了雄安文化研究机构，为雄安思想文化建设贡献高校力量。

保定学院是保定市唯一一所市属本科高校，创立于1904年。在百余年的办学历史中，保定学院积淀了厚重的红色基因、科学基因、文化基因。学校建有保定历史文化研究团队和白洋淀文化研究团队，一直以来对雄县、容城、安新三县和华北明珠白洋淀饱含热情的关注、持续发力的研究，涌现了多位相关领域的专家。2021年出版了近180万字的《保定通史》，其中有关雄县、容城、安新三县历史文化的考证研究成为雄安新区历史文化研究的坚实基础。

为贯彻落实习近平总书记在雄安新区考察时做出的重要指示，保定学院结合科研和教育教学实践，组织师生对雄安新区的文化资源进行田野调查，开展文化研究和文化创作，形成“水润雄安”系列丛书，包括《雄乘》《家在雄安》《或鳞或羽》《雄安新区当代书画家志》《传统民俗文化视域下的雄安近代文物》。丛书视角新颖、各辟蹊径：或展现志书里的岁月沧桑，或在文物间探寻生之俗常，或跟踪关注雄安这方水土养育的书画名家，或为雄安写下发乎真情又别有格局的诗文……其中，对文化源流的探赜和思考，对文化传承的认识与担当，对文化场域的畅想与实践，彰显了丛书对推进雄安新区高标准、高质量文化建设的社会意义和时代价值。

文化是闪光的，也是朴素的。文化既承载历史，更激荡未来。相信雄安新区的文化秀林会增添更多保定学院人的色彩和风景。

胡连利

2022年12月

序

我的家乡在雄安，在美丽的白洋淀。

小时候并没有觉得我的家乡有什么特别的地方，似乎也习惯了她的美丽，甚至感觉不到她的美丽。后来外出求学，特别是在外参加工作成家立业后，在较长时间才回趟老家的一次次感受里，在与同学、同事对各自家乡的回忆交流中，才逐渐意识到我的家乡是那样的美好，风土人情又是那样的与众不同。

每每回忆起家乡，也常常有写作的冲动，想用自己的笔把我的童年往事、青春年华记录下来。可是，羞于自己的文笔欠佳，又感觉自己的往事对于伟大的时代不值一提，加之工作的繁忙和生活的拖累，一直没有动笔。

2017 年 4 月 1 日，雄安新区成立了。我的家乡一下子受到了世人瞩目，我的喜悦之情和自豪之感油然而生，那种想写写家乡的冲动再也按捺不住。正在此时，教育部主办第五届全国大学生艺术展演活动，河北省赛区的展演地点设在我们保定学院，学校领导嘱我创作一个大学生舞台剧参赛。我自然而然地选择了雄安题材，这样《家在雄安》剧本在很短的时间里创作了出来。该剧荣获第五届全国大学生艺术展演二等奖。接下来，我又创作了《家在雄安（二）》，由保定学院文学院的师生们利用暑假时间录制成广播剧。后来还创作了剧本《生命的报答》，由保定学院和保定广播电视台录制成广播剧，该剧荣获保定市第十二届精神文明建设“五个一工程”优秀作品奖。

学校要出版一套反映雄安历史文化的丛书，于是便翻出自己原先创作的几个剧本和发表过的随笔文章，又利用假期集中时间写了一些，集成了这本书。

该书分为剧作篇、风俗篇、百工篇、人物篇、童趣篇、芦苇篇、冰雪篇共七个部分，旨在展现雄安新区特别是白洋淀地区独特的地域文化。

剧作篇是作者创作的剧本，其他六部分均属纪实随笔，是作者在家乡白洋淀生产、生活、学习、玩耍的往事回忆。这些文章中，有故事，有人物，有描摹，有抒情，有美景，有艰辛，有民俗，有技艺，有赞美，有反思……所有这些都融入了作者对雄安的深深眷恋和缕缕乡愁，对雄安深厚文化底蕴的无尽赞叹，对雄安美好未来的无限憧憬。

越是奔向未来，越要回望历史。越是创造明天，越要探寻昨日。雄安这座未来之城，她从远古走来，她贯通着文脉万年。本书所述内容基本都是作者亲身经历或亲耳所闻，力争为挖掘、记录、传承雄安历史文脉略尽绵薄之力。

由于我们的文学水平有限，大部分文章都属流水账式的记述，甚至谈不上文学创作，各位读者仅将其作为茶余饭后的消遣吧。也许是记忆的模糊，抑或认识的偏差，一些有关雄安历史文化的记述难免有误，敬请大家批评指正，我们将不胜感激。

王春光

2022 年 12 月

目录

剧作篇

风俗篇

百工篇

人物篇

童趣篇

芦苇篇

冰雪篇

后记

剧作篇

JU

ZUO

PIAN

家在雄安[1]

核心创意：胡连利
编　　剧：王春光　白云霜

人物表

（以出场先后为序）

小　雄：男，大学应届毕业生，河北雄县人。

小　安：女，大学应届毕业生，小雄的同班同学、女朋友，河北安新人。

水生嫂：女，雁翎队队长水生的妻子。

张嘎子：男，十四五岁，小雁翎队员。

乾　隆：男，清代皇帝。

梦　梦：雄安导游机器人。

老　雄：男，老年小雄。

老　安：女，老年小安。

列车员：女，高铁列车乘务员。

[1] 话剧《家在雄安》荣获河北省第五届大学生艺术展演一等奖，并且被推荐参加教育部主办的全国第五届大学生艺术展演，获得全国二等奖。

第一幕

首先播放雄安新区成立的电视新闻。旁白："得知雄安新区成立的消息后，深圳某大学旅游专业毕业生小雄和小安激动不已，决定一起回雄安老家考察，准备创业。他们乘着北归的高铁列车，首先来到了雄县宋代古地道遗址。"雄县宋代古地道遗址入口处布景。小雄、小安上场，小雄引路，小安跟随。

小　雄：（唱着）地道战，嗨！地道战，埋伏着神兵千百万……

小　安：小雄，你别唱了！怎么还不到啊？这一路快累死我了。

小　雄：到了，到了。小安，你快看！这就是雄县古地道遗址！宋朝时为防御辽国挖的，作战理念跟抗日战争时期冉庄地道战一样，就是早了1000年！（故意用雄县方言说）俺们雄县历史文化深厚不呀！

小　安：哎！小雄！路上咱俩可都说好了，雄安新区成立了，咱们家在雄安，都是雄安人！不再说你是雄县人、我是安新人什么的。谁说错了罚谁！你又说错了吧，罚！

小　雄：（无奈地掏出手机点了几下，轻轻掌嘴一下，对小安说）我嘴欠！一路上都给你发8个红包了。

小　安：（边点手机接收红包边说）谁让你总说错话！怎么？一路上给我发几个红包就心疼了？

小　雄：不心疼，不心疼！把心给你都不疼！（深情地唱，改编张学友的《一路上有你》）一路上有你，发红包也愿意，上班后就把工资卡给你……

小　安：行了！行了！别耍贫嘴了！咱们赶快进地道参观吧！

小雄在前，小安在后，二人转到地道布景后面。灯黑片刻，小雄、小安下，剧务迅速换布景。

第二幕

小安上。只留追光。

小　安：（小安双手摸索着，恐惧地大喊）小雄！小雄！你在哪儿啊！快回来呀！我害怕！小雄！有人吗？有人吗？快开灯啊？停电了吗？（没人回应小安，她继续摸索着往前走，走着走着，发现前面有亮光，她急促地向亮光走去）前面有亮儿！这下好了！

灯光全亮。荷花、芦苇荡和白洋淀的布景。

小　安：（惊奇地）啊！真美呀！这地道原来通到白洋淀了！（往远处看）哎！前面还有拍电影的？你看那汽船上，一船日本鬼子！一定又是在拍抗日剧！嗬！这船开得还真快！演员的喊声都听见了！

远处传来日本鬼子的喊声和奸笑声："呦西！呦西！花姑娘滴！花姑娘滴……"

小　安：（笑着）演得还真像！（啪！啪！两声枪响，子弹呼啸而过的声音）哎哟，我的妈呀！他们拍电影怎么用真枪啊？不看了，危险！

小安转身就跑，这时传来汉奸的喊声："太君！太君！船开快点！别让花姑娘跑了！"啪！啪！又是两枪，子弹飞过耳边的声音。小安真害怕了，跑得更快了。

小　安：（边跑边喊）小雄！小雄！快来救我呀！拍电影的玩儿嗨了！演员们疯了！

水生嫂和小嘎子上场。水生嫂手拿一支船桨，小嘎子手拿一截竹篙。

水生嫂：（向小安招手，焦急地）闺女！快上我们的船！鬼子追你呢！

小嘎子：姐姐！姐姐！我们救你来了！我帮你，快跳上来！

小安顾不了那么多了，也不等小雄来救她了，在小嘎子的帮助下，做跳上船的动作，小嘎子在前做奋力撑船动作，小安在中间做摇晃动作，水生嫂在后做奋力划船动作，三人一起下。暗灯。片刻后，传来爆炸声、喊杀声，一会儿归于安静。灯亮。水生嫂、小安、小嘎子一起上场。

小　安：谢谢二位救了我！请问二位尊姓大名？

小嘎子：（调皮地，敬军礼）报告姐姐！我是雁翎队侦查员张嘎，她是我们队长的媳妇水生嫂！

小　安：（笑了，亲切地摸了摸小嘎子的头）你演技不错！不过你们剧组拍电影怎么玩儿真的？那假日本鬼子用真枪！多危险啊？

水生嫂：（疑惑地）你说什么？什么影？"淀影"？是白洋淀的什么影吗？刚才那可不是什么假鬼子，是一整船真鬼子，让我们雁翎队消灭了！我和嘎子来侦查，要不是碰上鬼子追你呀，我们还不能把鬼子引进包围圈呢。这还要感谢你呀！

小　安：你等会儿！（惊讶地，转向观众说）我的妈呀！这是真的？难道我钻了

《家在雄安》演出剧照（一）（摄影：陈晓光）

回地道就穿越了？（转向水生嫂）你们不知道鬼子投降？抗战胜利都70多年了！

水生嫂、小嘎子：你说什么？

小　安：算了！跟你们说不清楚！我是从那边地道钻过来的，你们跟着我钻过地道，看看就明白了！（说着，拉着二人退场。）

第三幕

雄县古地道入口处。布景正前面站着机器人。小安带着水生嫂和小嘎子，小雄带着乾隆，两组人分别从布景两侧上场。

小　安：（见到小雄二人，惊讶而嗔怪地）你跑哪儿去了？吓死宝宝了！

水生嫂：闺女，你还带着孩子呢？

小　安：（羞涩地）什么呀，水生嫂，我们管自己也叫宝宝。（转向小雄）快交代！为啥丢下我不管了？

小　雄：（见到小安三人，惊讶而喜悦地）我交代！我交代！不然呐，爱情的小船说翻就翻！

水生嫂：哎哎哎！在我们白洋淀人面前不许说“翻”，不吉利，你是想让我们翻船吗？我们管“翻”叫“打张”！

小　雄：“打仗，打仗”！雁翎队打仗厉害，我打仗就没赢过她！

小嘎子：不是“打仗”，是“打张”！

小　雄：好！好！好！我还是先交代吧！（**转向小安，模仿京剧《红灯记》李铁梅**）奶奶！不对，不对！姑奶奶！你听我说！（**又改用数来宝形式**）地道停了电，的确很黑暗。喊你喊不到，手机没信号！（**转向乾隆**）碰到乾隆爷，白洋淀围猎。冲了皇上驾，随从把我抓。皇上明事理，情况问仔细。听说玩儿穿越，非要学一学。随从在身后，全部都走丢。只有我和他，回到阳光下！回到阳光下！

小　安：你也穿越了呀！这地道原来是时空隧道啊！（**向皇上施礼，半诙谐地，学着甄嬛的腔调**）贫女给皇上请安！

乾　隆：（**拿着皇上范儿**）免礼！

小　安：哦，我也介绍一下，这是两位雁翎队队员——水生嫂，小嘎子。

乾　隆：大胆！这些天，朕在白洋淀围猎，闲人免进。你们还胆敢成队成队盗猎大雁，还把大雁的翎毛儿都给拔了！

小　雄：皇上息怒，刚才你们没在一个时空里。（**转向小安**）你到了抗战，我到了清朝，再多穿越会儿，还会见到“容城三贤”刘因、杨继盛、孙奇逢三位老先生，到了宋朝还能见到杨六郎呢！

小　安：照你说，我还会见到狼牙山五壮士，咱们雄安人胡德林、胡福才叔侄二人，还能见到血战台儿庄的、咱雄安人孙连仲将军呢！

乾　隆：“容城三贤”乃前朝大儒，声名远播，朕知道他们。杨继盛弹劾大奸臣严嵩被害！那诗写得好啊！“铁肩担道义，辣手著文章”！难得的忠臣啊！朕喜欢！

水生嫂：还听说我们老家出了个大翰林叫潘龄皋，还住过一个大作家叫孙犁，写我们雁翎队的那个。

小安环顾周围，不禁惊愕。

小　安：小雄，小雄！咱们光顾说话了！你看这周围的街道和房子怎么都变了？大变样啊！

小　雄：真是的！大变样啊！

乾　隆：（**严肃地**）嗯……读书人说话要斯文，怎能总是“大便、大便”的，叫

“出恭”！

小　雄：皇上有所不知，我们说的是“变化”的“变”，不是“便便”的“便”。

这时，调皮的小嘎子走向机器人，上下观察，伸手摸了摸，不知按了哪儿一下，突然，机器人说话了，吓了大家一跳。

梦　梦：欢迎大家来雄安旅游！我是导游雄安9号，我叫梦梦。（大家都惊讶地向机器人看去）

小　安：哎呀妈呀！吓死我了！我们还以为你是假人呢！

梦　梦：我的确是假人，确切说是导游机器人。我是雄安人工智能公司生产的。见过皇上！欢迎水生嫂、小嘎子！感谢小雄、小安带他们穿越来到雄安！

小　雄：你怎么都认识我们呀？

机器人：我们雄安有发达的智能管理和物联网系统。你们一进入雄安，我们就对你们进行了智能身份识别，我比你们自己还了解你们！不信，看看你们的后背。

大家转过身，互相看，发现每人身后都打着一个大大的雄安二维码。

乾　隆：大胆，这可是我最喜欢的一套龙袍啊！来人呐！把梦梦推出午门外……

梦　梦：皇上息怒！您老人家离开雄安后，二维码会自动消失的。

《家在雄安》演出剧照（二）（摄影：陈晓光）

乾　隆：（指着小安的牛仔裤）这姑娘的衣服不怕，你看，裤腿都破了窟窿了。

小　安：皇上！这叫时尚！

小嘎子：你这老头！不许说我姐姐！她都穿这么破了，证明她是我们穷人家的闺女，我们打仗就是为了穷人过上好日子，穿上好衣裳！

小　安：好弟弟！不对，不对！辈分搞错了！应叫您爷爷！现在一两句话也说不清，回头我再跟您解释吧！（转向梦梦）小机器人！我们这是又穿越到哪年了？

机器人：现在是2049年10月1日下午5点18分18秒，今天是咱们新中国成立100周年国庆日。

小　雄：啊！我们走过了！穿越到未来了！我说怎么大变样（看一眼乾隆）不不不，是大变化了呢！

小　安：是啊！我们来的时候有雾霾，街上堵车，有些房子老旧老旧的。

梦　梦：雄安早就不烧煤了，烧可燃冰，空气清新。出行乘坐飞车或地铁，大街上您只能见到行人。我们的建筑是最有特色的，（打开一个虚拟屏幕的动作）你们往这里看，这是我们开发的实景感知系统，你们那个时代的VR8.0版也不如这个先进。

大家做出好像身处实景中的样子。

小　安：哎！雄安没有高楼大厦，没有水泥丛林，没有玻璃幕墙啊，完全是中国文化元素和高新科技的结合啊！水城一体，森林环绕，美轮美奂呀！厉害了，我的家！我用手机拍个照，发个朋友圈嘚瑟嘚瑟！（说着掏出手机）

梦　梦：您拿的这东西，我们博物馆里有，雄安早就使用量子通信了，您这个根本没信号！

乾　隆：这里的宫殿可比我那白洋淀行宫好太多了！

小　雄：皇上，您别不高兴，这比您的紫禁城强得都是没谁了！

小嘎子兴奋地又蹦又跳。

水生嫂：嘎子！回去跟战友们说说，得把他们美坏了，为了我们的后代过上这么好的日子，他们打鬼子就更勇猛了！

梦　梦：您说的对！正是当年先烈们的流血牺牲，我们才过上了现在这样美好的生活！天不早了，我给大家介绍一家酒店住吧。我现在就把酒店的董事长老雄和总经理老安请来和大家见个面，他们可是我们雄安创业的典型人物啊！

小　雄：梦梦，你思想有问题呀！封建尊卑观念！皇上来了，就让董事长、总经理来接驾，普通客人来了，你一定不会！

乾隆洋洋自得的表情。

梦　梦：可不是那样！也不是他们真人来现场，是这套系统的实感虚拟功能，就像真人到现场一样，类似孙悟空的分身术！人家酒店要求我们导游把每一位游客介绍给董事长和总经理。你们看，他们来了！（做切换系统模式的动作）

老雄、老安出场。和小雄、小安见面后，四人都很惊奇。

小　安：（盯着老安）妈！您怎么在这里呀？

小　雄：（盯着老雄）爸！您怎么也来这里了呀？

老　安：（盯着小安）小新！你们怎么这么快就回来了？

老　雄：（盯着小雄）小州！是啊，你们怎么这么快就回来了？

小　安：妈！我是小安，您的独生女儿！不是什么小新！

小　雄：爸！我是小雄，您的独生儿子！不是什么小州！

小雄和小安不解地对视了一会儿，二人恍然大悟。

小　安：他们俩是未来的我们！我们俩老了就长这样子，跟自己的父母像极了！

小　雄：没错！（指着老雄）难怪他长得这么像我爸爸，（又指着老安）她长得那么像你妈妈！

这时，梦梦也向其他人解释着穿越的事情。

老　安：（对小安）我和老雄啊，原来是上了年纪的你和小雄。

小　雄：（问老雄）咱和小安这些年是怎么过来的呀？

老　雄：那年，咱和小安从深圳乘坐高铁回到雄安创业，政府支持，自己努力，事业越做越大，后来咱和小安结了婚，在雄安又有了自己的一个新家。

老　安：（接过老雄的话茬）后来，我生了一儿一女，就是小州和小新。兄妹俩大学毕业后都开了自己的科技公司，现在中国的“一带一路”战略早就实现了，昨天他们都去“一带一路”国家考察项目了。刚才看到你们，我们还以为他们回来了呢！你们长得太像了！

四人激动地拥抱在一起，互相乱喊着“妈”“爸”“女儿”“儿子”“老伴儿”，又都改正，“不对不对，咱俩是一个人啊”“别跟着瞎叫，咱俩现在还不是两口子呢”。

全乱了！

乾　隆：今天人们的辈分怎么这么乱呢？蒙圈了！

其他人：这真是太神奇了！年轻的自己和老年的自己见面了！这值得庆贺，今晚好好庆贺庆贺！

乾　隆：我也不回去了！这儿比大清皇宫好！来人啊，拟旨迁都！

梦　梦：皇上且慢！您是穿越来的，只能在雄安停留24小时。24小时后，您会被自动送回您的时空里。不过，没关系，您在雄安也有一个家！在我们的雄安历史博物馆里有您的专题展厅，那就是您在雄安的新家。您每年都有一次机会穿越过来住一日。（面向大家）大家每人每年都有一次机会穿越过来住一日！

水生嫂：（兴奋地）嘎子！快到淀里逮几条大鱼！我给大家做熬鱼贴饼子“一锅鲜”！

老　雄：不用！“一锅鲜”太low了！我们酒店有正宗的白洋淀“全鱼宴”招待大家！

小嘎子：（吸溜着口水）“全鱼宴”！那该多好吃呀！（拉着水生嫂的手摇晃，撒娇地）咱们就吃“全鱼宴”，就吃“全鱼宴”！

《家在雄安》演出剧照（三）（摄影：陈晓光）

大家一起：好！咱们就吃“全鱼宴”！

众人开怀大笑。暗灯。退场。

第四幕

高铁车厢座位。小雄、小安趴在小桌儿上睡着了，二人笑醒了！

小　安：（揉揉眼）刚才我做了一个奇怪的梦！

小　雄：（伸个懒腰）刚才我也做了一个奇怪的梦！

小　安：你梦到什么了？

小　雄：你梦到什么了？

二人双手比比画画，互相描述自己的梦境。消音。

小　安：太神奇了！咱俩做了同一个梦啊！

小　雄：同一个雄安梦！这叫“同一个雄安，同一个梦想”。

传来列车员的报站声：“由深圳开往北京的1000次列车，马上就要到达雄安车站了。”二人赶紧收拾行李准备下车。乘务员上场。

乘务员：下车请带好随身物品！您二位是来雄安旅游的吧？

小　雄：我们是来创业的！

乘务员：您二位是外地人呀？

小　安：不！我们家在雄安！

小　雄：（神秘、深情地看了小安一眼，带着坏坏的语气）我俩呀，未来的小家也在雄安！还会有一儿一女呢！（说完就坏笑着跑开了）

小　安：（羞涩地，边追小雄边说）你真讨厌！看我怎么罚你！

乘务员：（愣了愣，会心地一笑，冲着远去的二人喊）祝福你们，年轻人！（边喊边退场。暗灯）

剧终

初稿完成于2017年5月28日15时38分尚城

家在雄安（二）

编剧：王春光　白云霜

人物表

（以出场先后为序）

辛　芹：（与扮演老安的是同一个演员）小安的母亲，文化局干部。

小　安：女，大学应届毕业生，小雄的同班同学、女朋友，雄安新区安新人。

小　雄：男，大学应届毕业生，雄安新区雄县人。

周　城：（与扮演老雄的是同一个演员）小雄的父亲，某房产公司董事长。

姥　姥：辛芹的母亲，小安的姥姥。

陈　兰：小雄的小姨，小安的舅妈。

陈　梅：小雄的母亲，归国华侨，国外某公司总经理。

容　容：小女孩，四五岁，陈兰的女儿，小安的小表妹。

辛　铮：小安的小舅，驻村干部。

姨姥姥：（与扮演姥姥的是同一个演员）辛芹的大姨，小安的姨姥姥。

辛　怀：小安的大舅，无业，游手好闲，好吃懒做，嗜酒好赌，坑蒙拐骗。

女　人：辛芹梦中自己的替身。

州宝儿：小雄和小安的龙凤胎儿子。

新宝儿：（与扮演容容的是同一个演员）小雄和小安的龙凤胎女儿。

第五幕

小安家。客厅和餐厅相连。有沙发、茶几、餐桌椅等家具。辛芹正在整理家务。电话来了，接电话。

辛　芹：闺女！到哪儿了？下高铁了！太好了！（向卧室大声说）妈！小安回来了！

卧室里小安姥姥的声音：“我的大宝贝回来了！想死姥姥了！快进来让姥姥看看！”声音可提前录好，这时音响师播放。

辛　芹：妈！您先别着急。她刚下火车，还得等会儿到家！（继续打电话）刚才跟你姥姥说话呢！你这孩子总给妈惊喜。可是，你小舅下乡了，你舅妈去机场接她大姐了，你那个大姨也是今天从国外回来，都不在家，你姥姥一个人我不放心。闺女呀，自己打车回来吧！什么？不让我管了！你自有办法！好，妈在家给你做好吃的啊！

灯暗几秒钟，表示经过了一段时间，灯亮。门铃声。小安、小雄、周城出现在门口。小雄和周城手中都拎着礼物。辛芹赶紧把他们让进客厅。

小　安：（上前拉住妈妈的手摇晃，撒娇地）妈！可想死我了！

辛　芹：妈也想你呀！我的宝贝闺女！

小　安：（突然觉得冷落了客人，对周城）叔叔，这是我妈。（又指着小雄）妈，这是小雄，电话里跟你说过的。这位叔叔是小雄的爸爸！

小　雄：阿姨好！

周　城：（对辛芹）您好！

辛　芹：欢迎，欢迎！快请坐，请坐！今天我们家贵客临门了！小安，快沏茶！嗨，大热天喝什么茶呀！洗桃子！切西瓜！

周诚、小雄：（把手里的礼品放下）别忙了，别忙了！不客气，不客气！

辛　芹：（嗔怪着）小安呐！应该提前告诉妈，今天有贵客上门，我好准备准备。你看这家里乱的，也没什么好招待的，快洗去呀！

小　安：好的，好的！我先看看我姥姥！

小安跑进卧室。卧室传来祖孙二人的声音：“姥姥，您的大宝贝回来了！”“我的大宝贝，快让姥姥看看，想死姥姥了。”声音可提前录好，这时音响师播放。

辛　芹：这闺女，还那么不听话！（说完自己去厨房拿来一盘桃子）

辛芹微笑着，一边给客人递桃子，一边上下打量着小雄，又上下打量着周城，表情逐渐转为疑惑、惊愕，继而眼睛睁得大大的，呆呆地注视着父子俩，手里的桃子也掉落在地上，一会儿才回过神来。

辛　芹：（表情复杂地，对周城）你们是雄县的?

周　城：对，老家雄县!

辛　芹：（对小雄）你家姓周?

小　雄：是姓周啊，阿姨！小安没跟您说过?

辛　芹：（似乎是自言自语地，对观众）说过，说过，早说过，可我没往那上面想啊！世界上真有这么巧的事?

辛芹又仔仔细细打量起小雄和他父亲，把二人都看毛了。最后，辛芹似乎是认定了什么事情。

辛　芹：（大声地向卧室方向喊）小安，小安！你出来!

小安从卧室跑出来，辛芹抓住小安的手，脸色发白，双手颤抖。

小　安：（惊恐地）妈！您怎么了？身体不舒服了？妈？！

辛　芹：（嘴唇颤抖着，虽然声音不是很大，但每个人都能听到）孩子！扶妈去，卧室，你，你，你让他们俩，他们俩，快走吧!

小　雄：（赶紧从地上捡起桃子）阿姨！您身体不舒服吗？快，小安，咱们快扶阿姨坐下！（小雄、小安把辛芹扶到沙发上坐下）

周城一直冷眼观察着，也开始仔细打量起辛芹母女来，周城和辛芹的目光一接触，他也表现出吃惊的表情，而后摇头叹气。这时，辛芹突然拉起小安的手。

辛　芹：孩子，你快让他俩离开咱家吧!

小　安：（不解地）妈！您这是干吗呀？咱们跟叔叔刚见面就赶人家走，不太礼貌吧？!

小　雄：阿姨！您是身体不好，还是我和我爸做错什么了，惹您生气了?

辛　芹：你们父子怎么会做错什么呢，都是我们娘儿俩的错！是我们娘儿俩都瞎了眼!

小　安：妈！您这是说的什么话呀？刚跟人家见面怎么就说这么伤人的话?

辛　芹：咱们伤他们？跟他们在一起，受伤的永远是咱娘儿俩!

周　城：话可不能这么说！辛芹，20多年了，今天咱们一定要当面把话说清楚!

辛　芹：难道还有什么不清楚的吗？当年你那封电报，我可还留着呢！内容记得清清楚楚——“我已订婚，不去邵庄，祝你幸福”！

小　安：（恍然大悟）噢！妈！（指着周城）原来他就是那个“负心人”？

辛　芹：不是他是谁？

小　雄：小安！你怎么说话呢？

小　安：这么说是好听的！我妈的命苦啊！大学认识个“负心人”，后来嫁了个“大赌棍”！声明一下啊！不是我对长辈不恭敬啊！这是转述我妈的话！（向小雄）这两个人原来是你爸和我爸呀！

周　城：（对辛芹）看来你的记性不好啊！你给我的电报才是这个内容：“我已订婚，不去邵庄，祝你幸福！”当年我给你回了电报，回电的内容我也终生难忘——“码头等你面谈”。

小　雄：爸！（指辛芹）她就是那个“薄情妹”？

周　城：不是她是谁？

小　安：小雄！你说谁“薄情妹”啊？

小　雄：这话有错吗？我爸的命也苦啊！大学认识个“薄情妹”，后来娶了个“陈世美”！括号“女”！“女陈世美”！声明一下啊！也不是我对长辈不恭敬啊！这是转述我奶奶的话！（对小安）这两个人原来是你妈和我妈呀！

辛　芹：（对周城，疑惑地）我没给你发电报啊！都是写信啊！

周　城：自己做过的事怎么就忘了呢？敢作敢当嘛！

辛　芹：我做过的我当，没做过的你让我当什么？

周　城：难道还有别人冒充你发了电报不成？大学毕业后，咱俩一直互相写信，没人知道我们去邵庄的约定啊？

辛　芹：开始咱俩写信，后来就收不到你的信了，再后来我妈和我哥轮流看着我，连给你的信都寄不了，更甭说发电报了！

周　城：为了撮合你和那人，你哥够卖力气的！也对，当时你哥待业在家，人家能给安排工作呀！

辛　芹：（没认真听周城说什么，只是寻着自己的思路想，对观众）哎！那只有一种可能了，我妈和我哥！对！就是我妈和我哥！一定是他俩偷看了咱们的通信，冒名给咱俩分别发了电报！

这时，卧室传来姥姥的喊声：“小安小安！把姥姥推出去！”小安赶紧去卧室，一会儿把姥姥用轮椅推到了客厅。大家都站了起来。

辛　芹：妈！你……

姥　姥：（对辛芹）闺女，妈对不住你呀！妈有罪呀！（说完愧疚地痛哭）

辛　芹：妈！难道真是您发的电报？

姥　姥：是我呀！我看了你们的信，然后让你哥先去雄县给你发了电报，又回安新给他发了电报。我害了你……（又看看周城）你们呐！

辛　芹：妈！你……唉！

周　城：大妈！事情终于清楚了！20多年了！心里边这滋味啊！唉！

小　安：原来是一个阴谋加一场误会呀！（向小雄使眼色、做鬼脸）小雄，让二老先聊着，咱俩送姥姥回屋，她这身体不能太激动。

小　雄：（会意地，调皮地）对，对，对！您二老先聊着，解开心结啊！（小雄、小安推着姥姥下）

周　城：咱们坐下说。（二人坐下）刚才在车站我就看着小安长得特像年轻时的你。她说姓辛，我想呢，要是你女儿不能也姓辛啊。

辛　芹：我的孩子怎么不能随我的姓？封建！（转为小声）开始不是，后来改的。

周　诚：我也想到这一层，所以呀，我们送小安到你家楼下，她一邀请，我就顺水推舟上来了，主要是想来你家一探究竟。

辛　芹：你还是那么狡猾！

周　城：本来嘛，亲家第一次见面哪能这么随意，应隆重一些的。

辛　芹：谁跟你是亲家了？美得你！又想毁我闺女一生啊？

周　诚：你还别说，能不能成亲家应该让孩子说了算，家长只是参谋才对！

辛　芹：你少说这便宜话！

周　城：咱俩还不是教训吗？当年，你妈一直看不上我这个农村小子，管我叫“小瓦匠”，又借口说怕以后两地分居，只想把你嫁给那个纨绔子弟。你妈可是毁了咱们俩呀！

辛　芹：过去的事改不了了！这些年我们就在娘家住。后来，我妈瘫痪10年，我伺候10年。她也是肠子都悔青了，总念叨“闺女啊，妈对不起你呀”！我只当她是说把我嫁给那人对不住我，没往深想，看来呀，她话里有话，还有拆散咱俩的愧疚呢！

周　城：这些年苦了你了！那个人呢？

辛　芹：以后少提那个人！那个人整天喝酒赌博，（哽咽着）还打人？小安3岁那年跟他离了，后来喝酒喝死了，听说死在牌桌上了！

周　城：你大哥呢？他怎么样？

辛　芹：他！他还能怎样！游手好闲，骗吃骗喝。

周　城：当年，那人的爹不是给他安排工作了吗？

辛　芹：我哥就是让那人带坏了。喝酒打牌，输了钱就贪污公款，进去了几年，出来就一直晃荡着。

周　城：没结婚啊？

辛　芹：结婚倒是结婚了，没多长时间就离了。哪个女人愿意跟这样的人过！

周　城：他也跟你们一起住啊？

辛　芹：您饶了我们吧！

周　城：那他自己住？

辛　芹：离婚时那两间小破房就一直住着。想搜刮俩钱儿的时候才肯登我们这个门，平常连我瘫痪的妈都不过来看一眼。

周　城：还那么混蛋啊！帮他找个工作呀！

辛　芹：再怎么着也是我哥，能不管吗？正式工作是找不着了，临时的找了无数，不正干啊，不是他辞人家就是人家辞他。

周　城：嘿！这人可真没辙了！

辛　芹：这些日子，北京的很多大企业来雄安新区组织大规模招聘，还免费技术培训，我让他去应聘。你猜他怎么说？

周　城：怎么说？

辛　芹：他说他要等着拆迁，用他那两间小破房起家，倒腾房地产。

周　城：哎！这我可内行。可据我所知，雄安新区杜绝房地产炒作。

辛　芹：是啊！我熟悉政策呀，给他讲政策他不信啊！这人，没了治了！别光说他了，说说你，这些年你怎么样？

周　城：我也不太好啊！当年，我在码头等了你一天一夜，等不到你，只好回雄县了，第二天就跟着建筑队去了北京。

辛　芹：小雄他妈妈……

周　城：哦，我们在北京是同事，也是咱雄安人，就结婚了。她不太安分，总想出国，小雄刚1岁多，她就跟个外国人跑了。

辛　芹：后来没再找一个？

周　城：找什么呀？都让你们伤透了！

辛　芹：谁伤透谁了？是我吗？你说清楚！

周　城：（坏坏地）不是你，不是你……（装着大灰狼的声音）小绵羊，不是你，就是你妈妈！

辛　芹：都什么岁数了，还这么贫嘴，讨厌！

周　城：什么岁数？我老了吗？告诉你，我干劲十足呢！

辛　芹：忘问你了，你现在做什么工作呢？

周　城：还是老本行。前些年，我成立了自己的建筑公司，先是在北京干，近几年也回我们老家雄县和你们安新做了几个项目。

辛　芹：什么你们我们的，得改改了，现在咱们都是雄安人！

周　城：对，对！咱们家在雄安，都是雄安人了！都是一家人了！

辛　芹：讨厌！谁跟你是一家人了？

周　城：你说的呀！不闹了，不闹了。说说你吧，你现在做什么工作呢？

辛　芹：我一直就在文化局工作。

周　城：现在工作很忙吧？

辛　芹：可忙了！雄安新区成立了，我除了驻村啊，还负责雄安地区文化的发掘与保护，整天忙得脚不沾地儿，几个月不怎么回家，要不是我妈今天没人照顾，我是不会回来的……（这时辛芹的手机响了）你看，事来了吧！我先接个电话啊。

周　城：你接，你接。（边说边听边站起来走动，仔细参观着房间）

辛　芹：（接电话，也站起来，来回走动着）小王，什么事啊？老李家住房安排不了了？村委会也住上人家了！那，我再想想办法，一定要解决！（挂了电话，对周城说）你看，雄安的老百姓多好啊！我包的那个村，有个老李，新房盖好，马上要装修，政府管控了，现在一家人还住窝棚呢！政府答应了临时安置，就等着，不找也不闹，还总说“我们相信党和政府”。

周　城：那怎么行啊？这大热天的，三天两头下大雨，蚊子窟窿的。借住别人家不行吗？

辛　芹：拆房翻盖的时候是借住别人家了，可今年春天人家房主的儿子结婚，不得不搬呀！我们村有几户是这种情况，村里没那么多闲房了，连村委会都住上人了。真是难办了！

周　城：（稍稍考虑了一下）要不这样，我在安新开发一小区，已经出售入住一部分了，剩下的房子，赶上雄安新区成立，政府管控不让销售了，先让他家搬到那个小区住吧。

辛　芹：那感情好！给我解决大困难了！

周　城：另外，你也帮我给上边建议一下，房子盖好了，闲着也是闲着，我愿意无偿让政府做临时安置房，也算我们做企业的为雄安新区做点贡献。

辛　芹：你没变！还是那么仗义！

周　城：我又仗义了？不是“负心人”了？

辛　芹：你还没完了是吧？

周　城：咱俩呀，这辈子是没完没了喽！

小安看着手机急急忙忙出来，小雄紧跟在后。

小　安：（边走边兴奋地说）妈！妈！你快看啊！

辛芹和周城被吓了一跳。

辛　芹：哎呀！怎么啦又？一惊一乍的，吓死谁呀？

小　安：（把手机给辛芹看）您都刷爆我的朋友圈了！“雄安老汉甜瓜滞销，新区领导冒雨解难”，照片上这不是您吗？

辛　芹：（边看手机边说）照片上主要是上级领导，我只露了个脸儿！

小　安：我相信我妈，露个脸儿就说明你在现场，就不是假新闻！

辛　芹：当然是真的！我们新区各级干部为老百姓干的实事多多了，这只是其中一件而已！

周　城：是啊！我也听说新区的各级干部工作作风过硬！（竖起大拇指）比如辛芹同志！

辛　芹：（自豪地）那是！一万斤甜瓜，两小时发完。当时啊，老汉的女儿直说“感谢党！感谢政府！”，这是我亲眼看见，亲耳听到的。

小　雄：哎？小安，我看二位老人家气氛很融洽呀！

小　安：还真是！妈，心结解开了？

周　城：什么心结？有过吗？

小　安：妈，叔叔，不是我说您二老，你俩当时就不该整那么浪漫，什么写信、电报的，打个电话不就完了！

辛　芹：傻闺女！我们年轻时可不比现在人人有手机，普通家庭哪有电话呀！

小　雄：爸！雄县到安新这么近，你找阿姨来呀？

周　城：那时候哪像现在，私家车、高铁、飞机这么便捷，长途汽车就那么两趟，为了省点车费，那年我最后一次找你阿姨还是骑大水管儿自行车来的呢！

辛　芹：小安，你们知道我和你周叔叔是怎么认识的吗？

小　安：（一听这话，来了精神）快说说，快说说！特浪漫的邂逅吧？

辛　芹：邂逅是真的，可不怎么浪漫！

周　城：（对小雄）当年我和你辛阿姨呀都在南方的一个城市上大学，她学文学，我学土木工程，不一个学校，也不认识，就是因为坐火车才结的缘啊！那时候过年回家可不容易了！

辛　芹：是啊，好容易买上票，人多进不了站。好容易挤进站，人多又挤不上车。

周　城：我是男生啊，挤上去了。（对小安）隔着车窗就看见你妈呀，在车下急得大声哭喊。

辛　芹：造谣！夸张！谁哭喊了？就是急得掉了几滴眼泪而已。

周　城：我一伸手，她就把手递给我了，见过老鹰抓小鸡没有？我一把就把她从车窗外拽上来了！

辛　芹：看你把自己描述的，有那么伟大，有那么强壮吗？

周　城：那是当然！

辛　芹：是我自己从车窗往车上爬，你搭了把手儿而已。几次向我伸手，我才让你帮忙的，当时我知道你是什么人啊？

小　安：哎呀妈呀！这还不浪漫？这太浪漫了！英雄救美呀！

辛　芹：注意用词，这成语你只用对一半。他是哪门子英雄？（半羞涩地小声说）我当时可是挺美的！

周　城：我不英雄，你美，行了吧！（又向小安）后来我又一路护送你妈妈，火车、汽车、三轮车，倒了四五次，才安全到家。哪像现在的你们，高铁到家门口，还时不时坐飞机回来！

小　雄：是啊！咱雄安也通高铁了，听说以后还有好多高速铁路、高速公路到咱雄安呢！

小　安：首都第二机场也快建成了，坐飞机就在家门口了！哎？妈，叔叔，我还有一事不明。刚才说当年你们约好去邵庄，干吗去呀？

周　城：干吗去？逃婚呗！

辛　芹：当着孩子们，别瞎说！

周　城：我瞎说了吗？那时你妈逼着你嫁给那人，你给我写信求援，我提议去白洋淀邵庄躲几天，哦，我老同学是那村的，就是想让你家里着着急，说不定就不逼你了，你也没反对呀？

小　安：玩儿失踪！好计策！妈！没什么不好意思的，我们年轻人理解！

小　雄：对，对，对！我们啊，讲究“我的爱情，我做主”！

辛　芹：好啊！那就说说你们俩的事吧！

周　城：对，对，对！说说你们俩？

小　安：你们老俩怎么这么快就成一个战壕的了？不是刚才“负心人”“薄情妹”什么的了？

辛　芹：别贫了！说说你们俩的打算！

小　安：我们俩呀，赶上好时代了！恋爱自由，婚姻自主。雄安新区成立了，政府支持创业，我们先创业，后结婚！

小　雄：我们俩学旅游专业的，打算在旅游业发展发展！

有人敲门，小安开门。陈兰、陈梅、容容出场。

小　安：舅妈！您回来了！这位一定是大姨吧？大姨好！嘿嘿，小容容！

陈　兰：哇！小安也回来了！今天可得好好热闹热闹，我马上给饭店打电话，中午订一桌“全鱼宴”，欢迎远道归来的小安和大姐！（掏出手机找号码给饭店打电话）

容　容：全鱼宴，那得多香啊！就吃全鱼宴，就吃全鱼宴！姐姐，姐姐，我又要沾你光了！

陈　兰：（看到了客人，止住容容）容容，别闹了，没见来客人了！进屋画画去，不叫你不许出来捣乱！

容　容：（撅起小嘴，嘟囔着）我不闹了还不行吗？

小安领着，容容很不情愿地进屋。马上小安又出来。

陈　兰：（对辛芹）大姐，这二位是哪儿的客人？（对周诚和小雄）你们好！

小雄、周诚：（站起来，对陈兰）您好！（又对陈梅）您好！

小　安：舅妈！（命令小雄）过来！（对陈兰）这是周小雄，我跟你说过的，就是……啊！（这时陈梅的表情很是异样，暗地里上下打量小雄）

陈　兰：噢！欢迎欢迎！帅哥啊！小安，好眼力！

小　安：这位叔叔是小雄的爸爸！（调皮地，对周诚）叔叔您尊姓知道，大名不知道，请您自我介绍！

辛　芹：小安！没大没小！不礼貌！

小　安：妈！有什么不礼貌的？雄安新区都成立了，雄县、容城、安新成一家人了。刚才我和小雄预测了一下，咱们四个呀，早晚会成为一家人！

辛　芹：去！臭丫头！越说越不像话了！

周　诚：（对辛芹）这丫头多开朗多有主见啊！好性格！当初咱们就缺乏这种性格，不然不会那样的！（向陈兰）您好！我叫周诚！老家雄县！（陈梅惊愕，原地呆住了）

陈　兰：今天真是个大喜的日子！我说早晨的喜鹊叫呢，今晚的全鱼宴订一大桌！VIP包间！

辛　芹：兰子！别光兴奋了！快介绍介绍！这位就是容容她大姨吧？

陈　兰：对对对，这是我大姐，陈梅！（对陈梅）大姐！别总在那站着了，过来呀，跟大家认识认识。（这时，周诚脸色大变，陈梅还是待在那里，一会儿看看小雄，一会儿看看周诚，最后盯着小雄，流下两行眼泪）

陈　梅：（喃喃地）小雄，小雄，我的孩子！我的孩子！（想上前拉住小雄，可就是迈不开步，流着泪自言自语）小雄！小雄……

除周诚外，大家都很惊奇地看着陈梅。

陈　兰：（抓住陈梅的手）大姐！大姐！你怎么啦？

陈　梅：（这时，陈梅好像从梦中惊醒一样，上前抱住小雄痛哭）小雄！儿子！我的儿子！妈对不起你呀！

小　雄：（小雄傻了，想挣脱又不好太用力，尴尬地）您是谁呀？阿姨，您认错人了吧？

周　诚：（上前用力拉开陈梅，愤愤地）你放开！现在你哭什么，当年你抛弃我们父子的时候呢？

陈　梅：儿子，我是你妈呀！我是你亲妈呀！（说着瘫坐在沙发上痛哭，陈兰马

上挨着陈梅坐下，握住她的手，让姐姐的肩膀靠在自己肩膀上）

小　雄：（对周诚）爸！是真的吗？她真的是我……，那个“女陈世美”？

周　诚：（气愤地）没想到在这儿碰到她。

陈　兰：（对小安，生气地）你看，他这孩子，怎么说话呢？！

小　雄：我说错了吗？我记忆里就从来没有妈妈！是奶奶把我养大的。她抛弃了爸爸和我，还有资格当母亲吗？她……

周　诚：（厉声）小雄！住嘴！怎么说她也是你妈妈！（语气缓和点）咱们家自己的事，咱不在别人家丢人现眼，走！扶上她——你妈，咱们找个地方说去！

陈　兰：不能走！她是我亲姐，这就是她的家！

周　诚：好！她留下，我们走！小雄！走！

小雄看看小安，看看辛芹，又看看爸爸，犹豫着……

周　诚：小雄，愣着干什么？走啊！

陈　兰：（对周诚）姐夫！不对，不对，现在应叫大哥。咱俩没见过面，你和我姐结婚时我还小，你们又都在北京。

周　诚：（态度温和了点）你就是小兰子？

陈　兰：是啊，大哥。你们谁也不要急着走。你恨我姐，这我知道，我们全家也生她的气呀！这么多年，陈家和周家不来往，我们也没去看过小雄，我们觉得理亏呀！可是，今天母子碰上了，说明他们母子有缘啊！

周　诚：她出国享清福去了，我们父儿俩过得什么苦日子，她哪里知道？

陈　梅：（抽泣着）我享清福？我可真是享了清福了！我，我，我……我作孽呀！报应啊！

陈　兰：大哥！你是不知道啊！出国没多久，那个老外就把她给蹬了。为了糊口，她跑了很多城市，什么脏活累活都干过。

小　安：那大姨回国不行吗？

陈　兰：她哪有脸回国呀！

陈　梅：（擦了擦眼泪，停止了哭泣，看来也渐渐平静了下来）是啊，我没脸回国。每天一个人时都是以泪洗面，从梦里哭醒。我恨亨特，我恨我自己，我后悔呀！可我更想我儿子，后悔走得匆忙，连孩子的相片都没带上。现在儿子都长这么高了！（亲切地看着小雄，又哭了起来。小雄表

情复杂地躲避着母亲的视线）

辛　芹：（顺手从茶几上纸抽盒子里拿了两张纸巾递给陈梅）今天见到儿子了，别总哭了，说说心里话吧！

陈　梅：谢谢您！我知道孩子一定恨我，可我就想见到他！那时，我们出国的大多数人都混不下去了，都后悔了，不光没脸回国，哪有钱买机票呀！大家就在一起彼此鼓励，相互诉说，在心理上缓解缓解。当时，我只有一个目标——攒够钱，回国看我儿子！

小　安：（端过一杯水）大姨，您先喝口水！

陈　梅：谢谢你呀，姑娘！（喝水）

陈　兰：天无绝人之路啊！也许是我大姐受到的惩罚到头了，在她快绝望的时候，认识了我现在的姐夫——查理张。姐夫当时是姐姐的老板，一个二代华人，离过婚。姐姐对男女感情产生了恐惧，一开始并不接受查理张。几年后，查理张用真情感动了姐姐，他俩才结合了。

陈　梅：这几年，我们的公司做大了，生活稳定了，我就更想见我儿子了，总想找时间回国把儿子接出去。

陈　兰：姐，你原先电话里不是说查理张不知道你有儿子吗?

陈　梅：前些天，我如实跟他说了，他虽然很吃惊，后来也表示理解了。

周　诚：你看看你，人家对你那么好，你都不跟人家说实话，瞒着自己国内还有个儿子。

陈　梅：（急了）我不是故意瞒他！是因为我一说我的过去，他就打断我，怕我回忆那痛苦的过去，是他对我太好了！

辛　芹：这个查理张真是个大好人啊！他可是你的真命天子，你可要好好珍惜呀！

陈　梅：谢谢您！我会的。（又喝口水）我们在国外听说雄安新区成立了，我很兴奋，为我的家乡骄傲！查理张也很为我高兴，主动提出让我回国，一是考察雄安，到雄安投资，还有一件重要的事情，就是让我寻找儿子，带他出国，让他上最好的大学，享受优越的生活，补偿我让他失去的母爱。（又怯生生地偷看小雄一眼）

周　诚：你补偿不了了，我儿子都大学毕业了！

陈　梅：那让他到国外读硕士、读博士啊！

小　雄：对不起了！我是哪里也不去了，我家在雄安，就在雄安发展，我要建设雄安，要好好孝敬父亲，报答父亲。您是我的母亲，我还有一个伟大的母亲，那就是我们的祖国！我要报答我的祖国母亲！

老太太在卧室喊“小安！小安”，小安赶紧跑进去，一会儿又出来。

小　安：舅妈、大姨、小雄，姥姥叫你们进去呢！

陈　兰：（对陈梅）可不是嘛，大姐，你还没跟老太太问好呢！（说着，扶起大姐往卧室走）

小雄似乎没听见老太太也让他进去，没动。

小　安：小雄，没听见啊，你也进来！

小雄见他母亲进去了，自己不想跟进去，嘴里应着，还是不动。

小　雄：哦，等会儿。

小　安：（小安急了）等什么，就现在！我说话不管事了是吧？（拉起小雄往卧室拽。小雄看看父亲，周城也没反对。小雄不情愿地被拽进去了）

辛　芹：陈梅这些年也真是受苦了！

周　城：自作自受！

辛　芹：别总这么气鼓鼓的。她也知道错了，杀人不过头点地。还有句话，一日夫妻百日恩嘛！

周　城：你别在这充好人，站着说话不腰疼！

辛　芹：（生气地站起来）你这人，怎么冲我来了！谁站着说话了？狗咬吕洞宾，不识好人心，好心当成驴肝肺，都是说的你！要不是今天这么巧，您家那点破事，求我，都不稀罕管！

周　城：（见辛芹生气了，慌了，赶紧站起来要拉辛芹的手，辛芹甩开他）我是狗，我是狗，我是你身边一条忠实的牧羊犬，行了吧？别生气了！我刚才也是让她气糊涂了！

辛　芹：少来这套！打一巴掌，给个甜枣。女人沾上你呀，都没好结果！

周　城：我结果好吗？

辛　芹：人家都哭成那样了，你还在这不依不饶的。

周　城：她是见到儿子哭！你看她跟我说过一句话吗？对我表现出一丝愧疚吗？

辛　芹：你呀，真是不懂女人心啊！这种场合，她怎能先跟你说话呢？对儿子的愧疚里自然包含你！再说，当时她离开你，就没有你一点因素？

周　城：关我什么事？完全是她抛弃我们父儿俩，我们父儿俩是受害者！

辛　芹：别掺和小雄，他当时那么小，没他的责任。一个女人抛下那么小的孩子离开，一定是受了大委屈的！

周　城：（低下头，小声地、含混地）没有。

辛　芹：你看！我猜对了吧！

周　城：不就是吵吵架嘛！

辛　芹：天天吵吧？

周　城：有时冷战。那时候条件差，生活压力大，哪有夫妻不吵架的？！

辛　芹：一定还有别的原因！你……你是不是……

周　城：我什么？是不是什么？

辛　芹：话今天说到这了，你也别不爱听，当年你是不是外面有了别人？

周　城：（急了）对天发誓啊！绝对没有！她这么说我，怎么你也这么说我？

辛　芹：我们都是女人，对这事敏感，她一定察觉到了什么！

周　城：没错！她当时就认定我有问题，跟踪我，调查我，搞得我很狼狈。

辛　芹：那说明她呀，认定你心里一定有别人！

周　城：心里有也算啊？说实话，结婚后，我心里还一直放不下你！

辛　芹：哎哎哎，你少掺和我啊！你们家的事把我搅里面干吗？

（从卧室传出小安惊喜的声音）

小　安：太好了，太好了！母子相认了！还是姥姥劝人的功夫厉害！姜还是老的辣呀！姥姥，爱服了油，爱服了油！（辛芹和周城也很惊讶。小安从卧室兴奋地跑出来，对辛芹和周城说）

小　安：哇！那情景！太感人了！抱头痛哭啊！

辛　芹：快说说，快说说。

小　安：（学小雄声音）妈！

辛　芹：哎！

小　安：没叫你！

辛　芹：臭闺女！你哪还有个妈呀，难道刚才认婆婆了？

小　安：什么呀，妈，我是说小雄那一声“妈”叫得，那叫一个温柔，那叫一个羞涩，那叫一个腼腆！

周　城：臭小子！忘恩负义的家伙！这么会儿就向帝国主义投降了！认了妈，干脆别认这个爹了！

辛　芹：你看你这人，越说越来劲，还不如小雄这个孩子大度呢！（向里面喊）兰子，你们都出来！

小雄搀扶着陈梅，陈兰推着老太太，四人出来了。

小　雄：（怯生生地对周城）爸！

周　城：（故作生气地，低声说）叛徒。

陈　梅：（愧疚地）周城，对不起啊！这些年你受苦了！

周城只是摇头，也不作声。

姥　姥：今天啊，大家把事情都说开了，心结就应该解开了！周城，你要再沉着脸，不原谅陈梅，就是也不原谅我这个老太太啊。

周　城：（赶紧挤出笑容）不是，大妈，您别这么说呀，我笑还不行吗！（故意夸张地笑）哈哈哈……

大家都让周城给逗乐了。

辛　芹：行了吧你，什么时候也不忘耍贫。

姥　姥：都听我老太太一句话，咱们谁也不翻旧账了！雄安新区成立了，我们赶上了这么好的时代，应该往前看，咱们的好日子还在前头呢！

陈　兰：今天就是好日子！团圆的好日子！中午了，刚才饭店催了，咱们吃饭去！全鱼宴！

容容听到“全鱼宴”三个字，赶紧也跑出来。

容　容：我也吃全鱼宴！

小　安：（故意逗容容）全鱼宴不让小孩吃，怕鱼刺卡嗓子。

容　容：（信以为真，着急了）我会吃鱼，我会吃鱼！（央告每一个人）咱们都吃全鱼宴，都吃全鱼宴，都吃全鱼宴！

大　家：（一起说）好！咱们都吃全鱼宴！哈哈哈！

灯渐黑。几秒后，灯亮。大家已从饭店吃饭回来。老太太回屋休息了，陈兰也哄着容容睡觉去了。其余五人在客厅喝茶，讨论小雄、小安创业的事。

周　诚：小雄，你们创业爸爸可以帮你们。

小　雄：谢谢爸爸，我们打算自己先试试。

陈　梅：我也可以帮你们！

小　安：谢谢阿姨！

周　诚：（对陈梅）你还是先考虑你们公司在雄安的投资项目吧！

辛　芹：（对周诚）你看你说的，人家陈梅可是好意！

陈　梅：我就是想出点力嘛。

周　诚：我也没恶意呀！我真的是为她们公司考虑！

小　安：好了，好了！叔叔，阿姨，让我们自己先闯闯吧！实在不行了，需要了，你们再搭把手。

辛　芹：上午你们说想从事旅游行业？

小　雄：是啊，阿姨，这么美丽的白洋淀。

辛　芹：我建议你们不要局限于风景观光游。我是搞文化工作的，给你们提点建议。

周　诚：小雄、小安，快去先洗洗耳朵，你们要洗耳恭听专家的指导。

辛　芹：又贫嘴！我可是说正经的呢！

小　雄：阿姨，您说，我们也正经听着呢。

陈　梅：我也听听，也指导指导我。

辛　芹：雄安的历史文化底蕴深厚，文化遗址、文化名人很多，雄县古地道啊，容城三贤啊，康乾围猎行宫啊，雁翎队抗日红色文化呀……

小　安：（对小雄，眨眼，小声地）好熟悉哟！

小　雄：（小声地）是啊，咱们做梦梦到过。

辛　芹：什么做梦？这都是真实的历史！再打岔不跟你们说了。

小　安：是是是，是真实的，刚我们说别的了。您接着说，接着说。

辛　芹：还有雄县古乐、圈头古乐等非物质文化遗产，上坡文化遗址、留村文化遗址、梁庄文化遗址等。

小　雄：哇！还有这么多啊！

辛　芹：是啊！所以你们可以开发文化游，比如文化遗址游、历史人物游什么的，还有白洋淀人民捕鱼打猎的“渔猎文化”、行舟造船的“舟船文化”、织席编篓的“苇编文化”，还有………

小　安：还有呢！

辛　芹：当然！还有很多呢！不想听了？

小　雄：想听！想听！小安你别打岔！阿姨您接着说，我给您录下来。（说着用手机录音）

辛　芹：还有“榷场商贸文化”“书院文化”，还有以《荷花淀》《小兵张嘎》

和“白洋淀诗群”为代表的“雄安文学”，以“全鱼宴”为代表的饮食文化，以白洋淀芦苇画、面塑、雄县仿真花为代表的工艺品，还有水乡的婚俗、丧俗，等等。（流露自豪的表情）

小　雄：阿姨，别都“等等”了去啊！都说了，我给您再录段儿像！

周　城：对，录下来，多年不见你阿姨这样声情并茂了！

陈　梅：真是专业水平啊！佩服！

辛　芹：要让我敞开了说咱雄安文化呀，三天三夜也不够，以后慢慢说吧。总之，你们在雄安搞旅游，要突出文化，有文化内涵的旅游才是高层次的。

小　雄：太对了！您的指导太及时了！

辛　芹：以后啊，你们还可以利用这些文化元素开办主题餐厅、主题酒店，开发文化主题小镇，或者开发文化主题村落。（把几个人都听傻了）

小　安：哎哟，我的亲娘啊！您太厉害了！您是雄安文化的活字典啊！

陈　梅：如数家珍。

小　雄：专家就是专家！见识了！今天我可真是受益匪浅、思路大开啊！

门铃响起，小安开门，辛铮头戴草帽出场。

小　安：小舅！我回来了！

辛　铮：（匆忙敷衍着）哦，回来了。

小　安：（假装生气，对辛铮）哎！什么态度啊！不欢迎啊？！

辛　铮：（强装笑脸）欢迎欢迎，欢迎格格回家。（看见陈梅、小雄和周城，很意外）噢，大姐来了，还有客人呐！

小　安：这是我小舅。这是小雄，（转为小声地）我早跟你透露过的。这是我叔叔，噢，小雄爸爸。

辛　铮：你们好！

小雄、周城：（站起来）您好，您好！

小　安：你怎么这打扮！酷！够酷！（摘下辛铮的草帽自己戴上）这酷帽归我了！

辛　芹：小安，别跟你小舅闹了！雄安新区成立后啊，他下乡驻村了，就在你姨姥姥他们村，快四个月了，这可是你小舅第一次回家！

小　安：我说这么有范儿，真成老村主任了！“草帽村主任”！

辛　芹：乡亲们啊管他们不叫“草帽村主任”，叫“草帽哥”。这几个月，我们驻村干部走村串户，调查宣传，帮老乡收麦子、种地，还解决了很多实际问题。兄弟，累坏了吧？

陈兰和容容听到辛铮的声音，也不睡觉了，容容跑到爸爸跟前，一下抱住爸爸的腿。

容　容：（高兴地）爸爸，爸爸！你可回来了！想死我了！

辛　铮：（弯下腰抱起容容）宝贝儿，乖！爸爸也想你呀！（瞄了陈兰一眼）

陈　兰：容容，快下来，爸爸累了！

辛　铮：（对陈兰）我回来有个急事，一会儿还得走。

容　容：（向妈妈）妈妈，妈妈，我不让爸爸走，不让爸爸走！我好久没见到爸爸了！（抱着爸爸的脖子，向爸爸）爸爸，爸爸，宝宝不让你走！宝宝不让你走！

陈　兰：容容，快下来！爸爸有急事！还有重要工作呢！容容要懂事！（说着硬是把孩子抱过来，容容哭了）

容　容：（以为爸爸马上就要走，哭喊着）爸爸！爸爸！你别走！你别走！

辛　铮：（眼里含着泪）宝宝，乖！爸爸还不走呢，还不走呢！（辛铮边说边把辛芹拽到餐厅。容容见爸爸没走，由哭喊变为抽泣）

辛　铮：（小声地）姐，我回来有个大事，怕电话里说不清，就直接回来了。得把咱大姨接咱家来，住些日子。

辛　芹：（惊奇、不解地）出什么事了？

辛　铮：大姨家的咱大表哥去世了！

辛　芹：什么？！不是上个月去北京检查说好好养着吗？

辛　铮：是啊！雄安新区成立了，这阵子村里忙，他是村支书，哪肯休息呀！今天早上庄稼地里着火，救火时，他心脏病复发，没抢救过来。

辛　芹：大姨知道了吗？

辛　铮：不知道呢，所以赶紧把她老人家先转移到咱家来呀！一会儿就到，我是先来提前嘱咐你几句的，别说漏了。

辛　芹：是得瞒着她点，八十好几的人了，怎么受得了！

辛　铮：还不能让妈知道大表哥的事，老姐儿俩说话，说漏了就麻烦了！

这时，小安凑过来听着。

小　安：我大表舅怎么了？

辛芹、辛铮：嘘！别让你姥姥听见！

辛铮出门。辛芹进里屋对老太太说："妈，一会儿我大姨看你来！"老太太说："真的？好啊！我也想你大姨了。"一会儿，几个人搀扶着姨姥姥进来。辛铮和一起来的两个人客套了几句，那二人出门走了。众人赶紧站起来。

小　安：姨姥姥好！

姨姥姥：是小安啊！长成大姑娘了！越长越俊！

辛　芹：大姨！她都大学毕业了。

姨姥姥：哎！小芹啊！你妈呢？

辛　芹：在卧室呢。早盼您来呢！

辛芹和辛铮搀扶着姨姥姥进卧室，卧室里你一言我一语，热闹了起来。声音可提前录好，这时音响师播放。这时，门铃响，小安去开门，辛怀进来。

小　安：（冷冷地）大舅。（说完就又去姥姥屋了）

辛　怀：（见有客人，象征性地点点头，就敞开嗓门儿喊）小芹啊！兰子！大表哥死了，咱得去吊唁啊！

陈兰从卧室出来。

辛　怀：（对陈兰）兰子，小铮下乡了，你跟你姐离不开，你们两家把礼钱给我吧，我给你们捎去。

陈　兰：（嘲讽地）大哥，咱家怎么这么多表亲啊？

辛　怀：亲戚多好啊！

陈　兰：前些日子你说有个表大爷去世了，我们两家的礼金都给你了，后来我们听说人家活得好好的！上次的礼金顶了这次吧！

辛　怀：（讪讪地）一码归一码。

陈　兰：今天你说的又是哪个大表哥死了？

辛　怀：哪个？还有哪个？大梁庄大姨家的大表哥呀！（严肃地，声音很大）这回可是真死了！

辛芹和辛铮赶紧跑出来制止大哥。

辛　芹：大哥，你小点声，大姨来了！

这时，大姨也走出来。

姨姥姥：你们说什么？梁栋他怎么了？死了？

辛　铮：大姨，你听错了，是别人！

姨姥姥：老大，你说的，我都听见了！是真的？！

辛　怀：大姨，我……我……我胡说呢！对对对，是别人。

姨姥姥：哎呀！老天爷呀！我不会听错了吧！不年不节的，你们把我弄来，说你妈想我了，我还纳闷儿呢！老大，别吞吞吐吐的，说实话！

辛　怀：（知道自己闯了祸，就想溜，开门想走）大姨，我说错了……

姨姥姥：我要回家！把我送回家！我儿有心脏病，我知道，我的儿啊！老天爷呀！我的儿啊……（晕了过去）

众人赶紧把姨姥姥抬到沙发上，叫的叫，掐人中的掐人中，还有打120的。一会儿，姨姥姥苏醒过来，号啕大哭。

姨姥姥：我的可怜的儿啊！让妈替你死了吧！老天爷呀，让我替我儿死了吧！儿啊！让妈看看你吧！让妈看看你吧！

姥姥在里屋大喊："快把你大姨送回去！让他们娘儿俩再见最后一面吧！"姥姥的声音提前录好，这时音响师播放。

辛　铮：妈！您别着急呀！我们这就送我大姨回去！姐，你快去陪着咱妈，看好容容，我们去送大姨！

辛芹赶紧进里屋，辛铮背着姨姥姥，众人有扶着的，有开门的，有拿着姨姥姥刚才掉了的鞋的，出了门。黑灯。

灯亮。下午，客厅里没人，有人用钥匙开门。周城胸前挂着照相机，手里拿着DV，和一个女人进来，关上门，女人一进门就躺在了沙发上，非常自然，就像在自己家一样。辛芹好像被开门声吵醒，从里屋刚要出来，听到有人说话，就藏在门后偷听偷看起来，原来是周城和一个女人，那女人总是背对着她，看不清。

周　城：（把机子放到茶几上，看屋里没人，兴奋地）都没回来呢？来，亲爱的，香一个！

女　人：讨厌！别总是这么老不正经！这一天逛得我多累呀！

辛芹大惊失色，气得双手发抖。

辛　芹：（自语道）好啊，周城！你个大骗子！原来你早又找了别的女人了！刚才你还来勾引我。幸亏我没挑明，没上你的当！（辛芹还是忍不住继续偷看）

周　城：就香一下！

女　人：就一下啊！（两人做亲吻状）

辛　芹：（气愤地自语）好你个臭不要脸的，这可是在我家！

辛芹刚要闯出去，有人按门铃，周城赶紧开门。进来了一个男孩和一个女孩，四五岁的样子。

周　诚：（小声地）你们不是说在楼下再玩儿会儿吗？怎么又上来了？

州宝儿：爷爷，爷爷！我看照片！

新宝儿：姥爷，姥爷！我看录像！

周　诚：（提醒孩子小点声）嘘！州宝儿、新宝儿，奶奶、姥姥累了，睡着了，你们小点声啊！

辛芹在暗处，更生气了。

辛　芹：老东西，都有孙子和外孙女了，还骗我说没结婚呢！

州宝儿：我要看照片！

新宝儿：我看录像！

周　诚：新宝儿，咱们都看。录像有声音，会吵着姥姥，先看照片吧。

新宝儿：（懂事地点点头）好吧。

周　诚：新宝真乖！

祖孙三人看照片。

州宝儿：爷爷，咱们雄安的地铁站真大真漂亮啊！地铁真快呀！

新宝儿：姥爷，咱们雄安的草坪真绿呀！天真蓝啊！

州宝儿：我喜欢爸爸妈妈公司的，那，那大观光游艇！

新宝儿：我也喜欢在白洋淀玩儿！我还喜欢梦梦，就是那个导游机器人！

周　诚：看这些亭台楼阁，漂亮吧！你爷爷我，（又对新宝儿）哦，你姥爷我建的。嘿！看叫着这个费劲的。

新宝儿：姥爷！我不明白，为什么我和哥哥跟爸爸、妈妈都叫爸爸、妈妈，管您和姥姥，我哥哥就叫爷爷、奶奶呢？

州宝儿：你连这个都不知道啊！爸爸、妈妈结婚了，爷爷、奶奶没结婚呗！

周　诚：傻孩子！没结婚我能和你奶奶住一起呀？我们结婚都10年了！

州宝儿：那为什么我跟妹妹叫你们不一样呢？

周　诚：这呀，你们长大了就明白了。其实啊，这都怪你……奶奶，（又对新宝儿）怪你姥姥，老封建……

那女人躺着就说话了。

女　人：我老封建！这叫公平！（说着坐了起来，辛芹这次看清了那个女人的面容，原来就是辛芹自己，吓得她叫出了声）

辛　芹：（大叫着扑向那女人）你怎么是我！我自己又是谁？你是我！我是谁？

突然黑灯。

几秒后，灯亮。客厅里，辛芹在沙发上睡着了。小雄和小安正在小声但很兴奋地讨论着什么，在纸上写着，还不时拿起来念念。突然，辛芹从梦中大叫，惊醒。

辛　芹：（梦中大叫，惊醒，站起来）你怎么是我！我自己又是谁？你是我！我是谁？你是我！我是谁？

小安、小雄被吓了一跳，小安马上扶住辛芹。

小　安：妈！您做噩梦了吧？

小　雄：阿姨！

辛　芹：（彻底惊醒了，划拉着胸出着长气）吓死我了！吓死我了！

小　安：妈，您梦见什么了？

辛　芹：好怪好可怕的一个梦啊……（向小安、小雄双手比画着叙述自己的梦）

小　安：妈，原来您在梦里也穿越到未来了！您也做了一个雄安梦啊！

小　雄：是啊，阿姨。今天凌晨，在火车上，我和小安做了同一个雄安梦。

小　安：我们在梦里穿越回雄安的过去，又穿越到雄安的未来。

小　雄：在过去，我们见到了乾隆白洋淀围猎、雁翎队打鬼子。

小　安：在未来，我们领略了几十年后建成的美丽雄安，还跟未来的自己见面了呢！

小　雄：阿姨，您穿越到10年后了，看来咱们4个人真成了一家人了！

辛　芹：是真的？咱们三个的雄安梦串在一起了？

小　安：是啊，妈。您不是梦到了两个小孩吗？一个叫州宝儿，一个叫新宝儿，兄妹俩？

辛　芹：是啊！

小　雄：那就是我和小安未来的双胞胎儿女！

辛　芹：难道这是真的？会成为现实？

小　安：未来的现实啊，一定比梦里还要美好！

辛　芹：两个小家伙看的那些照片和录像就是他们，噢，不对，应该是我们在雄安新区游玩时拍的，在我梦里呀，好像我也看得清清楚楚，真美呀！

小　雄：是啊，阿姨。今天我和小安回到雄安老家，有太多的感想。刚才，我们进门时见您睡着了，没惊动您。我们兴奋地不想休息，就即兴创作了一首小诗，题目叫作“家在雄安”。我们给您朗诵一下啊。

小　安：我觉得这首诗歌呀，更适合两男两女朗诵。

有人按门铃，小安开门，周诚和陈兰回来了。

辛　芹：就你们俩人回来，陈梅呢？（又看看小雄）

周　诚：她累了。回国前就在网上订了酒店，回酒店休息了。

陈　兰：（疲惫地）我去看看妈和容容。（说着走进里屋）

辛　芹：（对周城）把我大姨送回家了？

周　诚：送回去了。老太太哭得……唉！

辛　芹：你没帮忙照应照应丧事？

周　诚：我忙了半天儿啊！后来，新区管委会和县乡政府领导、村里的乡亲们……好多人，我也帮不上什么忙了，就先回来了。再说，还要接上小雄回老家看我妈去呢！

辛　芹：那你们俩赶紧走吧！

小　安：先等一下！叔叔，您回来得正好，正缺一个男声呢！耽误不了您多少时间，主要是听听效果。

周　诚：什么事啊这是？

小　雄：是这样，爸，我们写了一首小诗，咱们四个朗诵一下，看看效果。这是稿子，您先准备准备！

周　诚：不用准备了，抓紧时间。可别小看我们老俩，当初你爸和你阿姨也都是文艺青年！

四人站起，排队，音乐起，开始朗诵。（诗歌见附录，此处略）

听到朗诵声，容容出来，陈兰推着姥姥也出来，三人静静地听，后来也加入朗诵。诗歌朗诵到第三节，全体演员陆续上场（带妆），根据自己所扮演的不同角色，朗诵相关诗句。合诵时，全体演员一起朗诵，营造气势。最后几句，全体合诵，把朗诵推向高潮。朗诵完后，全体演员向观众鞠躬谢幕。

全剧终

2017年7月27日10时2分初稿完成于尚城

附录：

家在雄安

王春光

（一）

无论在海角还是天边
无论在今朝还是明天
我会永远热爱你靓丽的容颜
我的家乡，我的雄安

有人把你叫作“华北明珠”
有人把你称作“北国江南”
你就是那接天的莲叶、盛开的红莲
你就是那一淀蔚蓝，鸥鹭翩翩，渔歌唱晚

我已走进
走进你的蒹葭苍苍
你的烟波浩瀚
你的水路弯弯

我还会
还会沐浴你的风和日丽
触摸你的斜风细雨
陶醉你的彩霞满天

你，永远是我魂牵梦萦的乡愁
你，永远留住了我们青春浪漫的乡恋
你是我的家园
你是我美丽的雄安

（二）

上坡、留村、梁庄
那么多的远古村落
孕育了人类文明千万年

从渔猎、舟船到苇编、鱼宴
从榷场商贸到康乾围猎、几大书院
无不述说着你深厚的文化积淀

从圈头古乐的风雅无边
到面塑、芦苇画的活灵活现
你还有那么多的非物质文化遗产

你有“容城三贤”
杨继盛的辣手铁肩
更有水生嫂、嘎子哥
是他们谱写了《新儿女英雄传》
白洋淀诗群开创了一代诗风
留下了很多很多的优美诗篇

你是我的家园
你是我文化底蕴深厚的雄安

（三）

这里是慷慨豪放的赵北燕南
这里的人民英勇彪悍
古有瓦桥关的烽火狼烟
古地道里神出鬼没的雄兵百万
近有孙将军台儿庄血战

胡氏叔侄气贯狼牙山
雁翎队员杀敌在白洋淀
他们，在抗日的烽烟里
勇往直前

这里是我们的家园
这里是我们勇敢英雄的雄安

（四）

2017年，又是一个春天
我的家乡，我的雄安
这一年，注定要成为你的新纪元
总书记在这里描绘崭新的壮美画卷
他，指点江山，远瞩高瞻
规划出宏伟的大计千年

从那天起
这里已吸引住全球的视线

从那天起
我们的各级干部
我们的共产党员
驻村蹲点，调研宣传
他们，有家不还
却关心着百姓的一餐一饭
关心着百姓的就业生产
为他们办起了免费的技术培训班
你去问一问那个种甜瓜的老汉
他一定会告诉你
他的心里比瓜果还要甘甜
你再到田野去看一看
“草帽哥”们正忙碌在丰收的麦田

从那天起
这里正在发生着巨变
飞驰的动车开到了家门前
众多的央企、高校纷至沓来
必将形成崭新的科技创新产业链

我们的期盼不会遥远
水城一体，碧水蓝天
文脉传承，创新发展

这里是我们的家园
这里是我们振翅腾飞的大雄安

千年大计，千年雄安
我们热爱我们的家园
我们建设我们的雄安
雄安！你是那一颗明星璀璨
闪耀在壮丽的星河霄汉
雄安！从你的发展
我们看到了祖国——
更加辉煌灿烂的明天！
雄安！从你的发展
我们看到了祖国——
更加辉煌灿烂的明天！

千年雄安

编剧：王春光　张莉萍

人物表

晓雄：男，大学生，文化考察小组成员，河北雄县人。

晓城：男，大学生，文化考察小组成员，河北容城县人。

晓新：男，大学生，文化考察小组成员，河北安新县人。

晓梦：女，大学生，班团支书，文化考察小组组长，北京人。

舞台布置和道具

大学食堂四人餐桌椅一套，餐具四套，女生双肩背包一个（里面装有笔记本一个、笔一支）。

剧情

晚饭时间。大学学生餐厅。晓梦手托餐盘上场，一边走向餐桌，一边招呼后面的三位。

晓　梦：这有地方！你们仨快过来！快过来！

三位男生也手托餐盘上场。三个男生抢着给晓梦擦桌子、搬凳子，献殷勤。四人落座。

晓　梦：谢谢，谢谢！咱们边吃边聊，也算是文化考察小组开个紧急会吧。

晓　雄：（油腔滑调地）梦组长，不是，不是，是梦大人，也不对，也不对，是梦女王，您尽管降旨，哥儿仨领旨谢恩便是！

晓　城：雄哥！你这称呼可有问题呀！什么组长、大人、女王的，都不能表现晓梦在我们心目中的光辉形象，应该叫……（晓城与晓新对视一眼，拖着长音）女……神……

晓　梦：（微笑着摆摆手）别贫嘴了，现在咱们可是商量正事。

晓　新：就是，就是，你俩别贫嘴了，快欢迎女神讲话！

三男生鼓掌。

晓　梦：行了，行了，说正事吧。上星期咱们安排你们三个搜集自己老家的历史文化资料，任务完成得怎么样啊？

三男生：找了，找了，女神交给的任务能怠慢吗？

晓　梦：不是我交给的任务，是学院交给的任务！再强调一下这次文化考察的重要性啊！院长开会不是讲了吗，现在咱们学院的中心工作是转型，向应用型方向转，培养咱们学生的社会实践能力，也为地方经济文化服务，咱们小组这次就是挖掘整理几个县的历史文化资源。

三男生：这些我们都清楚了，您就说下一步咱们怎么干吧！

晓　梦：这三天小长假，咱们先选一个县试试水，你们看先去哪个县啊？

晓　新：当然先去我们老家了！

晓　雄：凭什么先去你们老家啊？

晓　新：唉！女神刚不说了嘛，试试水呀！我们老家可有白洋淀那一淀春水恭候我们美丽的洛神姑娘沐浴呢！

晓　城：去你的！天还这么冷，你诚心让女神感冒吧？

晓　新：白洋淀现在呀，用一句诗形容吧，“蒌蒿满地芦芽短，正是河豚欲上时”，风景迷人、鱼鲜味美啊！

晓　雄：我们是文化考察，又不是观光旅游！

晓　新：我们安新不仅有白洋淀的美丽风景，文化还是大大的（学日本鬼子语气）呀！

晓　城：我听着您这腔调怎么这么像日本鬼子啊？

晓　新：哎！你算说对了！我们安新白洋淀的红色文化就很出名。雁翎队抗日！《小兵张嘎》的，你的明白？（学日本鬼子语气）城哥，你们老家有这么出名的抗日英雄吗？有吗？有吗？（稳操胜券般追问的语气和神态）

晓　城：（被晓新的问题卡住，做苦思冥想状，突然站起来，筷子敲着餐盘，说起快板书）我们有啊！狼牙山，巍峨耸立到了云天……

晓　新：打住，打住，蒙晓梦呢？她是北京人儿，我们俩可是河北人！你们容城有狼牙山吗，狼牙山可在人家易县！

晓　城：你别急呀，听我说完，狼牙山五壮士知道吧？

晓　新：知道啊。

晓　城：五位英雄的大名知道吗？

晓　新：说不全。

晓　城：那就听我说！（晓梦赶紧从包里拿出笔和本记录）（筷子敲餐盘，快板书）狼牙山，巍峨耸立到了云天；五勇士，英名浩荡咱们常记心间。他们是，马宝玉、葛振林、宋学义……他们是，马宝玉、葛振林、宋学义……（故作犹豫地）

其他三人：还有谁呀？您倒是说呀？

晓　城：（快板书）还有那，还有那，还有那胡德林、胡福才，这叔侄二人就出在我们容城县！（筷子敲四人餐盘，嘴中发出架子鼓的声音）

晓　新：还真是厉害！（转向晓雄）我们俩县都有抗日英雄，你们县呢？

晓　雄：我们县也有啊！（也站起身，唱歌）地道战，嗨，地道战，埋伏下神兵千百万……

晓　新：（做暂停手势，说英语）停！停！又来一蒙晓梦的！地道战可是说的人家保定清苑区的冉庄，跟你们雄县半毛钱关系没有！

晓　雄：奥特了吧！我们雄县的地道战，宋代就有了，杨六郎为抗击辽国挖的，现在还有遗址呢，明天咱们就去考察考察。冉庄和雄县的抗敌作战理念可是相通的哟！

晓　城：你这有点牵强，我们在说抗日英雄呢！

晓　雄：我们老家也有抗日名将！血战台儿庄，知道吧？你们俩又要说了，台儿庄不在雄县，可是在台儿庄战役中，我们雄县龙湾人孙连仲将军立下大功啊！

晓　梦：好了，好了，别争了，你们三县都很厉害！武的说了，再说说文的！

晓　新：文的？我们安新县有文学巨匠孙犁，清末翰林、大书法家潘龄皋，还有白洋淀诗群。你们容城呢？

晓　城：这你可难不倒我！严嵩，知道吧？

其余三人：（惊奇地）谁？

晓　城：严嵩！严嵩！严嵩！重要的人物说三遍。

晓　梦：你们熟吗？够亲切的！把人家姓氏都省略了。

晓　熊：直接说白岩松不就得了！太亲切了，我们反应不过来！

晓　新：人家白岩松可是内蒙古的！

晓　城：（急了）谁说白岩松了，我说的是严嵩！明朝的！人家可是中国历史上著名的大奸臣呐！（竖大拇指，加重“著名”和“大”的语气，貌似充满自豪感）

晓　雄：看来你很自豪啊！你们老乡啊？

晓　梦：晓城，你小心了啊！注意三观！说点历史精华、正能量的，历史糟粕、负能量的东西就不要炫了嘛！

晓　城：谁为奸臣自豪了？谁炫糟粕了？你们等我把话说完。我是说像严嵩这样的大奸臣，权倾朝野、炙手可热的人物，当时谁敢惹？唉！我们容城老乡就敢惹，冒死弹劾严嵩！

晓　新：你们这位老乡是谁呀？

晓　城：大名鼎鼎的杨继盛，杨大人！大儒一枚！大书法家一枚！大谏臣一枚。

晓　新：闹了半天还是一大奸臣！

晓　城：（生气地）什么大奸臣？！不要亵渎圣贤！

晓　梦：我也听你刚才说了大奸臣一枚呀？

晓　城：（态度亲切地面向晓梦）我是说“大谏臣”，不是说“大奸臣”。嗨！这劲费的！我是说大臣向皇上进谏的“谏”，不是奸诈的“奸”！知道“铁肩担道义，辣手著文章”这诗吧，就出自他老人家之手！

晓　雄：是够老的，都好几百岁了。

晓　梦：知道，知道，李大钊还把这诗改为“铁肩担道义，妙手著文章”。

晓　城：对！杨继盛和另外两位容城大儒——刘因、孙奇逢并称“容城三贤”……

如时间允许，可再加上三县饮食文化、白洋淀渔文化、非物质文化遗产、考古遗址等内容。可用相声“贯口”的形式表现。

这时传来央视新闻联播片头曲的声音。三人专心看电视状。播送雄安新区成立的新闻。他们惊奇而激动地看完这则新闻，四人站起来，开怀大笑。

晓　梦：行了！你们仨也别争了！明天就去咱们雄安考察吧！

晓　城：等会儿，晓梦，你刚才说“咱们雄安”，你什么时候也成雄安人了？

晓　梦：实话告诉你吧，我是在北京长大，可我老家也是白洋淀的，我爷爷就是老雁翎队员，我是地地道道的雄安人！况且……况且……我再公布个秘密吧……（话说一半又咽回去了）

晓雄、晓城：（坏笑着，互相挤眉弄眼）什么秘密？快说，快说！

晓　梦：（眼睛盯着晓新，不好意思状）要不晓新你说。

晓　新：（站起身，果断地）我说就我说！今天雄安新区成立了，是个大喜的日子！我也宣布一件我和晓梦的人生大事！

晓雄、晓城：（还是坏笑着，互相挤眉弄眼）你们俩？和晓梦？还人生大事！

晓　梦：对！我们俩！我老家和晓新一个村的，从小就认识。我们早就商量好了，毕业后回老家白洋淀创业。

晓雄、晓城：还宣布呢！你们俩以为保密工作做得好啊？你俩那点秘密呀，我们早知道了，只不过不愿意揭穿你们罢了。

晓　梦：现在更好了，我们四个成雄安老乡了！明天就去咱们家乡考察，毕业后都回雄安，为家乡建设出力！刚才，咱们说到了宋朝，只说了咱们雄安一千年的辉煌历史，就已经很令人自豪了。有句话怎么说来着，“让历史告诉未来”，咱们雄安有这样深厚的历史文化积淀，今天我们恰逢盛世，党中央、国务院、习总书记英明决策，成立了雄安新区，我们相信雄安新区的未来千年一定会更加辉煌灿烂！

四　人：对！千年雄安！辉煌灿烂！（向观众鞠躬）

剧终

2017年5月21日上午11点19分于尚城完成初稿

生命的报答[1]

编剧：王春光　白云霜

人物表

（以出场先后为序）

栗老师：女，28岁，保定学院中文系政治辅导员。

江媛媛：女，22岁，保定学院中文系大学四年级学生。

斯琴格：女，60岁，江媛媛初中老师、养母。

江建建：男，19岁，江媛媛的弟弟，保定学院政法系大学一年级学生。

冯书记：男，48岁，保定学院中文系党总支书记。

周医生：女，40岁，北京某医院血液科医生。

马宝新：男，22岁，保定学院中文系大学四年级学生，江媛媛的男朋友。

[1] 该剧广播剧版荣获保定市第十二届精神文明建设“五个一工程”优秀作品奖，话剧版荣获河北省教育厅主办的全省第六届大学生艺术展演三等奖。

第一幕

刚刚过了元旦，学期末。在保定学院中文系辅导员办公室里，栗老师正在忙碌着……有人敲门。

栗老师：（低着头,一边忙着,一边说）请进!

江媛媛手里拿着一个文件袋，兴冲冲地走进来。

江媛媛：（兴奋地）栗老师，栗老师！好消息，好消息！

栗老师：（吓了一跳，看见是江媛媛进来，表现出意想不到的神情，转而又笑了）媛媛，你吓我一跳。哎，这几天你不是发烧请病假了吗？

江媛媛：（依然不减兴奋的表情）有好消息，我一高兴啊，病都好了一半。

栗老师：别光顾高兴，我看你脸色还是不好，要注意休息。

江媛媛：（撒娇地）知道了，我的好老师！

栗老师：好了，好了，别着急，慢慢说，是什么好消息呀？

江媛媛：我被新疆一所中学录用了！

栗老师：真的？哇！这可真是个大好消息！

江媛媛：老师，为我高兴吧！（说着又唱又跳起来）咱们新疆好地方啊……（有些气喘，身体有些支撑不住，悄悄坐在椅子上，栗老师却没有注意到）

栗老师：高兴，高兴，真替你高兴！大学几年来，这可是圆了你的一个梦想啊！这几年你总跟我说这个事情，总问我有没有到西部支教的指标。

江媛媛：是啊，老师。大一入学教育时，您组织我们参观咱们学校的“西部支教展馆”，我就立下支教西部的志向了。后来支教西部的好多师哥师姐回母校，给我们做了好几次报告，我就更坚定了。

栗老师：所以去年报名到新疆实习，你是那么积极，总是缠着我问这问那的。

江媛媛：是啊，老师，去年在新疆实习半年，支教西部的师哥师姐们身上的精神和品质对我影响太大了，从他们那里我可学到了很多。在去实习学校的路上，我被那巨幅标语震撼了。

栗老师：什么标语？

江媛媛：（抑扬顿挫地）只有荒凉的沙漠，没有荒凉的人生。

栗老师：我也知道这两句话，咱们学校每届支教西部的毕业生路过那里都会被这标语震撼！

江媛媛：栗老师，我毕业论文的内容就是关于西部支教的呢！哎，对了，这几年，我手机里一直保存着习总书记回信后新闻联播那段新闻视频呢！

栗老师：是吗？

江媛媛：真的！不信你看呐（说着掏出手机，点击）。

师生二人凑在一起认真观看。场外音：播放新闻联播音频。

栗老师：（音频播完后）我每次看这段视频都很激动，很振奋。哎，媛媛，这个好消息跟家里说了吗？

江媛媛：说了，说了，来您办公室路上就跟他们都说了，我妈妈，我哥哥，我姐姐，他们都在承德塞罕坝老家，给每人打了一个电话。我弟弟在咱们学校政法系上学，一会儿我再找他说去。怎么样？您培养的学生高效率吧？本来想给您先打电话来着，后来我想，您是恩师（有些开玩笑地），要当面告诉，给您一个惊喜。

栗老师：这丫头，总是这么调皮。对了，听说是你极力鼓动你弟弟报考咱们学校的？

江媛媛：那是啊！咱们这么好的一所学校！当年毛主席夸奖咱们是一所好学校，江泽民同志也表扬称赞，特别是习总书记给咱们西部支教毕业生回信鼓励，不报考咱们学校还行？

栗老师：是啊，我们都很自豪啊！哎，宝新呢？他被选上了吗？

江媛媛：（收住兴奋的表情，神情暗淡了下来）快别提他了。

栗老师：（调侃地）哟，哟，这又是怎么了，跟他闹别扭了？

江媛媛：比闹别扭厉害，他整个一叛徒！我好多天不理他了。

栗老师：他怎么又成叛徒了？又不是你在我面前总是嘚瑟他的时候了？什么宝新有才气，什么宝新体贴！快说说他怎么叛徒了？

江媛媛：您知道，开始我们商量好的，一起应聘去新疆，后来他又犹豫了，理由是他妈妈说他是独生子，死活不让他去。他从小到大什么都听妈妈的，从来没自己拿过主意。最看不上他这点，大男人没主见。看来他对我也不是真爱啊！嗐！真让我生气。

栗老师：他犹豫啊，也是出于一片孝心，可以理解。你们可以再谈谈，一起想想办法做做他妈妈的工作呀。不过，你被新疆录用这事怎么着也应该跟他说一声吧。还是打个电话吧，也算是告别吧。

江媛媛：那好吧，我听您的，不是看在您的面子上，我打算这辈子都不理他了。

（说着，拨通了电话，接电话的却是马宝新的妈妈。场外音："媛媛啊，我是阿姨。"）

江媛媛：（怯怯但有礼貌地）阿姨好！宝新在吗？

电话里，马宝新妈妈回答。场外音："他去学校修改毕业论文了，手机落家里了，这孩子总是丢三落四，真让人操心。你找他什么事啊，我回来转告他，行吗？"

江媛媛：谢谢您，阿姨！我就是跟他说一声，我被新疆的学校录用了。

电话里，马宝新妈妈说话。场外音："祝贺你啊，媛媛！不过，阿姨要把话跟你说明白，我们大宝可绝对不会跟你去新疆的。我从网上查了，那个沙漠小县城，风沙特大，条件很艰苦，我们大宝怎么受得了。你也知道，我就这么一个儿子。以后啊……你俩还是……还是……别联系了，谁也别耽误谁，你明白吗？"

江媛媛：（接电话时身体开始摇晃，扶住了办公桌，带着既疲惫、痛苦又委屈的腔调，但不失礼貌地）我明白，阿姨。您……保重……身体，阿……姨，再……见……

说着，电话滑落在地上，身体一晃没站住，晕倒在旁边的椅子上，鼻子里还流出了鲜血。栗老师看到这种情况，赶紧过来扶住江媛媛。

栗老师：媛媛！媛媛！你怎么了？（黑灯，救护车的声音）

旁白："栗老师和几位师生一起把江媛媛送到了医院。经过检查，江媛媛患的是白血病。"

第二幕

北京某医院的特护病房。江媛媛半躺在病床上，妈妈和弟弟陪着她说着话。这时，冯书记和栗老师手里拎着水果、拿着鲜花来看望江媛媛。

栗老师：媛媛，冯书记看你来了。

妈妈和弟弟赶紧迎上去，顺手接过老师们手里的东西，媛媛也坐起来。

斯琴格：冯书记，栗老师，太谢谢你们了！

江建建：老师们好！快请坐！（说着，他给两位老师搬凳子）

冯书记：（走到病床前，示意江媛媛躺下）快躺下，快躺下，多懂事的孩子！感觉怎么样啊？

江媛媛：（笑着）谢谢冯书记，谢谢栗老师！我感觉好多了。

斯琴格：我们媛媛可坚强了！

冯书记：媛媛，安心治疗，有什么需要我们的，尽管说。

江媛媛：冯书记，还真有事麻烦您。

栗老师：媛媛，有什么话就跟冯书记说。

江媛媛：冯书记，在我有生之年，有两件事我不想留下遗憾。

大　家：傻丫头，快别这么说，这才到哪啊，你的病现在有法治，你的好日子长着呢。

这时，斯琴格转过身去偷偷抹眼泪。

江媛媛：你们别急，妈妈您也不用难过，我是要大学毕业的人了，什么都明白，我说的是万一。冯书记，您先听我说，一是我的论文写好了，还没有答辩，我是真想论文答辩通过，拿到毕业证和学位证啊。更重要的是第二件事。

冯书记：你说吧。

江媛媛：冯书记，您知道，我生病前，党支部已经讨论通过我入党的事了，志愿书也填了，党委还没有审批，我却病倒了。在我有生之年，我真想能在党旗前宣誓啊！

冯书记：媛媛，你这两个愿望我都记下了，回去我们一定好好研究，请示上级，看看怎么解决。你先安心治疗，我们希望再次看到一个健康阳光的江媛媛！

这时，周医生走了进来。

周医生：病房里不要这么多人，影响病人休息。（对冯书记、栗老师）您二位是？

冯书记：我们是保定学院的，媛媛的老师，专程从保定赶过来看望媛媛。

周医生：（对江媛媛）媛媛，你的老师们多好啊！

江媛媛：（开玩笑地，和周医生很熟的样子）那是！周医生，只有这么好的老师才培养了我这么好的学生呢！

周医生：（对斯琴格，小声地）您出来一下。

江媛媛：周医生，咱可不兴秘密谈判啊！有什么话当我面说，放心吧，我的心理很强大，什么都能承受。

斯琴格：周医生，咱们就在这说吧，我的女儿我了解，她没事。

周医生：是这样，你们要有思想准备，骨髓移植手术费可不是个小数目。

冯书记：还差多少？

周医生：还差20万。

斯琴格：（对冯书记）我和媛媛的哥哥姐姐东拼西凑的，凑了30万了，（对周医生）周医生，您先抓紧给媛媛做手术，剩下的手术费我们再想办法。

冯书记：对呀，周医生，剩下的手术费，我们学校也想办法。您先抓紧给媛媛做手术吧。

周医生：不是你们说的那么简单，媛媛还需要检查调养、降指标，更主要的是还要解决骨髓捐献的问题。

斯琴格：我们仨不是验血了吗？

周医生：噢，对了，媛媛妈妈，我正要问你这事呢。现在我们有个疑问，您和媛媛哥哥姐姐三个人的血型怎么跟媛媛都不匹配呀？

听到这里，江媛媛突然坐起来，激动地抱住斯琴格，把头埋在妈妈怀里。

江媛媛：（大声地）妈妈！（然后小声啜泣）

江建建：（惊讶地）妈妈，验血的事您怎么还瞒着我呀？

斯琴格：你还小，又在上大学，我跟你哥哥和大姐商量了，万一我们行，就不用你了。

江建建：（感动地哽咽着）妈妈！您和我哥哥大姐对我二姐和我太好了！（转向周医生）周医生，验我的血吧，准行！

周医生：为什么？

江建建：因为我是江媛媛的亲弟弟。

周医生、冯书记、栗老师三个人惊愣了。黑灯。

第三幕

病房里只剩下母女二人。妈妈坐在病床边上，女儿依偎着妈妈。

江媛媛：妈妈！您还记得我第一次跟您叫妈妈的情景吗？

斯琴格：乖女儿，妈妈怎么能忘了呢？那年咱塞罕坝老家的冬天可真冷啊！……

灯光渐暗。音效：风雪声。旁白：“江媛媛的亲生妈妈体弱多病，一个人拉扯着一儿一女艰难度日。江媛媛读小学三年级，当时斯琴格是她的班主任，经常照顾媛媛，接送媛媛上学放学，给她做好吃的，还在经济上接济媛媛家。一个风雪交加的早晨，斯琴格又去接媛媛时，老远就听到了姐弟俩撕心裂肺的痛哭声，小媛媛的妈妈去世了。斯琴格把两个孩子搂在自己怀里。”场外音：小媛媛姐弟俩：“妈妈，妈妈，你别死，你别死，你醒醒，你醒醒啊——”斯琴格：“孩子们，别怕，以后我就是你们的妈妈。”小媛媛：“老师，老师，妈妈。”灯光渐亮。

江媛媛：（幸福地）妈妈，我的好妈妈！等我病好了，我大学毕业了，在新疆工作了，就把您接到新疆去，好好孝敬您，好好报答您啊！

斯琴格：好女儿，女儿在哪里，哪里就是我这个老太太的家，妈妈可就等着你孝敬了，说话算数啊！

江媛媛：（故作调皮地）一定的，有这么多好心人，我一定能闯过这一关。

这时，冯书记、栗老师、江建建走进病房。母女二人分开。

江建建：妈妈，二姐，好消息，冯书记他们回到学校啊就为你发起了捐款，全校师生两天就捐了20万元。咱们学校西部支教的师哥师姐们，还有新疆你签约学校的师生们，听说了你的病情，也纷纷捐款，那场面，我太感动了。

江媛媛：太谢谢老师们了，太谢谢同学们了。

斯琴格：是啊，太谢谢大家了！医院领导知道了我们家的情况，知道了媛媛与新疆学校签约的事情后，也减免了部分医药费，医生护士们也发起了捐款。真是一方有难、八方支援啊！现在医疗费没问题了。冯书记、栗老师，有这么好的学校，有你们这么多好心人，我的宝贝女儿有救了！建建的血液检查也合格了，媛媛下星期就可以手术了。

冯老师：是啊，媛媛一定会好起来的。你别光感谢别人，对媛媛姐弟来说，你不仅是一位可亲可敬的老师，更是一位伟大的母亲！

栗老师：对呀，我原先就奇怪，怎么媛媛家这么多兄弟姐妹呀？一家五口人，三口人是蒙古族，她和弟弟是汉族。上次来医院，我才搞明白，原来有你这位伟大的老师妈妈才有了这民族一家亲啊！

江媛媛：我感谢大家！感谢我的妈妈们！我有好多妈妈，亲生妈妈，老师妈妈，母校妈妈，党妈妈，祖国妈妈。

冯书记：媛媛说得太对了！点赞！

栗老师：媛媛，我们还给你带来一个人。

江媛媛：谁呀？

栗老师：（对门外）进来吧！

马宝新羞答答地走进来。

江媛媛：（惊讶而高兴地）你？宝新！（转而生气地）你出去！我再也不想见到你了！

马宝新：（低着头，拉起江媛媛的手，不好意思地）媛媛，对不起！我错了，我，我……

栗老师：媛媛，这就是你的不对了，人家都来了，都跟你承认错误了，别不依不饶的了。刚才一见他，我看你也挺高兴的，怎么说变就变了？

江媛媛：栗老师，我，我……

栗老师：行了，你把手机号换了，微信、QQ也把他删了，这些天他联系不上你，就总找我诉说他的痛苦，就是过不了他妈妈那一关，最后他下决心先瞒着他妈妈，他妈妈的工作以后慢慢做。

马宝新：媛媛，我想好了，我陪着你治病，病好了，我和你一起去新疆支教，照顾你，照顾你一辈子……

江媛媛：（憋不住笑了）去！谁让你陪，谁让你照顾，陪我照顾我，有我妈妈呢，你还是陪着你妈妈、照顾你妈妈去吧。

马宝新：以后我把我妈妈接到新疆孝敬。

江媛媛：呸，又跟我学。

江建建：二姐，我毕业后也去新疆支教，找你们俩去，就像咱们的师姐赵艳菊一家一样。老师给我们讲过她家的故事。她家是雄安新区容城县的，赵艳菊师姐去新疆支教后，他弟弟也考上咱们学校，毕业后也去新疆支教了。后来，他们的父亲、母亲和哥哥卖掉老家的房子，一起去了新疆。多伟大的一家人啊！

冯书记：好！小伙子有志气！我们要把保定学院西部支教精神一届学生一届学生地传下去！

栗老师：媛媛，冯书记给你带好消息来了。

冯书记：媛媛，上次我们电话里说的那个论文答辩的方案，经过研究，学校批准了，准备给你来个远程视频论文答辩，特别的病房答辩。你准备准备吧，明天进行。

江媛媛：我一直都准备着呢，现在就开始吧。

栗老师：还是这么雷厉风行。论文答辩组的老师们定好了是明天，还要调试远程视频设备，再耐心等等吧，别太急！冯书记还有好消息呢！

冯书记：媛媛，学校党委也研究了你入党的事情，今天派我来跟你谈话。

江媛媛：太好了！我太幸福了！书记，您现在就跟我谈吧！

冯书记：又着急，还得让别人回避一下呢。（对其他人）对不住各位了，我代表组织跟媛媛谈话，大家回避一下吧。

其他人都走出病房，只剩冯书记和江媛媛。冯书记坐在病床边，江媛媛也坐了起来。

冯书记：（郑重地）江媛媛同学，今天校党委指派我，就你入党事项与你谈话。江媛媛，先谈谈你的入党动机，也就是你为什么加入中国共产党。

江媛媛：（思考了一下）就是因为你们。（说着，指了指冯书记，又指了指门外）

冯书记：我们？

江媛媛：对！你们。您、栗老师、周医生，你们都是共产党员，你们都是多么好的人啊！还有，我妈妈是共产党员，在塞罕坝教了四十年书。哥哥、姐姐也是共产党员，现在还在塞罕坝工作。对了，还有哥哥姐姐的父亲。

冯书记：对了，你哥哥姐姐的父亲是做什么的？

江媛媛：他也是共产党员，30年前他就是为建设我们塞罕坝牺牲的。你们都是好人，对我，还有对别人，都那么好，您给我们上党课，我知道了你们这是为人民服务，所以我从小学到大学一直有一个志向，入党，当党员，做像你们一样的人。我要报答你们，报答社会，报答党，我也要为人民服务。

冯书记：媛媛，你的认识很好！那你为什么要去新疆支教呢？

江媛媛：因为他们？

冯书记：他们？谁？

江媛媛：他们！就是在新疆工作的师哥师姐们……

交谈声渐弱，轻音乐渐强，表示谈了一段时间。十几秒钟后，交谈声渐强。

江媛媛：所以我大学这几年就一直想，毕业后去西部支教，像那些支教西部的师哥师姐们一样，像习总书记回信说的那样——“让青春之花绽放在祖国最需要的地方”。

冯书记：媛媛，通过谈话，我认为你入党动机纯正，对党的认识正确，加上你在学校的出色表现，我立即向校党委汇报，你符合共产党员标准，我同意你加入中国共产党。现在就汇报。

江媛媛：书记，现在?

冯书记：对！现在！我来北京前，校党委书记专门嘱咐我，跟你谈话后，如果你合格的话，马上告诉他，他马上专门召开党委会审批你的入党事宜。领导们都等着呢。

江媛媛：感谢校领导，感谢校党委，感谢我们的党！我今天可是幸福无比啊！

音乐渐起。冯书记打电话，收起电话。灯渐暗。十几秒钟后，灯渐亮，音乐渐弱，表示过了一段时间。冯书记电话铃响起，高兴地接完电话。

冯书记：（高兴而郑重地）江媛媛同志，校党委同意接收你为中共预备党员了。党委书记还交给你入党后的第一个任务。

江媛媛：什么任务？保证完成！

冯书记：这个任务就是战胜病魔！（向着门外）你们都进来吧。

斯琴格、栗老师、周医生、江建建、马宝新五人走进病房。

冯书记：栗老师，把党旗拿出来，咱们为江媛媛同志举行一个特别的入党宣誓仪式。

江媛媛：书记，等等！（大家不知媛媛要干什么）这是一个庄严的时刻，我要好好把头发梳整齐，换上新衣服。（说着，她拿起梳子把头发梳理好，下了病床）

斯琴格帮女儿拿来衣服，江媛媛换上了自己整洁的衣服。栗老师拿出党旗。

江建建：宝新，来，咱俩都是入党积极分子，咱俩举着党旗。

江建建和马宝新二人展开鲜艳的党旗，在江媛媛面前高高举起。江媛媛庄严地站在党旗前，举起了自己的右拳。冯书记领誓。

冯书记：我志愿加入中国共产党……

江媛媛：我志愿加入中国共产党……

冯书记领誓一句，江媛媛宣誓一句。江媛媛宣誓时音乐渐强，江媛媛宣誓后几名党员依次站到党旗前宣誓一句“我志愿加入中国共产党”，最后又一起大声宣誓。在铿锵有力的誓言声中，音乐最强，场上人物动作定格。音乐渐渐舒缓，灯光渐暗，灯光全黑后演员退场，旁白起。旁白：“江媛媛的手术成功了。两年后，她和马宝新一起奔赴新疆支教。江建建毕业后也去了新疆支教。姐弟俩把妈妈斯琴格也接到新疆一起生活。”旁白过程中，背景屏幕播放新疆风光、保定学院西部支教毕业生工作情况和他们对母校的寄语、保定学院西部支教毕业生名单，播放新闻联播视频，音乐响起。

剧终

2019年11月21日22时完成初稿

风俗篇

FENG

SU

PIAN

邀君渔村上　再现民风淳

白云霜　王春光

置身在碧水蓝天、绿苇粉荷之中，你肯定会由衷赞叹白洋淀给雄安新区带来的那份秀美和灵动；走进那些渔村苇巷，你更会感受到白洋淀因水而成的独特民俗风情。

初到白洋淀，乘一叶扁舟，船工会带你走进水乡深处，细细观赏美景，深深体验民风。沿路有各式各样的行船，船工会热情地介绍：大一些的叫“大六舱”，小一点的是“小三舱”，落满褐色鱼鹰的叫“鹰排子”，放鸭用的叫“鸭排子”，水猎用的叫“枪排子”。你还可以试试各种划船的方法：一人双桨的单人划，“前把后棹”的双人划，一人一桨的“单棹挑”。如果是在冬季，淀里结了厚厚的冰凌，各种船没了用武之地，人们出入淀区就得靠撑“拖床”（一种大冰床子）或步行了。最麻烦的是初冬刚结冰和春天冰面融化的时候，船不能行，人又不能走，这种状态叫“孱河”。过去，到了“孱河”时节，水区的人们会有半个月甚至一个月左右的时间被困在淀中，交通断绝，大家只能提前备足食物和生活用品，除了极特殊情况外，是不出村的，村与村遥相对望，却不通音信。如果有人得了重病，必须外出就医，村里就动员各家的壮劳力合力砸开冰面，开辟一条河道，让船出行。

优美静谧的白洋淀（摄影：王春光）

白洋淀鹰排子（摄影：王春光）

沿途还会看到渔民们用各种工具和方法捕鱼捞虾。白洋淀的捕鱼方法大致分这样几类：第一类是“守株待兔”型，渔民把渔网和鱼钩下到水里，等着鱼儿自己撞网上钩，这类渔法有粘网、粘钩等；第二类是“请君入瓮”型，渔民布置好陷阱和鱼饵诱捕鱼虾，这类渔法有下篮、下篓子、下密封、下卡、下罐子、下地龙、闸箔、出汕等；第三类是“主动出击”型，渔民们主动找寻鱼虾踪迹然后捕获，这类渔法有叉晒、叉窝子、扣大罩、夹罱子、拉大绠、放鱼鹰、蹾清、淘埝子等。捕鱼方法大概有几十种，每种方法都体现了白洋淀人的聪明、智慧。

听！笙箫锣鼓、古腔老调由远及近；看！渔家娶亲嫁女的船队迎面驶来。彩船上大红的罗帐随风舞动，船舱里端坐着美丽的新娘，随着船儿的摇动，笑容也荡漾在她的脸上！

泛舟浩渺大淀，穿行弯弯水路，眼前会不时出现一座座小岛，那就是白洋淀的一个个渔村。舍舟登岸，体验一番原汁原味的水乡生活吧！

渔家的院落好小好小，渔村的街巷好窄好窄，窄到相向而行的两个人只能勉强侧身通过。可不要认为这里的人们不大气，在这“寸土寸金”的白洋淀，盖房建院分外艰难。过去的白洋淀水患频发，十年九涝，淀区盖房之前必须把宅基垫高，而这里水多土少，生活在小岛上的人们只能向水底要土。从水底取土的一种方式叫“戗泥”，先用“小罱子”（形似大夹子）把水底的淤泥夹到船上，再卸到岸边，过些日子等大部分的

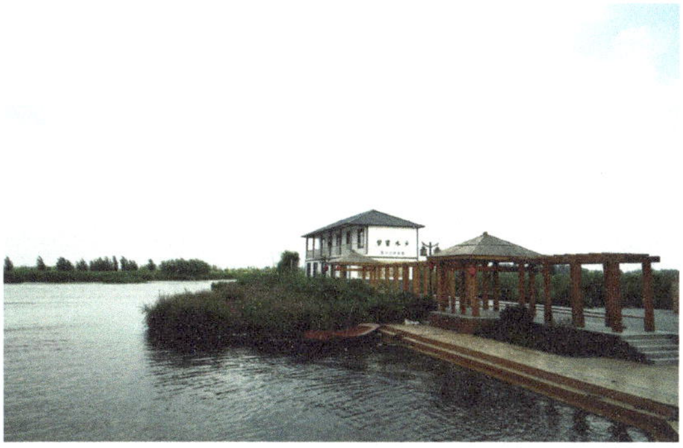

白洋淀邵庄子村风景（摄影：王春光）

水分渗漏蒸发掉，就将泥土铺到宅基地上。还有一种方法叫“打垡子”，在浅水里操作，用一种平板铁锹把水下的泥土切割成30厘米见方的泥块，这就是“垡子”；然后将垡子一个个摆放到大船的船头和船舷上运到岸边，再一块块背到宅基地上。“戗泥”和“打垡子”都是又脏又累的活儿，现在这种劳动方式基本见不着了，有了挖泥船，机械代替了人力。谁家盖房子，村里人都要帮忙，每家要出劳力“助工”，主家只管饭、不给钱。渔村居民门对门、户连户，不少人家没有院墙和院门，只是用芦苇夹一道“寨篱”（篱笆）。正是因为街巷和院落太小，渔村的老房子都被盖成平顶，房顶上还有砖瓦砌成的漂亮“房栏”，平时可以代替小院晾晒东西，水涝之时人们也会把家具等搬上屋顶，在这里生活一段时日，直到洪水退去。特殊的居住模式营造了特殊的水乡风尚，村民们住得紧凑，又因被水重重包围，村里极少来外人，于是家家夜不闭户、人人路不拾遗，民风淳朴，亲如一家。

白洋淀村庄狭窄的胡同（摄影：王春光）

到了白洋淀渔村，好客的渔民会先沏上一壶本地特产的“荷叶茶”或“莲芯茶”为你消渴祛暑，再把特色渔家美食端上餐桌请你品尝。白洋淀很多美食实际上就是渔家地道的家常饭，这些饭菜的烹制方法与白洋淀人的生产方式紧密相连。捕鱼时节，一家人都在渔船上吃住。船上空间狭窄，只能在船尾安放一个“小锅腔子”，饭和菜搁在同一口锅里烧，掀开锅盖，锅里既有菜又有饭，于是被称为“一锅掀”。“半蒸半煮”和“小鱼钻沙”是“一锅掀”的代表性饭食。

半蒸半煮：先在锅底炖鱼，等鱼半熟时在锅边贴上一圈儿玉米面饼子，饼子一半浸在鱼汤里，盖锅继续烧火，等鱼和饼子一起熟透，掀锅戗下饼子就着鱼吃，饼子没沾鱼汤的一半是玉米面的香脆，沾了鱼汤的一半散发着浓浓的鱼香。小鱼钻沙：还是先在锅里炖小鱼，小鱼半熟时，把淘好的小米铺在鱼上面，再盖锅继续烧火，最后小鱼和小米一起熟透。掀锅一看，小米饭和炖小鱼混在了一起，就像鱼钻进了黄灿灿的沙堆，因此白洋淀人把这种饭菜称作“小鱼钻沙”。民谚曰：“宁舍宴席八八，不舍小鱼钻沙。”米香伴着鱼香，令人垂涎欲滴！白洋淀渔家还有很多水乡特色饭菜，如汁浓味香的“炖杂鱼”、清爽滑润的“凉拌白花菜”、清香去火的“荷叶角炒鸡蛋”、晶莹爽滑的“鱼鳞冻儿”、营养焦脆的“油炸水蝎子”、嫩白鲜美的“熘鱼片儿”、鲜艳酥软的“小虾糊饼”等，都是正宗的白洋淀渔家美味。

我们常说“一次三餐”，而淀区渔民的饮食习惯是“一日两餐”，这种习惯缘于水乡人的捕鱼生活：早晨起来先下水捕鱼，然后抓紧时间到早市上卖鱼，上午10点左右才有时间安排早饭；早饭后继续劳动，中午那顿饭就隔过去了，一直到下午收工后再吃晚饭。两餐之间，肚子饿了就吃块“饽饽”（干粮）垫补垫补。随着生产方式的改变，现在很多人家也逐渐改为一日三餐了。

品尝了白洋淀的渔家饭，晚上你一定要住下来，体验一次白洋淀原生态的“夜生活”。

“月亮升起来，院子里凉爽得很，干净

白洋淀水乡的黄昏 （摄影：王春光）

织苇席（一）（摄影：刘全乐）

织苇席（二）（摄影：刘全乐）

得很，白天破好的苇眉子潮润润的，正好编席。女人坐在小院中，手指上缠绞着柔滑修长的苇眉子。苇眉子又薄又细，在她怀里跳跃着。……这女人编着席。不久在她的身子下面，就编成了一大片。她像坐在一片洁白的雪地上，也像坐在一片洁白的云彩上。她有时望望淀里，淀里也是一片银白世界。水面笼起一层薄薄透明的雾，风吹过来，带着新鲜的荷叶荷花香。”这是孙犁先生《荷花淀》中的著名段落，描写的是白洋淀女人月下织席的情景，这在水乡是极为常见的画面。白洋淀织席历史悠久，苇席产品在北方数一数二。编席是女人们的活计，女孩子几岁上就开始跟大人学织席，编织过程主要包括三个步骤：踩角（起头）、织席心（编织席的中间部分）、缲边（收边）。席子的图案丰富多样，有双纹、十字纹、方块纹、三角纹、人字纹等。

傍晚时分，“织女”们编织完漂亮的花席，就到了淀中沐浴的时候。她们像出笼的鸟儿，在暮色掩映下，驾着一条条小船向那银色的大淀划去，彼此呼唤着，应和着，笑着，闹着。多年以来，每个村子都约定俗成，哪块水域是男人们的“澡堂”，哪块水域供女人们“天浴”。有时候，碰巧有异性划船经过，远远地望见洗浴场面，并不躲避，只需放开喉咙大声说唱两句，洗澡的人闻声便跳入水中，把身体隐蔽起来。淀水在太阳底下晒了一整天，有了温度，暖而不热，凉而不寒；人们洗去了一天的疲乏，浑身舒舒服服的。

与白洋淀人接触后你会发现，男人们豁

白洋淀水乡风景（一）（摄影：王春光）

达开朗、大方好客，女人们心直口快、热情奔放。这种开放民风的形成是有其文化地理原因的。白洋淀耕地极少，自古就不具备男耕女织、自给自足的小农经济条件，人们只能适应环境“靠水吃水”，打鱼捞虾、采菱挖藕、织席编篓，卖出劳动产品，再买进粮食衣物等生活必需品。因此，很多白洋淀人常年漂泊在水上，沿海河水系“上府下卫”（保定府、天津卫）走南闯北，逐渐形成了有别于京津冀乃至广大北方地区的独特的水上商品经济形态。白洋淀人见多识广、精于算计、性格豪爽、尚武刚硬，有谚云：“京油子，卫嘴子，保定府的狗腿子，斗不过白洋淀的水鬼子。”此谚虽含戏谑调侃之意，却也藏有几分道理。抗日战争时期，白洋淀渔民组织的“雁翎队”，凭借着这份机智勇敢，痛击消灭了多少日本侵略者啊！

晚饭后，你应该再感受感受“放荷灯”的乐趣。白洋淀地区不适宜叫“河灯”，而应该叫“荷灯”，因为灯放在淀面上，而不是河面上，并且灯盏也的确是由新采摘的荷花花瓣做成的。把一条条“灯火纸”捻成灯

白洋淀水乡风景（二）（摄影：王春光）

白洋淀水乡风景（三）（摄影：王春光）

白洋淀水乡风景（四）（摄影：王春光）

芯，蘸油点燃，放在一个个荷花瓣上，就成了一盏盏“荷灯”。荷灯浮在水面上，粉红色的花瓣两头尖尖翘起，中间有一个凹窝，就像一只只漂亮的小船。荷灯漂散在宽阔的淀水上，远远望去，莹莹点点，与灿烂的星空遥相辉映，真是美不胜收！面对荷灯，虔诚地许下你美好的心愿吧！过去，每年的阴历七月十五（民间称为“鬼节”），白洋淀都有放荷灯的风俗，一是为了祭奠先人，二是为了驱鬼辟邪，三是为了许愿祈福。现在，白洋淀人不仅保留了“放荷灯”的传统，而且将其作为当地旅游产品的重要元素，不管初一还是十五，只要淀里不结冰，天气适宜，都能碰上放荷灯的，有本地人，也有外地游客。荷灯也被赋予了更多崭新的意义，如在阴历七月初七放荷灯就表达了情人们对美好爱情的深深祈愿。

荷灯飘远了，夜也深了，一天的游览结束，现在要准备歇息了。除了选择入住水乡民宿，你也可以选择像渔家那样睡在渔船上，那可是绝美的情境、绝妙的感受。船泊在淀边芦苇荡，或两三知己，或执手爱人，抚琴鸣箫，对饮吟唱，全部身心都沉浸在白洋淀寂静迷人的夜色里。微醺之中，头枕粼粼月光，脸上挂着浅笑，进入梦里水乡。我敢肯定，今后你一定会常常梦回白洋淀，梦回这魅力无穷的雄安水乡！

对子

王春光

放寒假前，保定学院文学院书法系的老师们义务给大家写春联。我拿到老师们送我的春联后，很是欣喜，很是亲切，不禁想起小时候在老家写对子的很多往事。

白洋淀的人们管春联叫对子。对子不单指春联，还包括过年前用毛笔写上字贴在各处烘托节日气氛、寄托人们美好愿望的那些红纸条、红纸方。跟所有中国人一样，过年贴对子是很重要的事情。我小时候每到过年除了喜欢吃好的、穿新衣、放鞭炮外，最喜欢的事情就是贴年画、贴对子了，因为这样才会有过年的气氛。

那时每邻近过年，大概进了腊月二十，村里小学校我的老师们就忙碌起来了。全村的文化人几乎都是学校老师，只有他们会写毛笔字。学校准备笔墨，红纸是乡亲们自带的。每位老师占用一张办公桌，周围都挤满了乡亲，欣赏着老师们挥毫疾书。到处都是写好的对子，有的晾在桌子上，有的晾在地上。老师和乡亲们不时交流着，这一副是贴在哪里的，那一副是贴在哪里的；这个是大门的，那个是小门的；这个是吉利帖，这个是福字，那个是门心。有个笑话说，过去有人不识字，把“肥猪满圈”贴在堂屋吉利帖“人口平安、子孙兴旺”的位置。这种事在我们村是绝对不会出的，老师们写对子时就会叮嘱不认字的乡亲那些特殊的对子贴在啥地方。柜上贴“黄金万两”，冰拖床上贴“日行千里”，大瓮上贴“五谷丰登”。“出门见喜”或“抬头见喜”是家家必贴的，都是竖着写、竖着贴，贴在大门外正对大门的别人家的墙上。如果对门没有人家，就贴在大树上；没有树，插个木棍子或竹竿也要贴在上面。有一年，我突然想到我家放酱油醋的小龛也应贴上一个什么，写个什么词呢？我想起了“玉液琼浆”四个字，又在放针线和碎布头的小龛上贴了“金线银针”。

我们村当时写字最好的要数肖老师。肖老师高挑个、小背头、大眼睛，肤白面嫩。他不是我们村的人，老家好像是任丘的，很浓的任丘口音，说话很儒雅，语速不紧不慢，和蔼可亲。他是被分配到我们村教书的国办老师，挣国家工资，吃商品粮，后来就在我村成家落户了，有一个儿子、两个女儿，我们师母好像是北边村子刘庄子的。他儿子比我大两岁，叫晓东，一定是受家庭影响，也是很好的一个人，我很喜欢和他交往。后来，我在外求学工作，肖老师退休了，把我们村里的房子卖了，带着一家人回老家了，我再也没见过肖老师和晓东，也不知道他们一家人现在怎么样。不仅过年写对子，平时村里谁家有红白喜事，肖老师都会是礼房里的主笔。外村的亲戚上礼时，看到肖老师的毛笔字都是啧啧称赞，所以他的书法在十里八村是有名的，都知道我们邵庄子村有个写字好的肖老师。现在，他发明的写礼单时把“元”字最后一笔拉得很长的写法还一直被沿用着，这大概也是人们对他老人家的一种怀念吧。因为当年他培养了不少写字好的学生，现在他们中的好几个都是在礼房给乡亲们帮忙，如我的老同学王振林，小名叫“小六”。小时候，我经常和振林一起放学后写“硬字”，就是练习硬笔字。他练出来了，我却没有，很惭愧。我弟弟春雨也跟肖老师学了一手好字。

金老师的字写得也很好。金老师是我的恩师。这里说的恩师可不是礼节性的称呼，是真心实意的。因为如果没有金老师，就没有我的今天。金老师当时担任我们小学的校长，还教我们数学。1981年的夏天，我报考安新中学的初中，那年我12岁，白洋淀干旱，水位严重下降，要去20里水路远的大田庄参加考试。水路很窄，仅剩一道道河沟，不能用棹划行，只能用竹篙撑船，撑船是很累的。那天起了个大早儿，金老师就一篙一篙地撑着船，一路上还给我讲着数学知识，不断鼓励我，叮嘱着考试的注意事项，终于把我送到考场，到达考场时正好听到开考的钟声，多悬啊！金老师不仅年年给乡亲们写对子，还在礼房给乡亲们帮忙，一直到现在。前一段时间，我外甥结婚，在礼房见到了金老师。我们老家有个风俗，就是礼房的人和上礼的姑爷女婿等亲戚“闹着玩儿”，按说外甥结婚，我可以不在被闹着玩之列，但是我见到了金老师，就主动给礼房撂下200块钱。

我上小学五六年级的时候，父亲就要求我给家里写对子，一是我在学校开始学毛笔字了，写得好坏也无妨，想让我锻炼一下，二是去学校等着老师们写时间太长。我还联络了我的小伙伴王永住一起写。一般是在他家，他家地方大。记得当时写到吉利帖“人口平安，合家欢乐”时，总不明白为什么老师们还把“合家”写成“阖家”，现在明白了，“合家”是平常的用法，“阖家”是庄重正式的用法，前者用来祝福平辈和朋友，后者用来祝福长辈和上级。还有就是为什么有的人家不能写“子孙兴旺”，后来也知道了，年轻人家的屋里是不能贴“子孙兴旺”的，只有在老年人的家中才可以贴。有一年，我还写错了一个字。张庄子的表叔来拜年，看到我家柱子上的对子写着一个“長”字，那是我为了表现自己有学问故意写了一个繁体字。表叔说这字写错了，我不知道错在哪里，他说我最后一捺上面少写了一个短撇。原来我只记住了“长”的繁体字上半部分，下半部分就按照简体的“长”写的。我不信表叔的话，还跟他抬杠，后来查了字典才知道我错了，当时真是不好意思啊！

自己写对子除了争取把字写好看、写正确，还要学会裁纸和叠纸。首先要算计算计都需要写什么，几副对子、几个门心、几个柜心、几个福字、几个吉利帖，然后根据不同大小统筹考虑差不多后，才能下刀裁纸，最后的边角料也要写成小福字。红纸是花钱买来的，可糟蹋不得。裁纸完成后就是折纸。写对子时，为了把字与字的距离搞匀称，写之前要先把红纸按照字数叠出一道道折痕，折痕就是字与字的界线。4个字的和8个字的最好叠，对折就可以了。可是，对联还有5个字、6个字、7个字、9个字、10个字、11个字、12个字的，这就不太好办了。比如，5个字的对子要根据字数和纸的长度估摸一个字的大小，在折叠第一次时，纸条的一端先预留一个字的位置，其余部分按照四字对子那样对折。6个字的对子先对折，第二次折叠时也要先在一端预留一个字的位置，再按照四字对联那样对折。记得当时七字的对联怎么也想不明白怎么折了，只好跑到学校去“偷艺”，挤进人群，等着老师写七字联时观察老师们怎么折纸，看懂了，赶紧往回跑，路上脑子里还回忆着老师折纸的手法，回来后抓紧依法炮制。

贴对子一般是在腊月二十九，我非常喜欢干这活。先要打糨子，就是用一个盛饭盛粥的铁勺子，里面放些白面，兑上适量的水调匀，然后把勺子在炉火上烤，一边烤，一边用一根筷子搅拌，直到变成黏稠的糨糊。接下来就是要用笤帚把需要贴对子的门框、柱子、柁头的灰尘扫掉，不然糨子粘不牢靠。一般要中午气温高的时候贴，早晚气温低时贴上的对子糨子容易冻结，是会粘贴不结实的，风一刮就掉了。每当门里门外都贴上对子时，过年喜庆的气氛马上就出来了。

大家都知道，对子分为上下联，按照传统的贴法，上联最后一个字是仄声字，要贴在右侧，下联最后一个字是平生字，贴在左侧。可是，当时的乡亲们有很多人分不出上下联，或者根本不认识字，难免贴错。别人指出错误时，糨子已经干透紧紧粘在门框上，不能重新贴了。我的老师们也会找理由解决这种遗憾：“没事，横批是从左到右写的，这样贴也行。”

还有一个问题不太好事后解决，那就是把两副对子的上下联搞混，张冠李戴地贴在门框上了。这时候，乡亲们会自我解嘲地说：“什么对错不对错，红得乎的纸、黑得乎的字儿，就挺好看，挺喜兴！”为了避免两副对子搞混这种情况的出现，老师们写对子时，往往把一副对子的上下联先不裁开，等贴对子时乡亲们自己再裁开。大福字，我们小学生是写不了的，一来字太大写不好，二来要用大毛笔来写，我们是没有的，只好拿到学校请老师们帮忙了。那时候，大福字一般只写一两个，不像现在城里单元房那样贴在入户门上，而是贴在柱头儿上。两间房只一个柱头儿，就只需要贴一个大福字，三间房两个柱头儿就贴两个。“柱头儿”是什么呢？这要从老家房子的结构样式说起。老家的房子分两种，一种叫“前明”，一种叫“四垛子”。“前明”房子的正面有梁有柱，都是木质结构，梁柱和窗棂占用空间相对较小，所以遮蔽阳光面积小，采光好，更加宽敞明亮，所以叫“前明”。一般是经济条件好的家庭盖这种房子，因为木料比砖坯更值钱。两间房就用一根圆木柱子（三间房用两根）在房子前面中央部位支撑梁和柁。贴对子时，柱子上要贴竖幅的大字对子，一般四五个字，如“紫气东来”“满院生辉”“满院春光”（因为有我的名字在里面，我一般喜欢最后这个词，哈哈！）等。柱子上面是柁的头儿，要贴上一个大福字，其实是“柁头儿”，不知道为什么叫“柱头儿”，或许是贴在了柱子最顶头吧。“四垛子”房的前脸没有木头柱子，而是用砖垛子代替柱子支撑木柁，这样的房子砖垛子所占空间相对较大，窗户较小，屋内采光不如前明房子好。“四垛子”房虽然没有木质柱子，人们也在与“前明”房柱子相对应的位置贴上大福字和大字的吉利对子。

我还有一个习惯，就是每年除夕前各家各户贴上对子后，约上几个伙伴一起去念对子，挨家挨户地念。上小学高年级了，也算是认识了不少字了，要去检验检验，也带有显摆的意思。有时候对子上写的是行书和草书，对于小学生来说就有难度了，会根据上下联、上下文去猜，伙伴之间会彼此否定，会抬杠，会请教大人和老师裁判。这样会学到不少字、不同字体的写法，也会搞明白一个字简体和繁体的不同。有时会在念对子时感受到中国词语之美，培养了一些对仗技巧的语感。

我们村还有一个风俗，就是谁家有人去世了，两年之内是不能贴对子的，以表达对逝者的哀思。到第三年时可以贴蓝色纸张的对子，三年以后才可以贴红纸的对子。

现在人们都是买春联，很少自己写对子了。今年，我贴上书法系老师们手写的春联，还是倍感亲切的。

小时候的大年初一

王春光

记得小时候的大年初一，要起五更。睡醒后先不起床，第一件事是父子问答。

父亲先问我：“春光，长不长啊？”

我就要高声回答：“长！长大个儿！”

然后，起床，穿衣服。穿好衣服先不叠被子，而是把被褥卷到炕里面。开始煮饺子，姐姐舀水到大锅里，我负责烧火。父母要先去二爷爷二奶奶家给二老磕头，磕完头一会儿就回来了。这时，两个哥哥两个嫂子也会先来我们院儿给我父母磕头。假如我爸我妈在二爷爷家磕头没回来，他们就等会儿。他们给爸妈磕头后再去各自院里煮饺子。在饺子快要出锅时，我就要到院子里准备好放鞭炮，等捞第一笊篱饺子时，母亲会喊我：“春光，放鞭吧！”我赶紧点燃鞭炮。噼里啪啦鞭炮响过，我还要在院子的犄角旮旯找找，如果发现从大挂鞭脱落没响的，就捡起来保存好，留着以后放单鞭儿。按照风俗，大年初一太阳出来前不让倒脏水，不让倒灰，也不让倒垃圾，还不让扫院子，所以燃放的烟花鞭炮碎屑就在院子里铺着，如果是红颜色的鞭炮，还怪好看的。母亲捞出第一笊篱饺子先给天地神位和灶王神位上供，然后一家儿口才开始吃饺子。

吃完饺子，大人们就去拜年。按照我们的风俗，没有结婚的人不拜年。我和姐姐留在家里，接待拜年的本家和乡亲。我俩还有一个重要任务，就是记住谁来拜年了，父母回来要做汇报。拜年不仅是给家族长辈，还给乡亲们中的长辈拜年。因为我们家辈分较小，我们的村也不太大，所以每年拜年父母和哥嫂基本上是转一个村。拜年要男女分开，由一个家族同辈的哥哥带着一帮兄弟，嫂子带着一群妯娌给本家和乡亲长辈们拜年。

大家都穿上了新衣服，脸上喜气洋洋的，见面都互相问候。

有的说：“见面发财！”

有的说："叔，到你家拜年，你出来了，不在家，我给你磕的头留你家里了！"

每到一家，在院里就喊："大爹大妈，我们哥儿几个给你们拜年来了！"

进门后，要按照哥儿几个年龄大小，在提前铺好的小四方苇席上依次给长辈磕头，特别亲的长辈就带着笑容心安理得地说："磕吧！"不是特别亲的，就对自己的孩子们说："快去拉起你哥们，人到了礼就到了，不用磕了，抽烟！喝水！坐下待会儿！"

这时，准备磕头的也顺势站起来，后面的也就不磕头了，想抽烟的接过一支烟点上，想喝水的喝杯水，一般情况下回答："点着烟呢，也不渴，有时间再待着，我们哥儿几个还要转转，大爹大妈，我们就走了！"

长辈让孩子把拜年的送走，一轮热闹的拜年场面就算结束了。大年初一上午，这样的场面会轮番上演多次。拜年一定要赶在中午以前，所以每个拜年的过程很快，人们像走马灯一样，这哥儿几个妯娌几个刚出门，那哥儿几个妯娌几个又来了，有时两三拨人还在门外排队。哥儿几个妯娌几个从这家出来进那家，大家说着笑着，平辈间打着闹着，一派喜气洋洋。留在家里迎来送往的孩子，把这样的场面看在眼里、记在心上，也算在自己将来结婚后参加拜年队伍时的一个见习学习的过程吧。小一些的孩子们吃完饺子，早就疯玩去了。全村都沉浸在一派欢乐祥和的气氛之中。

在这种气氛的感染下，平时有点小矛盾的人，见面后也会互相问好祝福，无形中那点小隔阂也就化解了，这也是拜年的一个特殊的功能吧。

我们这个家族跟别人家不同，别人家都是年三十早晨上坟祭拜祖先，我们是大年初一吃完饺子后再上坟。据老人们说，是因为我们的老祖宗是大年初一去世的，所以就留下了大年初一上坟的习惯。为了表达后人的哀思，我们大年初一的饺子也必须是吃素馅的，不能吃肉馅的。近几年，我们家族商议，把初一上坟改到了年三十，因为初一吃完饺子先去上坟，回来再去各家拜年，就一上午时间，太紧张了。慢慢地，初一的饺子也有吃肉馅的了。虽然这样的改革算不上移风易俗，我觉着还是有一定的道理和一定的好处的，让大家身心轻松了一些，口味多样了一些。

等拜年结束，大年初一基本上就算过去了。

张庄子小集儿

王春光

今天是腊月二十三，各种媒体都在庆祝这个北方的小年儿。记得小时候在我老家白洋淀，很少有人把腊月二十三当小年儿来过，这一天倒是老太太们请灶王爷的日子。我们把正月十五叫作小年儿。虽然不是小年儿，我们邵庄子和张庄子两个村的人们却非常重视腊月二十三这一天，因为这天是一年一度的张庄子小集儿。那是只属于我们两个村大人和孩子的集市，更是两个村孩子们的节日。当时在两个村流传着一首歌谣："张庄子小集儿二十三咧，大人们发愁小人儿们欢咧，闺女要花儿，小子要炮，老头要个大毡帽。"我大侄子的生日一大家子人都忘不了，就是因为他出生在腊月二十三，这天是张庄子小集儿。我有一个表兄也是这天出生的，所以小名就叫"小集儿"。

这天天不亮，大人孩子们就早早起来，孩子们还要呼朋引伴，每一家都会有大人、孩子去赶小集儿，甚至全家出动，成群结队，走冰去张庄子赶小集儿。从邵庄子到张庄子一里长的冰路上都是人。母亲不让我去那么早，一是早了天太冷，二是黑灯瞎火地走冰不安全。所以，每次赶到小集儿上，早已经是人挨人、人挤人了。

水乡的街道本来就狭窄，两个村这么多人集中在一个时间段来赶集，摩肩接踵，你拥我挤，叫卖声，讨价还价声，你呼我唤声，这个拎着两条大鲤鱼，那个扛着一个大猪肘子，嘴里喊着："让让，让让，蹭油，蹭油！"有的半大嘎小子还故意大呼小叫地起哄拥挤。别看是个小集儿，各种年货也是应有尽有。卖家们把摊位都摆在街道两边，中间是赶集人的通道。这边卖吃的，那边卖用的，货物也根据种类大致有固定的区域。我很喜欢经过磨五香面儿的地段，味儿特别好。卖笤帚的大部分是我们村的人，刨笤帚是我们村的传统手艺。母亲必买红纸做的石榴花，大年三十那天上供神仙的白面供瓣儿上要插花。我很羡慕张庄子的小孩儿们，羡慕人家村里有这么热闹的小集儿。父亲说："张庄子小集儿算什么呀？新安、天京（天津）、北京更热闹，有福之人生在大邦之地，好好念书，到大城市上大学，游外洋，到外国转转去。"我姥姥家是张庄子，会碰上很多亲戚，都会很热情地打招呼："家去待会儿去吧！""吃了饭再回去！"

最响亮的还是鞭炮齐鸣的声音。大人们给每个小孩儿几毛钱去赶张庄子小集儿。我们小男孩儿最想买的就是鞭炮，整挂整盘的是买不起的，那是父亲和哥哥们的任务，我只能买一些零散的摔炮、灯泡、拉炮，这样就知足了。到了集市后，首先是挤过人群直奔鞭炮市。旱区的鞭炮市场一般选择在村外，而我们水区是不可以的，因为村子四周都码放了大量的芦苇，那可是人们主要的生活来源，就怕着火。所以，张庄子小集儿的鞭炮市设置在村中央大队部的大院子里，四边有高墙环绕，防火效果很好。鞭炮摊位摆放在一圈高墙下，买鞭炮的人们也都站在高墙下等着，不急着买。中间很大的一片场地被留出来，各个鞭炮卖家轮番到场地中央燃放自家的鞭炮，这就是一种广告。在燃放之前，卖鞭炮的人大声吆喝着："大家伙听听我这个响不响、连不连啊！"卖二踢脚的也大声喊叫："看看我的打得高不高、炸得响不响啊！"几轮下来，人们就分辨出哪家的鞭炮好了，都去那家抢着买。我们孩子们也先不买，而是在卖家燃放鞭炮的间隙抢着捡拾没有响的鞭炮，这些从大挂鞭上掉下来没有响的鞭有些点着还会响。实在响不了的，就把鞭炮掰开，用香一点，吱吱响，这叫"放吱吱花"。甚至把炮筒子也当好东西去抢，回家抹上蜡油，晚上当火把点着玩儿。

除了买鞭炮，我还喜欢买年画。单张的"连年有余"等吉利主题年画，我不是特别喜欢。我更喜欢绘画故事类和电影剧照类年画。买回家贴在墙上，照着年画画画，念每幅小图片下讲述故事的文字，一年下来把故事和电影情节都背下来了，这也算是接受一些教育吧。父亲总说每年贴在墙上的年画就是账，年年要还账，因为墙上贴年画的地方留下了痕迹，第二年必须要换的，除非再粉刷墙壁，那个成本就太高了，还是还去年的账，贴上一样大小的年画划算。父亲带着我买年画讨价还价时，常对卖家说："便宜点快卖吧，要不就'钻坛'了！明年再卖更不值钱了，还得压一年本钱。"我当时不明白'钻坛'什么意思，后来父亲好好给我解释了解释——卖不出去的画要卷起来插到坛子里，等到明年再卖。后来我才知道中国书画卷轴在保存的时候就是插到一个坛子里。

孩子们都爱吃甜食。"二十三，糖瓜儿粘"，张庄子小集儿这天正好是年前祭灶的日子，会有很多卖糖瓜的摊位。我每次必买糖瓜儿，有的形状的确像倭瓜，有的像象棋子，有的是长条的，有的还粘着芝麻。吃起来虽然有点儿粘牙，但是那种香甜的味道至今难忘。我们平常吃到的糖有果糖、蔗糖和麦芽糖之分，糖瓜属于麦芽糖，是我们北方人食用比较多的一种糖。

赶小集儿，我也有痛苦的记忆。那年去赶小集儿忘记戴手套了，手里还拿着东西，回到家时把手都冻麻了，看到妈妈正在做饭，就想把手在盖锅板上焐一焐，这一焐不要紧，双手生疼，疼得我忍不住大哭起来。记得有一年冰冻得不太结实，赶小集儿回来到了我们村边，从冰上上岸时不小心把冰踩破了，一条腿上了岸，一条腿落入水里，把母亲给我新做的棉裤、棉鞋都弄湿了。母亲在我后面走着，看到我的这个紧急情况，着急往前跑，脚下一滑摔了个仰八脚，还把后脑勺磕在了冰面上。

赶小集儿，我也有糗事。有一年赶张庄子小集儿前，我妈叮嘱我："你替我记着点儿，买两块胰子（肥皂）。"到了小集上，我看到一个摊位，有好几个大笸箩，里面装满一块块黄黄的四四方方的东西，以为是胰子，就赶紧指着那几个大笸箩喊："妈！妈！胰子！你不是买胰子吗？"我妈赶紧制止我："别瞎喊了，那是冻豆腐！"旁边张庄子的人们也笑话我："真是邵庄子的！小村儿的，什么也没见过！"当时臊得我真是无地自容啊。

赶小集儿还有一个好处，就是没有小偷儿。过去听说县城的大集上有小偷，我们这里都是两个村的乡亲，民风很正，出个小偷让人逮着，他还怎么混啊。

其实，我们村附近的何庄子也有小集儿，是腊月二十一。可是何庄子离我们村远一些，而且与张庄子小集儿就相隔两天，我们就很少赶何庄子小集儿。参加工作后，听说很多地方都有这样的小集儿。

张庄子小集儿只有半天时间。没能赶上或有的东西忘了买或当时没钱买的，就只能到县城赶大集了。进腊月最后十来天，县城的集就多了。二十一、二十六大集，二十三、二十八小集。二十八就是最后一个集，也叫"穷人集"，商家甩卖货物，货便宜了，穷人们好容易凑了点过年的钱，或者离年傍近才挣了个"年落儿"（就是过年的钱和东西。我们白洋淀管有钱的人叫"有落儿""趁落儿"），才能赶上这最后一个年集。

百工篇

BAI
GONG
PIAN

刨藕

王春光

过去的白洋淀人一般管荷花叫莲花。白洋淀本地野生的莲花是粉红色的，后来人们引进种植了外地的莲藕，开白色的莲花，因此当地人把这种藕叫白莲藕。与白莲藕相比，白洋淀本地野生藕的形状更加细长，大多呈淡褐色，外表有很多黑色的斑点。虽然从表面看白洋淀这种野生藕品相一般，但是它有别于白莲藕有一个最大的特点，就是经过短时蒸煮后的口感很绵软。现在城市里菜市场出售的几乎都是白莲藕，藕节短粗，表面洁白好看，但是蒸煮不软，入口虽脆却硬。我直到现在还怀念又面又软的白洋淀野生藕的口感，特别是那时候自己从藕地里踩挖出来的藕，吃起来更是别有风味，有一种劳动后收获的喜悦感和自豪感弥漫在心田。

莲藕的采摘分夏秋、深秋、初春三个时节，夏秋“踩藕”，深秋“搭藕”，初春“挖藕”，可以把三者统称为“刨藕”。莲藕长在淀底和壕沟的软泥里，为了将其挖出来，过去白洋淀人用脚踩的方式，故曰“踩藕”。夏秋时节，水温适宜，一般是寻找水面上刚露出尖尖角的小荷叶卷（当地人叫“小藕窍儿”），人直立于水中，水位不能太高，头必须露出来。沿着小荷叶卷的梗，找到水下它扎根的地方，用双脚轻轻踩动软泥，就能判断埋在泥中的藕的走向。为了避免将藕踩断，要顺着藕的走向和藕长条状的外沿，用前脚掌和脚趾（主要是大脚趾）连踩带刨，把藕周围的软泥清除，这时就感觉到藕的轮廓了，再用脚把藕与底部连着的泥分开，使埋在泥里的藕完全露出来，然后用脚踩断藕与荷根连接之处，还要用脚向上挑一下，藕节便借助水的浮力飘到水面上来，随即将其装入脸盆、篓子之类的容器里。踩藕的活计技术含量不高，大人孩子都能做，过去小学生下午放学后经常结伴去浅水里踩藕。

到了深秋，水温下降，人们无法下水，于是划船进入荷塘，用一把长柄铁钩探入泥里，搭住泥中的藕鞭，轻而持续地用力，一会儿便搭上来一根根莲藕。据说技术好的半天就能采一船舱。尽管如此这般地采藕，“白洋淀上的野生藕被人们采上来的连十分之一都不到”。

小时候，我也踩过藕。都是约上几个小伙伴一起去，白洋淀的大人们不让孩子单独下水游泳或劳动，担心一旦有危险没人施救。孩子们一般是找一个水浅一些的壕沟，分散开来，在各自的领地内开始踩藕。因为孩子身高、力气和技术的限制，有时还要扎猛子到水底用手抠不好踩的藕，因为不是所有的藕都生长在淤泥里的，有的藕也会扎到硬硬的胶泥里去。那时候水区的孩子在游泳或水里劳动时，没有任何的防护措施，如潜水镜、手套、连裤皮衣等，甚至连一条裤头都免了，完全是裸泳、裸潜，所以踩藕时会被荷花荷叶带刺的梗儿拉得满身是伤。特别是踩几天藕后，手指甲和脚指甲很疼，严重的还会发炎溃烂，还有的伙伴会得中耳炎，就是因为没有及时把灌到耳朵里的水弄出来。除了痛苦，踩藕更给孩子们带来了收获的快乐，自己踩上一根又粗又大且完整无损的藕时会高高举起来向同伴显摆。当然，也有不小心把藕踩断的时候，这时会非常遗憾和懊恼。不过，他们也有补救的办法，就是用一截合适长度和粗细的苇子，从藕断裂处的藕眼儿把藕从里面插上，再在藕外面的裂纹处摸上一点胶泥粘在上面，不仔细看还真看不出是拼接的一条藕。当然，这样的操作一是为了在小伙伴中有面子，显示自己踩藕水平高；二是为了卖个好价钱，迷惑莲藕收购商。卖藕时，把拼接的藕捆在藕捆的最里面，瞅着卖藕人多、莲藕商最忙的时候再去卖藕，一般是不会被发现的。从这种动小心思的事情上也能看到孩子们的小狡黠。现在我们那些当年的小伙伴们回忆起小时候耍的这些小聪明，还总是很后悔、很自责：“买藕的人拿到家用刀一切，还得把刀崩了刃，你们说那时候咱们干的那叫什么事啊，怪缺德的。”

现在白洋淀人刨藕（摄影：刘全乐）

现在，为了保护自然生态，白洋淀野生的莲藕不能任意采摘和刨挖了。都是种植的藕，以白莲藕居多。现在刨藕的方法也更快更好了，人们都穿着连脚连裤的皮衣，使用机器和高压水枪，盛藕的小船都是玻璃钢的，真是今非昔比呀！

电影

王春光

我小时候就喜欢看电影。

那时的电影是露天放映的，无论春夏秋冬。我们圈头公社有专门的电影放映队，记得放映员叫贺初，姓什么不记得了，就是圈头村的人，说话是好听的圈头口音。

放映队的装备很齐全。除了放映机、音箱、电线、银幕以外，还必备两根高高粗粗的大竹篙，这是用来架装银幕用的。还有一台发电机，以备停电时发电之用。那时农村经常停电，就要临时发电放电影。发电机一般总是被放在远离当街的支书家的院子里，用一根长长粗粗的黑皮的电线与当街的放映机相连。不能在现场发电，不然发电机的噪音会影响听电影的声音。发电机用汽油，浓浓的汽油味，有人很喜欢闻那种气味。发电机有时不太好用，等待的人们会很着急。

放映队还有一艘机器船。这种机器船不是靠螺旋桨驱动，而是在木船上安装一台柴油抽水机，把水抽上来，再从固定在船尾的一个粗管子排出去，利用作用力与反作用力的原理，推动木船前行，开船的人只管扶着棹掌舵就可以了。当时这种船在白洋淀不多见，嗒嗒的声音传出好远，当我们在村边听到机器船的声音时，就知道放电影的来了，会兴奋地边跑边喊："来了电影喽！来了电影喽！"村里的大人孩子奔走相告。

电影放映队到了村里，在当街靠东头先把两根竹篙竖起来，固定好，挂好银幕。这时孩子们就到银幕前占地方，有的用小苇席，有的用小板床儿，有的用大板凳和椅子。都愿意占银幕和放映机之间的中间位置，因为太靠银幕，观看时要仰脖子，时间长了脖子疼。太靠放映机，放映机的嘎嘎嘎的声音影响听电影的声音。由于场地较小，没有占到好位置的孩子就到银幕后面与房子之间窄窄的一条空地观看，虽然影像是反着的，也别有一番风味。占不到好位置的人们就站着看，其实很多成年男人是不屑于坐着看电影的，认为只有妇女、儿童和老人才坐着看。住在当街四周的人家不用占地方，他们可以坐在自家的房顶上看，好是令我羡慕。如果是冬季，坐在小席上的人还会从家里拿来被褥，把褥子铺在小席上，把身体偎在被子里。坐在小板床儿、板凳、椅子或站着的人们，都会穿上厚厚的衣服和厚厚的棉鞋，戴上棉帽子和围巾保暖。

晚上有电影的时候，大人会哄着孩子下午睡觉，不然小一点的孩子没等加片演完就睡着了，根本就看不上故事片。记得一次我下午入睡晚了些，等我醒来时，电影都演完了。我很生气地埋怨母亲为什么不叫醒我。为什么不叫醒我，是想让我多睡觉吗？是不忍心打搅我香甜的美梦吗？其实母亲不理解我们小孩子，看不上盼望已久的电影会给我们带来很大的遗憾和深深的懊恼。

当时感觉放映机既神奇又好玩儿，在放映机试光的时候，调皮的孩子们会把双手举起来左摇右晃，让光线把自己双手的影子投射在银幕上。

在正片放映之前，一般要先放映一个“加片”，就是加在正片之前的一个小短片，有农业科技、医疗卫生等方面知识普及内容的，有新闻政策之类的。通过观看这些加片，让人们了解了很多科学知识和国内国际大事。当时我总是听人们把“加片”读作“假片”，就一直以为那些小短片是假的，那个长的故事片才是真的，其实正好相反。现在想来，怪好笑的。

那时候经常放映一些战斗片，《地道战》《地雷战》《南征北战》《侦察兵》《渡江侦察记》等，这几年我经常在网上重温这些老电影，才发现小时候对这些电影的理解是多么肤浅啊！最近有了更新的技术，把老电影修复，还加上了颜色，再看起来就更加好了。甚至把老电影中的人物经过裸眼3D技术展现出来，昨天的元宵晚会上，几位老演员在舞台上与电影里年轻时的自己对话对唱，激动得老艺术家们热泪盈眶。

当年，我们男孩们就模仿影片的情节和人物装束，头顶戴上柳条编的草帽，褂子外面扎上腰带，插上用苇子编的小手枪，玩起打仗游戏。特别是看了《小兵张嘎》，因为是发生在白洋淀的故事，小嘎子和雁翎队员更是我们模仿的榜样。也学着影片中那样，把芦苇管一头儿叼在嘴里，另一头儿露在水面上，扎猛子潜泳。可是每次都会把我灌个酸鼻儿，怎么也学不会用芦苇管在水下换气，直到现在我都怀疑那种换气方法的真实性。因为当时好多电影一年之中经常被重复放映，人物对白都背下来了，在生活中不时就冒出来。《地道战》里刘江扮演的老汉奸那句“高！实在是高！”，《小兵张嘎》中嘎子说的“第一点，第二点，第三点”，胖墩儿和嘎子摔跤时小伙伴们的喊叫声“胖墩儿使劲儿，小八路儿加油儿”，那个胖翻译官说的“老子在城里吃馆子都不要钱，别说吃你这么几个烂西瓜”——我当时一直不明白什么叫“吃馆子”，后来就问父亲，他告诉我是下饭馆吃饭的意思。

我父亲还用豫剧电影《朝阳沟》里的唱腔讽刺我考不上大学，说我“升初中，升高中，升来升去升到农村”。在父亲的各种激励下，我经过了努力考上了大学，还留在了保定工作。2017年4月1日，雄安新区成立后，经过几年建设，家乡的面貌已是今非昔比。有时与我的中学同学一起聊天，他们会打趣我："考，考，考，考上大学了，现在新区了，后悔吗？想回来也回不来了吧？！"久而久之，我也有了一套反驳的理论："怎么回不来，退休了就回来，老家有房，如果拆迁，国家有人性化的好政策，还允许我们买90平方米的房子呢！这叫否定之否定，螺旋式上升。"看来任何事情只要辩证地看待，就会海阔天空。

因为只有一部放映机，所以一卷胶片放完后，还要换另一卷。这时电影看得正带劲儿，真是等得让人心焦啊！最不愿意遇上的事情就是烧胶片。看着，看着，银幕上就会出现一个黄圈，这个圈快速扩大，音箱里的声音也开始变成录音机搅录音带那样的怪声。这是电影胶片因为放映场次太多，被放映机打出的高温强光烧坏了。在这种情况下，放映马上就要停止，不然放映机也要着火的。前两年曾经看了一个外国电影《天堂电影院》，影片中有一个情节是电影院着火，那场大火好像就是胶片燃烧引起的。放映员拼接烧坏的胶片需要更长的时间，更要耐心等待，有时小孩子等着等着就睡着了。不出意外的时候，放映员在放映时也不闲着，一边放映新的一卷胶片，还要一边捯卷，把刚刚放映完的那一卷胶片捯回正常的次序，以备到下一个村放映。

每个村不是经常有电影看的，各村因为分属不同公社的放映队，放的影片也不一样。所以，有时得到附近村庄放好电影的消息后，人们还要划船出村去别的村子看电影。记得有一次何庄子放映动画片《大闹天宫》，这对孩子来说可是不能错过的，我们就约了几个伙伴划船去何庄子看了这部电影。中学时语文课学鲁迅的《社戏》，文中划船看社戏的情节我有强烈的同感。我姐姐除了爱看电影，还喜欢电影明星，她还花钱订了电影杂志《大众电影》，我也是从这本杂志上了解了更多的电影和电影明星、电影导演。

公社放映队放的露天电影都是窄银幕，一个音响的单声道，宽银幕和立体声的电影是后来在电影院才看的。在县城读初中时，我才第一次走进电影院看电影。那个电影院坐落在安新老县城西大街与西环城路交叉口的东边路北，前脸儿是三层楼，要上很多台阶才能进入影院。记得当时的电影票上就印着电影院前脸儿的图案。那个影院有一千多个座位，当时感觉电影院真大呀！分单号、双号，还有0号，那是最中间的位置。感觉真洋气，和村里的露天电影相比，条件好多了，有舒服的联排椅子。不过规矩也多，不能随意说话，不能随意嗑瓜子。记得第一次在电影院看电影时是初一的时候，不知道这些规矩，正嗑着瓜子，一束手电光照过来，管理人员把我请到了外面，要罚我款。

我说："我怎么了？"

"你嗑瓜子了！"

"不让嗑瓜子？"

“对！嗑瓜子罚款！”

我都急哭了，抹着眼泪，委屈地嘟囔：“我不知道不让嗑瓜子。”

后来过来一个中年男人，大概是领导，说：“算了吧，一个小孩儿，下次注意啊！”

当时安新县委在老县城十字街西边路南，县委门口两侧设置了电影预告橱窗，我经常去橱窗前看电影海报和剧照。上了高中，电影院经常放映武打片，有时就偷偷逃课去看电影。有一次电影散场后，正往回走，远远看到前面班主任张亮老师也走在散场的人流中，我们几个故意慢慢走，怕被老师发现。等回到学校赶紧跑到教室上晚自习，这时张老师走进来，把我们看电影的几个同学一一叫到讲台前罚站。

他拿手点着我们的脑袋，嘲讽地说：“还以为我看不到你们，不敢走快了，我早看见你们了！”

我还不服气：“不让俺们看，你怎么还看去呢？”

老师一听更生气了，咆哮着：“我是去逮你们！你还顶嘴！站凳子上面去！”说着，他拿过来一个凳子翻过来，凳子腿儿朝上放在我面前。

现在回想，那时叛逆的我真是不懂事啊！

有些电影是在白洋淀选景拍摄的，如《小兵张嘎》《新儿女英雄传》，还有斯琴高娃主演的《香魂女》等。相信随着白洋淀生态环境的不断改善，雄安新区各项文化事业建设的不断推进，会有更多的电影制片、编剧和导演选择白洋淀作为创作题材和拍摄基地的。

电视刚刚普及的那几年，有人说电影会被电视取代，事实证明这种情况并没有出现。电影的感觉和电视是不一样的，特别是在现代化的影院观看更有在家看电视没有的效果。电视台还专门播放电影呢，还有专门的电影频道。现在我们国家的电影事业蒸蒸日上，创作了很多既叫好又叫座的优秀影片，这些影片在配备3D、4D现代设施的电影院里放映，让人们享受到震撼的视听效果，接受艺术的感染和思想的启迪。现在我们越来越认识到，电影拍摄制作水平的高低是一个国家文化软实力的体现，是一个国家向世界传播本民族文化、让世界上更多的人更好地了解一个国家一个民族历史文化的重要手段。因此，我们要高度重视发展我国的电影事业，我们观众也要更多地去关注和支持我们的国产电影。

淀里行舟

王春光

行舟驶船对于白洋淀人而言是再平常不过的了，白洋淀人划船有着很多不同的方法和技巧。

最常见的方法是用棹划船。棹，有名词和动词两个意义。做名词时，指船桨。每支棹由三部分构成：棹杆、棹板、棹管。棹杆是柱状的木杆或铁管，位于棹的中间部位，一头连着棹板，一头连着棹管；棹板是拨水用长条状的木板；棹管是一小截儿圆木棍或铁管，一拳左右长、一握粗细，连在棹杆的一端，手握住棹管划船。棹，做动词时指用棹划船的动作。白洋淀地区大部分村庄把划船叫“摇船”，有些村庄（如光淀村）把划船叫“棹船”。用棹划船又可分为双棹划和单棹划，还可分为双人划和单人划。

白洋淀的船（摄影：王春光）

三舱、四舱、鹰排等中小型船一般是单人划双棹。划船时，双棹的棹杆交叉在胸前，有前有后，一般是由右手划的左侧棹的棹杆在前面。两条腿也要一前一后，右手在前，右脚就要在前，这样便于用力。划船时，两个手握住棹管，先向前推，身体随之前倾，用棹板拨水，船就前进，然后把棹杆向后拉。这时，一般棹板要出水，身体随之站直。然而，人的两只手的力气有大有小，一般是右手力气大，右手所握的左侧棹划的力量就大，船头会向右侧偏离中线，为了不使船偏离航线，就需要一个小技巧：划完一棹在划下一棹之前，右手要转下手腕，让左棹的棹板在水里片一下，这样就微调修正了船头的方向。完成了划船的一个完整动作，再不断重复以上动作，船就可以破浪前行了。

六舱等大船一般是双人双棹。六舱的双人双棹又叫“前把后棹”：一人站在船尾部的一侧，另一人要么站在距离船前沿四分之一处的另一侧，要么站在距离船后沿四分之一处的另一侧。二人都各自用双手把住一支棹一齐同时用力划船。一般力气大的年轻人划前棹，上年纪的力气小的划后棹，前棹给船提供的动力多一些，划起来较费力气，后棹给船提供的动力小一些，划起来较省力气。另外，后棹还能起到船舵的作用，所以让更加有经验的长者划后棹，不只是照顾长

白洋淀中的一叶扁舟 （摄影：朱金长）

者少费力气，更有长者掌舵经验丰富、能更好地把持住行船方向的考虑。

六舱船还有一种划法是单人单棹，又叫“单棹挑儿”。划船人站在船尾一侧，双手把住挂在船尾另一侧的一支大棹划船，一般用“前把后棹”双人划船时的那支后棹。先向前推棹杆，棹板就向后拨水，因为只有一个棹拨水，船就向斜前方运动，并且船身会往一侧晃动，往回拉棹时要转动手腕，让棹板扣过来，在水里划挑一下，这样就矫正了航向，平衡了船身。你会发现坐在“单棹挑”的船上与坐在双棹划的船上不同，能明显感觉到有规律的左右晃动。因为总是扣着挑水，久而久之，棹板会出现一定的弯曲，这样在六舱船“前把后棹”时就很容易区分哪支棹是后棹了。

行船不可能总走直线，该拐弯时还是要拐弯的。船拐弯和车拐弯有所不同。车拐弯讲究“小弯大拐”，而船拐弯则要“大弯小拐”，特别是在较为狭窄的水道或沟壕里拐弯时，更要有技术。船头不要正对着沟壕的中线，而是要把船头对着拐弯处外凸的水岸的角，白洋淀人把这种拐弯技巧形象地称作“拐弯摸角（拐弯抹角）”。如若不然，拐过弯后，船就会偏离拐弯后的水道沟壕中心线，船的一侧会靠近岸边，这一侧的棹就施展不开了，还要费时费力再把船调整到水道中间去。其中的原因就是船和车不同，船是在水面上流动的，拐弯后受惯性作用还会沿着拐弯前的方向运动，拐弯时冲着角划，拐过去后，在惯性作用下，船向水道中线一侧流动，刚好就拐到水道中间了。

行船不可能总是风平浪静，难免遇到风浪，有风浪才能考验一个人的驾船水平。根据风向有顺风、逆风、侧风的区别。白洋淀人把逆风叫“戗风”，把侧风叫“排

（pǎi）风”。“排风”还可被分为“正排”“顺排”“戗排”。顺风和戗风看不出行船的水平，只要沿着水道划就是了，无非省力费力、快慢的区别。走排风才真正考验驾船人的本事。在排风里就不能沿着水道的方向划船，不然侧向来的风会把船吹向水道的一侧，不能行驶了。如遇“正排风”，船头要和风向保持45度夹角；如遇“戗排风”，船头要与风向保持20—30度的夹角，这样既能让船在水道里前进，又不至于让风把船吹到水道的边上，只是顶着风浪多费些力气。最不好办的是“顺排风”。“顺排风”从船的侧后方吹来，船速较快，为了保持航线，不让风把船只吹到水道边上，一般要一支棹用大力，一支棹用小劲儿，用小劲儿的棹还要时不时片水。在这种情况下，驾船人一定要眼疾手快。“顺排风”中的船非常不好操控，白洋淀有句行船的谚语叫“宁走戗风，不走顺排”。

除了刮风形成水浪外，机动船驶过也会制造不小的水浪。人工船和机动船相遇错船时也有一定的技巧。机动船驶过手动船时，出于安全和礼貌一般会减速，即便是减速后，也会有不小的水浪向旁边的人工船袭来。这时人工船上的人不要慌张，先要坐稳，然后调整船头正对水浪来的方向，一般是“错船三层浪”，三个浪头过去船就会平稳下来。如果这时不赶紧调整船头的方向正对水浪，水浪就会拍打船的侧面，甚至使水涌入船舱，是很危险的。船的结构是前后长、左右窄，行船一般不太怕前方来的风浪，最多就是上下颠簸，就怕侧面来的风浪，会让船左右晃动，严重时有倾覆的危险。

有时不小心船会偏离水道闯入苲草水域，或者要到苲草水域里劳动，这种情况也是一种常见的划船场景。在苲草水域划船也很讲技巧。在苲草水域划船与在没有苲草的水道里划船是不一样的，苲草会缠住棹板，如果不讲点技巧，很难把船划动。这时可以按照“下浅棹、拉长棹”的原则划船。“下浅棹”就是棹板不要入水太深，浅浅地在苲草的上面拨水，以免棹板的大部分被苲草缠住；“拉长棹”的意思是说，再怎么下浅棹，棹杆推出后，棹板也难免被苲草缠住，这时不要急于拉回棹杆，而是弯着腰停留一小会儿，这时船处在行进的过程中，棹板就会从苲草里自己滑出来，然后拉回棹杆直起腰准备划下一棹。苲草实在太多时，还可以摘下一支棹撑船前进。

在苲草水域里最好的撑船工具还是竹篙。用竹篙撑船更需要技巧，工具越简单，往往技巧性越强，正如我们中国的筷子与西方刀叉的区别一样。有一种竹篙撑船的方法叫“跑篙”，一般是撑六舱、漕船等大船。两人或多人平均分布在两侧船赶上（船赶，指船两侧平铺的直通船头和船尾的两长条木板。不同大小船的船赶宽度从半尺到一尺左右不等，人可以在上面前后走动），每人一条长篙，撑船时从前向后用竹篙撑着岸边或

白洋淀里当前最快的交通工具——快艇 （摄影：王春光）

水底使船前行，走到船尾时把篙从水中抽出提在手里或漂在水面，以较快的速度沿船赶小跑着到船的前部，接着撑下一篙。撑六舱船，既可以一个人在船赶上跑篙，也可以站在船尾一侧撑船。一个人撑船需要技术。因为在一侧撑船时，船头的方向会向另一侧跑偏，为了矫正方向，撑完一篙后，将篙从泥里拔出后先不要出水，以船赶边沿为支点，把篙向怀里扳一下，竹篙在水中的部分就会拨一下水，这样竹篙就会起到船舵的作用，把偏离的船头矫正回来。留在水中竹篙的长短、拨水的力度都要看船头偏离的程度，靠经验来掌握分寸。

其实，对白洋淀人来说，即使没有棹，也没有竹篙，哪怕只是一把铁锹、一根短小的木棍，甚至没有任何工具，就是用双手双脚拨水也能把船划起来。

现在大部分淀里的村庄都架桥修路通了汽车，即使有相当数量的白洋淀人还在驾船，大多都使用机动船了，船速是快了，可噪音也大了。船工也都是上了年纪的人，年轻人会划船的越来越少。手动划船的时光里，那份安宁恬静的心情是多么让人怀念啊！

冬捕白洋淀

王春光　白云霜

冰封如镜，芦苇金黄。冬季的白洋淀展现了别样风光，渔民们也满怀期待地步入冬捕时节。随着气温的逐渐下降，冰凌由薄变厚，白洋淀冬捕战场的主角也会由孩子转换为成人，再由单兵作战转变为大兵团围捕。

一场凛冽的西北风过后，昨天还波光粼粼的淀泊，一夜之间就被水晶一样的冰凌覆盖。几夜的薄冰，勇敢的孩子们就可以在上面玩耍了。他们滑跑追逐，冰面上下起伏，他们惊呼尖叫，这样的场景很是刺激。令孩子们最兴奋的可不是滑冰游戏，而是“蹾清”捕鱼比赛。蹾清必备三样武器：一根碗口粗细、两米来长的木棍，一把小鱼叉，一个小鱼篓。找一片深不过二三尺的浅水苇地，即使冰面破裂，也无生命危险，更主要的是这里是鱼虾集体越冬的“暖房”。薄冰像玻璃一样透明，冰下的大鱼清晰可见！孩子们用木棍蹾击冰面，鱼受到惊吓游动起来，孩子们就一边追鱼，一边继续礅击冰面。冬季的鱼儿体力差，或许是适应了这种蹾击声，一会儿就不游了。这时候，迅速且大力地连蹾几下，蹾出一个小冰窟窿，一叉下去，一条大鱼！装入鱼篓，继续战斗。收工时，伙伴们会彼此嘚瑟自己的战利品，然后满脸自豪地背着鱼篓向爹娘请赏去了。

当冰凌的厚度再增加一些的时候，成人的冬捕好戏就要上演了。最常见的是“下密封”和“下冬网”。密封，是一种诱捕型捕鱼工具，一尺多高，上小下大，上端留小口用水草团堵住，取下水草团可往外倾倒捕获的鱼虾。密封的主要材料为细竹篾制成的小竹帘，小竹帘围成两个并排的锥形筒，腰部用短高粱秆撑开一个小口供鱼虾进入；底部成蚕豆形，用芦苇编制。下密封时，渔民用“冰镩”打开一个个冰窟窿，把放了鱼食的密封沉入水里（每个冰窟窿下一个密封），然后就等待禁不住诱惑的鱼虾自己钻入，这叫“等君入瓮”。一般两三天收获一次，那时冰窟窿又被冻住了，还要用木棍或木槌碎冰，才能把密封提上来。渔民把收获的鱼虾倒出来，再把密封沉入水中，等待下一批鱼虾的到来。下冬网时，也是先凿开一串冰窟窿，相邻的冰窟窿间隔3—4米，大约一根长竹篙的长度。先把一根木棍或竹竿在水底插牢，再将渔网一端固定在上面，然后用竹篙把渔网从第一个冰窟窿送到第二个，再从第二个送到第三个，一直到最后一个冰窟窿，把另一根木棍或竹竿插入水底，将渔网末端固定在上面。好了，渔网下好了，就等着鱼儿们自投罗网吧！过两天，渔民们来收渔网时就简单了，只需把两头的冰窟窿凿开，把网的一端从竹木棍上解下来，在另一端捯网就行了。捯一段网就会感觉沉甸甸的，然后是扑棱扑棱的颤动，最后看到银白的鱼儿出水，那种收获的喜悦和激动之情是不可言说的，也许只有渔民自己才能真正体验得到。

当冰凌冻到一尺厚的时候，真正的冬捕大战正式打响了！最具代表性的战役就是“夹冬罱”。这种冬捕方式需要几十人集体协作。渔民们脚穿防湿的“牛皮绑”，脚踩防滑的“脚齿”，脱掉厚厚的棉袄，赤膊上阵。每人手持一把冰镩，排成一条线，合力打出一个宽半米左右、长几十米甚至上百米的巨大的“U”字形水带，把苇箔沿水带闸入水底。把苇箔圈成的“U”形水带里的冰面，横着依次等距离分割成几块又大又宽的冰板，冰板漂在水上。接下来，先把“U”形开口处的第一块冰板推掩到开口外的冰层底下，这样就露出一片长方形水面，众人一字排开站在第二块冰板的边缘，用罱子开始夹鱼；夹完这片水域，众人转移到第三块冰板上，把第二块冰块推到第一块最初的位置，就又露出第二片水域，再开始夹鱼，以此类推。人们在夹鱼的同时，就等于在往

冬捕白洋淀 （摄影：刘全乐）

“U”形的底部驱赶着鱼群。当最后一块冰板被推走的时候，最激动人心的时刻到了！由于苇箔的阻挡，鱼群都聚集到了这里，大鱼小鱼，你拥我挤，上蹿下跳，渔民们你呼我喊，兴奋激动地把鱼捞到大大的鱼篓里。每个人的脸上都洋溢着胜利收获的喜悦，心中更是荡漾着美好的期待，期待着来年春风送暖、冰雪消融时更大的渔业收获！

白洋淀的冬捕有意思吧？快到白洋淀参观体验吧！

垃圾

王春光

在我的印象里，小时候白洋淀的村庄几乎不产生什么垃圾。那是一个物质相对匮乏的年代，在乡亲们眼里，什么都是好东西，什么都有用，什么都舍不得扔。现在城乡产生的大量厨余垃圾在那个年代是没有的。剩饭剩菜很少，即便有变质的饭菜，也可以喂鸡、喂鸭、喂鹅、喂猪，茄子皮都是要晒干保存等冬天拿出来吃的，黄瓜把儿也要放到腌菜缸里腌咸菜的。旧衣服是大孩子穿过了给小的穿，碎烂布头还要打夹纸纳鞋底做鞋。做饭烧火剩下的草木灰还要垫厕所，更别说粪和尿了，那是很值钱的有机肥。那时的商品还没有过度包装的物质基础，即使有些纸箱子和塑料袋、塑料盒，也不会随便乱扔，会变身成为盛放东西的绝好器具，家里摆着它们，主人还会带有一丝洋气和自豪的情绪。我家就有一个青岛啤酒的纸箱子，从我记事起就一直被放在高板上，专门用来盛放干粉条。我好奇了好多年，什么叫“啤酒”啊？“啤”字怎么读啊？现在有塑料的白色污染，那时塑料袋可是稀罕物，就连装化肥的蛇皮袋都新鲜，下雨时有孩子在头上顶个蛇皮袋是令人艳羡的存在，有个麻袋顶着就不错了。我家有一个出门装行李的手提包，就是当时时兴的上面写有“北京”“上海”“天津”等大城市名字的那种老式手提包，母亲都八十多岁了还在用，我们几个孩子都看不下去了，买了时髦的漂亮的旅行包给她老人家用，好多次催她换，她就是坚持不换，破了还让儿媳妇给缝上几针继续用。吃饭的碗摔了，只要不是粉碎，锔盆锔碗的师傅就能把它修好。

提到锔盆锔碗，我想起了童年的一件糗事。记得我家有一个带盖儿的大白瓷缸子，我看到母亲有时把白糖、红糖放里面，总是放之于高阁。一次，我想看看里面有没有糖，好偷吃点，发现里面是空的，却不小心把缸子盖儿掉地上摔成了两半儿。当时，我害怕极了，也不敢跟母亲说，就把盖子两半儿对好，又盖到缸子口上。随后，我把姐姐找来，撺掇她也去偷吃白糖。她一拿那个缸子，发现盖子两半儿了，我这时就嫁祸于她：“唉，你把缸子盖儿弄两半儿咧！”

姐姐急哭了：“它早就两半儿咧，早就两半儿咧，不是我弄的！不是我弄的！”

这时，母亲回来了，姐姐就急着哭诉：“妈，缸子盖儿早就两半儿咧，不是我摔的！”

母亲倒没追究是谁的责任，只是淡淡地说：“两半儿了就两半儿了吧！你俩没事别老在家里翻腾东西！”

后来，圈头村来的锔盆锔碗师傅把缸子

盖儿给锔好了。那个白瓷缸子还是被摆在那里，还是有时盛白糖、红糖，可是以后的日子里只要看到那个缸子盖儿，我心里就不舒服。后来，我为这事心里愧疚了好长时间，觉得姐姐对我那么好，我还诬陷她，太不应该。多年后，回到老家又看到了那个白瓷缸子，又看到那个带着锔钉的缸子盖儿，就跟姐姐提起这件事，她倒还记得，笑着说："我知道是你弄坏的，那时候你一个小孩儿，不跟你计较。"其实，姐姐只比我大三岁，那时也是个孩子，只不过她认为姐姐理所应该地要肩负保护弟弟、不让弟弟受委屈的责任，我这个弟弟当时却做出了那样对不住姐姐的事情！当时好长时间我一直搞不明白，一个好好的缸子盖儿被摔了，母亲为什么没有训斥我和姐姐呢？现在想来这个事情应该是这样的逻辑：一是母亲判断出了我们姐弟俩拿缸子偷吃糖的目的，觉着是家庭条件不好，孩子们缺嘴吃，馋的，她老人家心里也不好受。二是我乃她最小的儿子，"老儿子，大孙子，老太太的命根子"，我姐姐又是她唯一的宝贝千金，我和我姐姐，她老人家舍得训斥哪一个呢？

大家可以想见，当时那样的生活状态怎么会像现在一样产生这么多的生活垃圾呢？

在我印象中，20世纪八九十年代的白洋淀地区发生了三次垃圾潮：一次是钵螺（田螺，也叫蛤螺）造成的，另一次是莲花造成的，还有一次是鸡头米造成的。

20世纪七八十年代，白洋淀的政府水产部门大量收购钵螺肉出口创汇。据《白洋淀志》记载，"历史上白洋淀水澄清泓澈，水质优良，水生生物茂盛。1978年淀区出口田螺肉42.4万斤（212吨）、田鸡腿10.8万斤（54吨）"。从记载的仅仅1978年一年的收购量就可以窥见当时钵螺收购的规模之大，这就有力带动白洋淀人掀起了摸钵螺的热潮。

摸钵螺是男女老少齐上阵，起早贪黑，带着干粮，拿着大盆、小盆，驾船出村，四散开去，驶向大淀、浅滩，钻进沟沟岔岔。或深或浅的水里，有弯腰摸的，有扎猛子摸的。如果找到一块好地，半天就能摸上一船舱。印象最深的一次是我和姐姐跟着本家一个婶子去摸钵螺，别看她那样一个瘦瘦小小的妇女，可能吃苦，可能干了。只见她把整个身子和大半个脑袋浸泡在水里，只露出脸来努力向天上仰着，水不时就没过嘴唇。她不时吹着水，双手不停地在水下划拉着，摸着。一会儿扔到漂着的脸盆里一个钵螺，一会儿又扔一个，不长时间就摸多半盆，起身把盆里的钵螺倒到船舱里，就马上又判断寻找一个认为钵螺多的好地方，马上俯下身去继续开摸。当时，我可崇拜她了。

那时在不长苇子的地方摸钵螺没人管，水里长着苇子的洼茬地是不允许摸钵螺的，尽管那里的钵螺最多。因为人们认为在苇子中间蹚来蹚去会损伤苇子，所以大家都不到自己村的苇子地里摸，而是到其他村的苇子地里摸，其实今天想来真有点"易子而食"

的感觉。各村也都派人看护着那些洼荏有水的苇地，发现有摸钵螺的，轻则驱赶，重则没收船只和钵螺。婶子摸着钵螺也非常警觉，能眼观六路、耳听八方，远远地听着棹声、看着船影就能发现看苇子地的人来了，马上带领我们悄悄地转移阵地。她充分运用游击战术与看苇子的人周旋，你进我退，你退我进，你驻我扰，你疲我摸。

等到摸钵螺的人们傍晚回到家，家家还要用大锅煮钵螺，出锅后再用针和锥子把钵螺肉从钵螺壳里拨出来，第二天一早交到水产收购点儿。那些没用的钵螺壳就都彻底被当成了垃圾扔到村外的水边。那时候几乎每个村的村边都累积着成堆成堆的钵螺壳，散发着腥臭的气味，苍蝇在上面嗡嗡乱飞。那是我平生第一次看到那么多如小山一样的垃圾堆。如果千百年后有考古学家发掘考古，一定会被白洋淀各个村庄地下有那么多的田螺化石感到好奇和震惊的。

1988年白洋淀重新蓄水后，第二年又掀起了摸钵螺的第二次热潮。这一次还好，商人们只收购活体钵螺，不用家家再煮钵螺、拨钵螺肉了，就没有产生多少钵螺壳垃圾。

一天下午，我带着侄子王伟也去淀里摸钵螺，因为我们去的地方离村子较近，那些地方都被人摸过不知多少遍了，所以摸了半天儿我俩只收获了小半脸盆。

收购商们为了方便人们收工时顺路卖出钵螺，一般在各水路要道设置大船收购点，我们村庞淀（邵庄子村东北部的一个大淀的名字）里就有一个收购点儿，我就划着船去卖那点可怜的收成。卖钵螺的人很多，大家都争着让收购商贩先给自己过分量。我好不容易也把船挤到商贩的大船跟前。他看了看我那半盆钵螺，不屑地说："太少了，都打不起秤砣来！"后面的人也打趣我："回家养着玩儿去吧！"也有好心人劝我："养着也行，明天多摸点儿，再一块儿卖。"当时我是那样的羞愧，又是那样的气恼。

这时，远远看到我一个初中同学划船过来了，是孙庄子的孙爱兵。我更不好意思了，假装没看见他，划船就想回去。这时，他也看见了我，老远就喊我："春光——春光——"我只能答应着也向他打招呼："唉——爱兵——"于是原地等着他。两只船近了，他看到我盆里的钵螺就问我："你也卖钵螺呀？怎么还剩了点儿？"我一看他的船舱里有半船舱钵螺，似乎灵机一动，然后慌乱地说："剩下了点，给你吧。"一边说着，顺手就把我脸盆里的钵螺倒进了他的船舱里，胡乱说了几句什么就告别划船回村了。

我的船快到岸边的时候，就看到王伟靠在一个苇垛边向我这边张望着，看到我的船就兴奋地向我招手，嘴里喊着："老爹（老叔）——老爹——钵螺卖了吗？卖了多少钱啊？"我老远就能感受到他大大的眼睛里充满了期待，他期待着半天的劳动成果会换来几个甜甜的棒棒糖，或者一只新铅笔，或者一个新作业本。当时我郁闷极了，悔恨极了。就是因为我个人那点可怜的自尊心和一时的意气用事，让孩子的期望落空了，我有什么资格把孩子的劳动果实轻易送人呢？今天我想，以后有时间见到王伟，问问他是否还记得这件事，我要认真向他道个歉，虽然30多年过去了，虽然他已经是一双儿女的父亲，虽然他的儿子已经读高中了。

摸钵螺的热潮还未褪去，揪莲花的狂潮就又兴起了。

其实，揪莲花的事情一直以来都是有的，只不过原先大多是为了满足人们的审美需求，特别是对于女孩子们。在去淀里劳动或划船串亲戚、赶集出门前，我姐姐几乎每次都提醒父母、哥哥或我给她揪几朵莲花来，专门要那种快开还没有开的莲花，拿回家后，她把莲花梗掐掉一小截儿，再把大部分莲花梗插到一个灌满水的玻璃瓶子里，放到迎门桌上，第二天莲花就会开放，很漂亮，屋里还充盈着淡淡的花香。有时会直接带上一个瓶子去淀里，先把瓶子灌满水，揪下莲花后立即把莲花梗插进瓶子里，这样莲花成活开放的概率更大。有时候，几个孩子摇船到淀里去玩，也会顺便采摘点儿莲花、荷叶和莲蓬，把莲蓬剥了吃莲子，可香甜了。记得有一次我跟着小学同学王双玉还有他哥哥王双虎一起去淀里玩儿，走到我们村北大河的一个壕沟边，看到里面荷叶茂盛、莲花盛开，就把船撑进去，想揪点莲花、莲蓬和荷叶。我们仨人都在船的一侧揪，船就向这侧倾斜，我看到前面有一个大莲蓬，使劲向前面够，不小心落到了水里。当然，对于白洋淀的孩子来说是没有什么生命危险的，游泳是我们很小时的必修课和必备的生存本领。我马上爬回到船上，只是身上被荷叶梗的毛刺划伤了几处。最懊恼的是我穿的裤衩（家做的短裤）和汗褂儿（类似T恤衫）都湿透了。上船后，我赶紧脱下来。可是大中午的，骄阳似火，晒得后背生疼，怎么办呢？这也难不倒白洋淀的孩子，可以用大荷叶做身衣服啊！我赶紧揪了一个很大的荷叶倒扣过来，荷叶略呈一个圆锥形，按照我脑袋的大小，把荷叶的圆锥尖顶部分，也就是连着一小段荷叶梗的那部分，攥在手里一拧就拧下来了，剩下的荷叶部分中间出现一个窟窿，我把脑袋钻过去正好披在肩上，就成为一件荷叶褂子，拧下来的像个小锅盖儿一样的那部分扣在脑袋上，就是一顶荷叶帽子，真像神话传说中的哪吒三太子。穿上这样别致的一身荷叶衣服，毒辣的太阳也奈何不了我了。

夏季的中午，大人们都在歇晌，淀里大人少，孩子一旦有危险呼救时就没有大人救援，因此一般白洋淀人家是不让孩子们大中午去淀里和水边玩的。我的衣服都湿透了，回家后没有办法跟母亲解释，所以也不敢回家。先到双玉家，把衣服晒在晒条上。好在是夏天，衣服一会儿就干了，穿上衣服才回了家。

今天我介绍的揪莲花的狂潮是一种商业行为引发的。人们揪莲花只是要莲蕊，晒干后卖给收购商，印象中是八九块钱一斤，当年物价不是很高，这可是很有吸引力的价钱了。莲蕊是一种很值钱的药材，收购商贩运到安国，据说利润很大。就像摸钵螺那样，白洋淀里的各村各户都被高额的收购价调动了起来，白洋淀的莲花可就遭到了劫难，没有来得及盛开，更来不及结成莲蓬、莲子就被揪了上来。回到村里后，家家都还要剥掉莲花漂亮的花瓣，从里面把莲蕊抹下来，晒干出售。那些莲花花瓣就成为垃圾被扔到曾经扔钵螺壳的村外水边。这次倒好，这些粉红色的垃圾不仅色彩艳丽，还散发着悠悠淡淡的荷香。这也是我平生第一次见到山一样的美丽的垃圾。

记得那时去淀里揪莲花都是我姐夫带着我去。一次，揪莲花回来的路上下起了瓢泼大雨。虽然是夏天，但是冰凉的大雨点打在身上，时间长了也是冷得人浑身打战、嘴唇发紫、脸色发白，姐夫跟我说："咱俩跳到水里去，水里暖和！"我跟着他就跳到了水里，还真是的，水里温暖多了。这是劳动人民生产生活实践总结出的宝贵经验啊！现在有时下大雨就想起当时的情景，想起我姐夫的音容笑貌。令人痛心的是，姐夫那么好的一个人几年前因为一场车祸离世了，留下了孤独的姐姐，却把他自己留在了亲朋好友们深情的怀念之中。

1989年是白洋淀重新蓄水的第二年，那一年整个白洋淀其他的水生植物恢复生长得都不是很茂盛，特别是荷叶、荷花长得不多，偏偏到处生长着大大的鸡头牌子。老人们说："这是天年，收鸡头米。"鸡头米又名芡实，是一种很好的食材。与漂亮的荷叶、荷花及漂在水面上的菱角牌子比起来，那时候我不喜欢鸡头牌子，因为它从水上到水下、从叶茎到果实，浑身长满扎人的毛刺。大人们却似乎不太在意这些毛刺，还是一船舱一船舱地把鸡头的果实运回家。大堆小堆的鸡头被堆在各家的院子里，人们把灶膛里的草木灰覆盖在鸡头堆上，然后往上面浇水，经过草木灰和水几天的沤制，鸡头果实外面带刺的皮就会破裂，与里面的鸡头米分离开来，然后把这一堆堆草木灰、鸡头皮、鸡头米的混合物用铁锹装到竹篮子里，拿到村边的船上，在淀水里漂洗。草木灰沉底了，鸡头皮漂走了，篮子里就只剩下了鸡头米。

那年秋天，村边淀水里到处漂着一层鸡头皮，形成了一条条长长的弯弯曲曲的水上垃圾带。那时我又一次目睹白洋淀如此规模惊人的垃圾，污染的还是白洋淀村庄周围曾经那样清澈的水。

由于人们那一年的过度采摘，第二年就很少在淀里看到鸡头牌子了。直到现在，我回老家到淀里游玩都很少看到鸡头牌子。人们也曾疯狂采摘荷花，以至于当年秋季很少见到成熟的莲蓬，自然也很少吃到莲子，荷花靠莲子繁衍这条路几乎就断绝了，可是在水下的泥里还有藕啊，第二年荷叶、荷花又通过藕这条繁殖渠道重新恢复了勃勃生机。老人们说鸡头和荷叶、荷花不一样，鸡头不宿根，鸡头米都被人吃光了，自然鸡头就绝迹了。与鸡头有着相同命运的还有白洋淀本地的菱角，也是因为它们没有宿根，也是因为人们的过度采摘，白洋淀本地那种小巧玲珑、鲜嫩可口的小菱角几乎绝迹了。人们一时的贪婪对大自然造成的破坏力是何其可怕呀！

后来，随着经济社会的发展，人们逐渐告别了那个物资匮乏的年代，生活水平一天天提高了，商品经济、市场经济也发达起来，随之而来的一个社会问题就是社会浪费严重，过度透支资源和环境，产生了大量的生活垃圾。

前些年，随着人们生活的逐渐富裕，开始流行使用一次性生活用品，而且大量使用塑料制品，商品过度包装、奢华包装，无论城市人还是乡村人，都成了垃圾的制造者，垃圾围城、垃圾围村的现象比比皆是。

这些与人们畸形的消费观不无关系。有人把节俭当小气，大讲特讲超前消费，鼓吹借钱消费，杜撰中美两个老太太买房的故事，讽刺节俭的人只会节流不去开源，提倡过度消费从而拉动经济等似是而非的论调。在这些论调的推波助澜下，浪费了大量的自然资源，同时制造了大量的生活和工业垃圾。那些年的白色污染、水体污染、大气污染、土壤污染，白洋淀地区也未能幸免，加之旅游业的无序开发，使在风景上号称“华北明珠”、在生态上号称“华北之肾”的白洋淀，明珠蒙尘，生态蒙难。

中国特色社会主义进入了新时代以来，改革开放进入了新时代，上从国家最高领导人，下到普通民众，都认识到了节约的重要。现在提倡节俭之风，反对奢靡之风，推崇光盘行动，反对餐桌上的浪费，推行垃圾分类，实现资源的再生利用，所有这些是多么必要啊！人们意识到了居安思危，人们开始了忆苦思甜，坚决避免走上未富有、先浪费的错误道路。

今天，雄安新区实行了严格的环境保护政策，建设了现代化的垃圾处理厂，严格执行对白洋淀全流域污染治理和水源水流的水质监测保护的相关法律法规，加大了对白洋淀野生原生动植物物种全生态链和全生态群落的保护力度，加大了对淀区淀边居民生态环保、绿色低碳生活埋念的宣传力度。相信在这些基础设施硬件和人们环保绿色理念软件的共同赋能下，必将助力这座妙不可言、心向往之的现代化未来之城迈向人与自然和谐共生的美丽明天！

理发

王春光

我们村太小，不是每天都有理发师傅来的，隔些日子才会有圈头村的理发师傅串村到我们村理发。他们一般不吆喝，而是手里拿着一个金属音叉，就像一个大镊子，用一根小棍儿在音叉中间一拨，就会发出“嗡嗡”的声音，声音虽然不是很高，但传得很远，也听得很清。

有时过年前，我们本家一个二哥也支起摊子给人们理发。他家哥儿四个，哥仨会理发。开始是大哥、大嫂在县城的国营理发馆做理发员，后来二哥和四弟跟大哥学了理发。这几年我回家，看到二哥已经常年开起了一个小理发馆，还专门在他家后墙山对着当街为理发馆开了一个门儿。他上岁数了，也不为挣多少钱，有个事活动着身体，也方便了乡亲们，平时人来人往大家可以说说话儿。我每次回老家，基本上都去二哥的理发馆坐坐，与他和二嫂，也与乡亲们一起聊聊天，感受感受那亲切的乡音和那份浓浓的乡情。

小时候着急的时候，有时会去张庄子理发。张庄子村大，有常年的理发馆。可是那位理发师傅是个哑巴，孩子们很怕他，他越是跟孩子们表现出亲近，孩子们就越怕他。别的师傅给理发，理发推子夹头发会让人疼得嚷嚷，他理发时，疼了也不敢说话。不过，据说他的手艺是一流的。

我们老家也有“正月里不理发”的风俗。那时候过年有很多讲究，现在想来这些讲究其实本来是很有实用道理的，却被披上迷信的外衣，似乎只有神秘了才能让人们无条件地遵守。例如，正月里不让理发，有民俗学者说“正月里理发死舅舅”，那是在清朝初年，明朝遗民为了用一个月不剃头来“思旧”，也就是明朝不剃头的旧规矩，是对被满人“留头不留发，留发不留头”胁迫下强行剃头那段旧事的纪念，因为正好“思旧”和“死舅”谐音，而用这种迷信的说法曲折表达人民怀念旧朝的情感。可是我有别的理解，因为我们村不这么说，而说“正月里推头死大爹”。这又怎么解释呢?

我认为这是不是一种催促手段，让人们在年前就把头发理好，干干净净、利利索索、精精神神过年。特别是对孩子们来说，当妈的怕孩子死舅舅，当爸的怕孩子死大爹，即便爸妈不迷信，可让孩子的舅舅和大爹知道孩子正月里理发了，人家一定会认为孩子父母不尊重他们这做舅舅和大爹的，甚至到了不顾他们死活的地步。为了避嫌，做父母的无论如何也要给孩子在腊月里就把头发理了，不会等到正月的。因为这样的说法和风俗，农村的理发店正月里很少开门，即便开门，也是服务那些没有舅舅和大爹的顾客，生意也不会很好的。其实，有时我在想，也可能是过年前理发的太忙了，太累了，找这样一个说辞好好休息一下吧。谁知道呢。

粮食

王春光

“你嫁给我是下嫁，我娶你是高攀。”我半开玩笑地说。

“你这是什么意思？”妻子不解。

“当年你们家是吃面儿的，我们家是吃粒儿的呀！”

“这又是啥意思？什么叫吃面儿、吃粒儿？”

“当年城镇户口吃商品粮的人叫吃面儿的，农村户口吃农业粮的人叫吃粒儿的。”

“还真没听说过，这说法怎么来的？”

“你们小时候去粮站买的是面粉还是麦子粒儿啊？”

“是面粉。”

“是吧！国家供应我们白洋淀水区的都是原粮，是粮食粒儿，还要自己再磨成面的。过去所有农村人都要自己磨面的。所以，人们就把城里吃商品粮的国家干部和职工叫吃面儿的，管农村人叫吃粒儿的。”

“这称呼还挺形象！”

这是我和妻子的一次聊天记录，这勾起了我对粮食的记忆。

民以食为大。特别是在那个经济不发达的时期，百姓们最关心的是粮食。由于自然环境和生产方式的原因，当年的白洋淀地区居民享受国家供应粮食的政策。用苇业和渔业的劳动换取国家供应的粮食，主要是玉米、高粱，小麦占较小的部分，有时还供应白薯干儿。各家分到粮食后都要自己磨面，最早是推碾子，后来各村都开办了米面加工厂，开始用电磨磨面。磨小麦时，为了多出白面，家家都要求村里负责磨面的人尽量少出麦麸子，所以那时候人们吃的白面其实都很黑，口感虽然不好，可是总比棒子面好吃，更比高粱面好吃。高粱面吃多了，人会大便干燥，便秘得厉害。那时我们还吃过粗粮掺上榆皮面的饺子和面条，榆皮面是增加粗粮黏性的。还吃过“金裹银”的烙饼，就是外面是白面、里面是玉米面的烙饼。白面虽然很黑，但也金贵。现在人们也吃些不出麸子的全麦面粉，是为了营养和养生，和那年代是完全不同的。

其实那时候城里人的面粉也不是都够吃的。听人说，有在粮站上班的职工，上班时胳膊上都戴着肥大的套袖，就是为了在里面有意无意地兜上点面粉，下班回家好好在盛面的笸箩里抖落抖落，能抖落出几两面来。现在说起来真是又可笑又心酸，生活都逼出了人们何等的“聪明智慧”呀！

我们村也有一个米面加工厂，在北边小堤上，和扬水站机台紧挨着。全村的人家都是到那里排队磨面，好像只要有电，那里的磨面机就整天尖叫着，从来没有停歇过。没电的时候要是急等磨面，就要到邻近的村子去了。记得有一次，停了好几天电，母亲派我跟着另外几家的大人摇船去寨南村磨面。磨面的人很多，回来时已经是下午了，大家都很口渴。

同行的一个大人逗我：“你渴吗？”

我点点头：“渴！”

他指着淀水说：“喝一口吧。喝了就不渴了！”

当时父母早就告诉过我，那时的白洋淀水就有些污染了，不让我喝淀水，说喝了会闹病。我瞪了那人一眼，气愤地说：“我不喝！你怎么不喝？”

船上的一个婶子也骂那个人：“别缺德了！你撺掇人家孩子喝，你怎么不喝，你个缺德鬼儿！”

回来后，我把这事告诉了我母亲，母亲也很生气，嘱咐我说：“那人心不好，以后躲着他点儿！”

现在每当回老家见到那个人，我就会想起那件事。看来做人要厚道，不要捉弄别人，哪怕是捉弄一个孩子，被捉弄的人会终生不忘。

在家千日好，出门一时难。在家里时，粮食再不够吃，母亲也会紧着我吃饱，所以对饥饿还没有切身感受。我离开家到县城上初中的那几年可是深切感受到了饥饿的滋味。

那时我正在发育长身体，俗话说“半大小子吃死老子”，感觉吃饭没够，就没有真正吃饱过。看电视剧《大宅门》时，里面有个人物叫郑老屁，特别能吃。我的妻子、儿子看到这一段儿觉得很好笑，我就告诉他们："你们别笑，这是源于生活的，当年我就有那种总是吃不饱的感觉。"

上初一时，家里每月给我10块钱的生活费，不算多，也不算太少。其实不够吃不光是钱的问题，还要从公社（后来改称乡）转粮单或换粮票，粮单或粮票再加上钱才能买饭票。全家好几口的供应粮食数儿都给我转了粮单，还是不够吃。我一位要好的同学，家是城镇户口，他还经常接济我不少粮票，有河北省的，也有全国的。那时候按照"宁吃半顿儿，不可断顿儿"的原则，掐算着吃。上午等到最后一节课已经饿得浑身冒虚汗，哪还有心思听课呀！特别是到了星期天吃两顿饭，上午一顿，下午一顿，晚上没饭，下午那顿是四点，到了晚上饿得睡不着觉。一个星期天晚上，有同学拿到宿舍好多黑枣，饿得我们吃黑枣，我吃多了，吐酸水儿吐了半宿。

后来，生活好了，吃饭不愁了，吃饭快、吃得多的习惯一直改不过来，每次吃饭恨不得吃到顶了嗓子眼儿才罢休。直到查出了糖尿病，我才不得不控制饮食。有时总跟妻子慨叹："我的命怎么这么苦啊！小时候没条件吃不上，现在生活条件好了，又不敢吃了！"因此，直到现在我也不浪费粮食。

妻子总是笑话我："你花钱总是大手大脚，那么块儿剩馒头剩饼、那么口儿剩饭剩粥却舍不得扔！"

我只能讪讪地回复："我是挨过饿的人啊！粮食比什么都亲！当年挨饿，心里留下阴影了。"

是改革开放的好政策、我国农业科技工作者艰苦工作和广大人民的辛勤汗水，让我们中国人吃饱了肚子，让我们中国人把饭碗牢牢地端在了自己手中。我非常崇敬袁隆平先生，他的逝世是我们国家和世界人民的巨大损失，我们深切缅怀他。

当前，我们国家提倡光盘行动，杜绝餐桌上的浪费，是多么必要啊！我们现在的好生活来之不易，一定要好好珍惜，要忆苦思甜，要居安思危。

那条船

王春光

午饭后，和两位同事一起在校园里散步。在学校的东湖岸边看到一只木船，远远望去，我一眼就认出是家乡白洋淀的那种木船，情不自禁地加快脚步走到了船边，围着它转圈，看看外面，看看里面，还用手轻轻触摸它。可惜船是在岸上放着，而且只有船，没有棹，可我还是兴奋地站到船尾比画了几下划船的动作，找找在老家划船的感觉，回忆回忆当时的情景。

同事知道我老家是白洋淀，也围着船一边转着看，一边向我问这问那。我也很高兴地向他们讲解起来。

这种船叫“四舱”，顾名思义，它一共有四个舱，你们看，窄一些、低一些的那面是船头，宽一些、高一些的那边是船尾。从船头开始数第一个舱叫艋头，主要用来放捕鱼的工具。第二个舱叫桅舱，可以固定桅杆，撑起风帆，这个舱最小，还可以把它做成“活舱”，就是在桅舱的船帮上开一个小洞，让淀水流进桅舱，一定要把桅舱与相邻两个船舱的隔板做得滴水不漏，否则水会流到别的舱，船会沉的。可以把捕到的鱼暂时养在活舱里面，因为是与淀水相通的，所以活舱里的水总是比较新鲜的，鱼可以在里面养较长时间。第三个舱是大舱，舱里能躺下两个人，是渔家睡觉的地方。渔家还要在这个大舱上搭建一个窝棚，一般是用几道两寸左右宽的长竹篾，呈拱形横着固定在大舱两侧，竹篾上铺一层苇箔，苇箔上盖一层塑料布（过去盖油布），再盖一层苇箔，外层加绳子绑紧，这样就做成一个窝棚。你们可能注意到了，船舱底部有一道道横着的木条，老家人管这些木条叫什么，我忘了，学名就是“龙骨”。它们有两个作用，一是在造船时用来把船底的木板固定在一起，二是在它们上面铺一层木板，把木板架起来，木板和船底之间有了一层小间隙，这样即便船底阴进一点点水，也不至于把被褥等生活用品弄湿了。最后一个舱叫后窝儿，主要放米面粮油。除了大舱，其余三个船舱上都要盖上木板，这些木板叫“锁口板子”，一是遮蔽舱内的东西，二是防备下暴雨时雨水把船舱灌满，三是扩大了渔民在船上活动的平面面积。渔民们把一个小小的锅灶放在船尾一角，一只船就成了渔民的一个家了，他们捕鱼、生活都在船上。

这是一只“裸船”，没有配棹。其实，划船的动力系统就是棹，棹就是船桨。棹放在哪里呢？你们看船后部两侧这两个方形的窟窿，这叫“棹口眼儿”，是帮助固定棹的。要固定棹，还要有两个“棹牙子”和两个“棹合页”。棹牙子也是用木头做的，可以用造船时的下脚料，也可以用直径八九厘米的较粗的树枝砍削而成。做棹牙子必须要有一个小弧度，不做成直直的，有一点弧度以便把棹合页挂在上面时不容易脱落。棹牙子一端要挖出上下两个深槽，看上去就像两个“凹”字并排连在一起，也像小孩子换牙时掉了两颗牙。是不是就是因为这个才叫“棹牙子”呢？为什么设计两个凹槽呢？是可以根据不同身高的人划船或船只载重吃水深浅来调节棹的动力臂长短。棹牙子的另一头要削得小一点，以便插到“棹口眼儿”里，“棹口眼儿”垂直向下的船舱内壁上也设计了一个小厚木板被固定在船舱内壁上，在这块小厚木板中央也打一个方形的空，棹牙子从上面插入棹口眼儿再插到这个方孔里，按照两点决定一条直线的原理，棹牙子就固定好了。插棹牙子时，两个凹槽一定要向船后，这样划船向前用力时不会磕碰棹牙子。假如白洋淀人看到一个人把棹牙子插错了方向，马上就能断定他不会划船，不是白洋淀本地人。有时大人们戏谑小孩子的时候也会说：“连棹牙子都不会插，你是水地的人吗？”另外，棹牙子一定要选用硬木，因为划船时千钧的力量靠它支撑，特别是顶风划船的时候，棹牙子断了很危险，不但会摔伤人，甚至船失去动力后要么倾斜，要么倾覆。说起棹牙子，想起我小时候父亲经常教育我要努力成才，不能成为柱子和檩柁，成为一个棹牙子也行啊，反正不能成为当劈柴烧火都扎手的没用的材料。老人用生活中的物件做比喻激励我，多贴切、多形象啊！他老人家的这句话，我一直记得。棹合页是连接棹和棹牙子的重要部件，过去是用牛皮做的，现在一般用塑料制成。就是把一段较粗的牛皮绳或塑料绳做成一个直径20厘米左右的绳圈，套在棹杆上，再把绳圈挂到棹牙子的凹槽里。这里还要用到一个东西——“吊棹绳儿”，就是细细的但很结实的一段绳子，绳子一头绑在棹合页上，一头绑在棹板最上面角上钻出的一个小眼儿里，这样就把棹和棹合页连在一起，不至于在划船时棹杆从棹合页里出溜下去。也可以通过调节吊棹绳儿的长短调节棹动力臂的长短。一个小小的吊棹绳儿，小东西有大用途，白洋淀人们多有智慧啊！说到棹合页，我又想起一件事，小时候只知其音，不明其意，因为白洋淀的荷叶到了夏天到处都是，一直以为“棹合页”写作“棹荷叶”，直到今天我细细一想才知道应该写成“棹合页”，就像开门、关门的门合页一样，是起到连接和转动作用的，你说我这人好笑不好笑？文章写到这里，我还要告诉您一个我好笑的事，我的同事不可能听我啰唆这么长时间的，我只给他们介绍个大概，后面的细节都是我回忆着童年的时候写的。

小时候，这种船在老家太常见了，以至于都没有这样仔细观察过它们，更没有深入思考过每个部位的特征和用途，好像一切都不用说，都是那么自然而然的。怎么在外多年，在远离家乡的地方看到它就这么亲切，这么细致地观察它、研究它，向别人很自豪地讲解它呢？原来家乡给我留下了这样深刻的记忆，在意识里，在潜意识里，在我的血液里。大概这就是乡愁吧。

这让我联想到很多非遗项目，只有等到我们快失去时，才觉出它们的珍贵。这只木船是作为我们学校雄安新区白洋淀文化的展品从雄安新区运来的，白洋淀的这种造船技艺也已经被确定为非物质文化遗产了。

现在雄安新区成立了，人们更多地使用铁船和玻璃钢船，使用木船的越来越少了，而且动力大多换成了螺旋桨，用棹划船的少了，现在的年轻人会用棹划船的也少了。不过，我们相信，白洋淀人的造船技艺和划船技能作为非物质文化遗产得到了国家的保护，是一定能传承下去的。

刨笤帚

王春光

白洋淀里有一个小水村叫邵庄子，这个村现在还留存着一门老手艺——刨（páo）笤帚。

笤帚是家居必备的清扫工具，有扫地的，有扫炕的，还有扫粮食的。现在我们常见的笤帚很多都是塑料制品或化纤制品，而过去的笤帚都是以植物为原材料的，南方一般是用竹子、棕麻等，北方平原旱地一般用高粱穗子、黍子穗子等，而在我们小时候，白洋淀水区制作笤帚的师傅们也就地取材，用淀里盛产的芒子穗子和芦花穗子作为材料（“芒”，白洋淀地区读作wáng）。

芒子是白洋淀里一种水生野草皮条所结的果实。皮条茎叶都是扁扁的，常与较低矮的芦苇混杂在一起生长，它的植物学名称是“菰草”。

皮条晒干后铡成小段，用碾子碾成面，作为大牲畜的饲料，人也可以食用。皮条的果实呈穗状，被称作芒子。芒子晒干后，经碾轧加工成芒子米，也可进一步制作成芒子米面，均可食用。在过去遇到灾年，粮食短缺，皮条面和芒子米可救过不少人的命啊！当地民谚曰：“白洋淀有三宝——芒子、鸡头、老菱角。”芒子米，籽粒细长，两头尖尖，颜色黑黝黝的。过去假如有的小孩子不经常洗脚，大人笑话孩子就说：“看你那俩脚，黑得跟芒子米一个色儿了，快洗洗去。”芒子也是鸟类、鱼类喜欢的食物，以水草为主要食物的鲢鱼、鲂鱼常碰撞皮条，把芒子撞落后食之。加工芒子米后剩下的穗子就成为刨笤帚的好材料。

芦花是白洋淀人们制作笤帚的另一种好材料。刨笤帚用的芦花要在芦苇没有完全成熟、芦花没有飞毛的时候采摘，不然做出的笤帚是会掉毛的。

邵庄子村的笤帚师傅就用水区常见的芒子穗子和芦花穗子制作笤帚。

刨笤帚的工具和笤帚半成品 （摄影：王占良）

白洋淀邵庄子村王老赛刨笤帚 （摄影：刘全乐）

他们把制作笤帚的过程叫“刨笤帚”。王老赛就是一位技术娴熟的刨笤帚师傅。现在他更多选用高粱穗子为原材料。刨笤帚的整个过程大致如下：

第一步，准备材料。把高粱穗子的秸秆部分用碌碡碾破，然后潲水闷一段时间，这样高粱穗子柔顺不易折断。

第二步，绑扎。这是刨笤帚最关键、最核心的步骤。用专用工具“蹬子”和细铁丝（或细绳）勒绑扎制。蹬子的一端能用双脚蹬踩，是一节短木棍；另一端围在腰间，是由较粗的弧形的木棍与皮带（或结实的厚布带）围成的环状物；腰间的木棍与脚蹬的木棍中间用一根较粗的金属油丝绳（或较粗的结实的尼龙绳索等）连接。先将蹬子围在腰间，再将一小把高粱穗子用油丝绳缠绕住，用双脚一蹬，油丝绳就把高粱穗子的秸秆部分勒出一道环形的辙痕，这时沿着油丝绳把高粱穗子往脚部推，把细铁丝头儿压在油丝绳勒住的高粱秸秆辙痕的位置，在细铁丝的适当的长度处用牙叼住，再沿着油丝绳的方向把高粱穗子往腰的方向往上滚动，这样细铁丝就被绑在了高粱秸秆上，把细铁丝的头拧几个花儿，从长铁丝上剪断，为了避免使用笤帚时扎手，要把细铁丝的头扎到笤帚把儿的高粱秸秆里去。这样就制成了一个“小把（bǎ）儿”，以此方法制作五六个“小把儿”，再把这些“小把儿”按照上述方法绑扎在一起。有些还会安上一个木棍或竹棍，把笤帚把儿加长，这样扫地时就不用弯腰了。

第三步，刮削剁。用刀背等工具把高粱

笤帚成品 （摄影：王占良）

穗子上的高粱帽子刮掉，这样使用时就不会掉高粱帽子了；再用刀削平笤帚把儿顶端、剁齐笤帚苗。一把笤帚就制作完成了。

过去邵庄子村的一项重要经济收入就是到京津保一带卖笤帚。绿莹莹的芒子笤帚和紫花花的芦花笤帚很受这一带老百姓的欢迎。

由于邵庄子村刨笤帚很出名，这个村的孩子去姥姥家时，姥姥村的人们总是逗他们说："刨大笤帚的来了！"甚至还给邵庄子村杜撰了一些有关刨笤帚、卖笤帚的段子来打趣他们。经常说的一个段子是邵庄子村的人到天津商店里买座钟，最后非让售货员饶给一块表。售货员好奇地问他为什么？他说："我们卖笤帚时还饶给人家个炊帚呢！"小时候听了外村人对我们的这些调侃话，自己总感觉很不好意思。现在想来，人家说这话也并不带有什么恶意，甚至还有对我们这门手艺些许嫉妒抑或羡慕的成分在里面，也反映了我们村刨笤帚这门技艺名气很大。

现在在城市工作和生活，每当看到平时已经不太常见的植物材质的笤帚，就会想起我的家乡，想起那些刨笤帚的师傅，想起我的那些父老乡亲，心中就会升腾起浓浓的乡愁。

参考文献

1.《白洋淀三宝——芒子、鸡头、老菱角》，2016-12-13，www.baiyangdian.gov.cn/，2016-12-13。

2.《荒年的食物（六）菰草和蒲棒根》，2018-06-10，http：//blog.sina.com.cn/u/6473758119，2018-06-10。

伤痕的记忆

王春光

有人说，身上的一个伤痕一定是一个故事，一段往事的记忆。每当看到自己小腿上的那道伤痕，我就会记起家乡那一圈长长的小堤。

在我的孩童时期，人们的生态意识还不强，白洋淀地区兴起了围水造田种庄稼的运动。不少水村都筑起一圈或长或短的堤堰，专门修建扬水站（俗称机台），用抽水机往堤外抽水，露出地势高的地方，开垦出一大块一大块条状的田地，种植小麦、玉米、水稻、谷子、高粱、黄豆、绿豆、瓜果蔬菜等，在地与地之间的水沟水壕里养殖鱼、虾、蟹和珍珠蚌。我们村的那圈小堤有4华里长，圈住了三四百亩地。堤内水位低，堤外水位高，小堤一有渗漏，扬水站就要不定期往堤外排水。现在想来抽水机所消耗柴油的费用应该能买好多粮食，也不知道那时的投入产出是否划算，难道是因为当年有钱也买不到粮食、粮食比柴油还金贵吗？

其实，成本远不止那些柴油，更大的成本是血本无归。

白洋淀十年九涝，每到夏季抗洪防涝的任务最为艰巨。暴雨过后，上游的洪水奔流而来，白洋淀很快就成为汪洋一片。高高的芦苇大部分被淹没，露在水面上的苇尖摇曳在风雨中，好像溺水者在向岸上的人们拼命拍打求救。堤外的水越涨越高，那道小堤就像汪洋里漂浮着一个细细的线圈，几个大浪打来，随时都会土崩瓦解，溃堤决口。堤内风雨中的庄稼似乎也被这阵势吓得瑟瑟发抖。

堤里那一洼庄稼可是全村人的希望，怎忍心眼看到手的收成被洪水化为乌有，他们此时结成了一个命运共同体。洪水季节，村里会派人24小时值守查险，发现险情立即用大喇叭通知全村人上堤抢险。男女老幼不用催促都会跑出家门，手里都拿着大大小小的工具，直奔小堤。那些壮劳力们，有的拿铁锹挖掘泥土，有的抬筐，有的抬泥绷子，有的在水里打桩围堰；老人、妇女和儿童，站成一行行，拿脸盆一盆盆传递着泥土，端不动脸盆的更小的孩子也站成一行行用一双双小手一小块一小块传递泥土。人们泥一身、水一身，神情焦急，大呼小叫，胆小的孩子被这阵势吓得眼中泛起了泪花。到了关键的时刻，乡亲们把自家的门板、跳板、学校的乒乓球台子都堵在了管涌处，把一条一条大六舱船都沉在了险要地……

可是，小堤还是决口了，洪水吼叫着奔腾而入，半天儿工夫，堤里和堤外就流平了，快要收割的玉米、高粱、黄豆、绿豆全都被水淹没了，男人们咒骂、痛惜、哀叹、哽咽，女人们则心疼地哭出了声……

几天以后，水位下降一些，庄稼地还有两三尺深的水。乡亲们组织起来，划着船，蹚着水，到庄稼地里去抢收一些没有成熟的庄稼，能吃上几个煮玉米、几粒煮黄豆也好啊。再不行，还可以把玉米秸秆、豆秧削割下来，捞回家晒干烧柴也好啊。

我也就随着大人们出发了，手里拿着一把镰刀削割玉米秸秆。孩子毕竟是孩子，边干边玩。庄稼地的水经过几天的沉淀，非常清澈，玉米那紫红的根茎清晰可见，马勺菜在水底油油地随着波浪招摇。一群一群的小鱼小虾游来游去，用双手捧着，在水里等着，就能把它们捧捞上来。突然，一条大大的鲤鱼慢悠悠地向我腿边游了过来。说时迟，那时快，我来不及多想，拿着镰刀猛力朝大鲤鱼砍了下去。只听到“啪，噗”两声，鲤鱼被我砍住了！赶紧用镰刀勾着将大鲤鱼提出水面，兴奋地向周围的大人和小伙伴们大喊：“我逮住了个大鱼！”那条大鲤鱼在我的镰刀上来回用力扑棱。身边的大人怕它再逃脱了，马上劈了一个玉米叶子，搓成绳，抠开鱼鳃穿了进去，催促我说：“快撂到船舱里去，小心鱼再跑了！”我提着玉米叶绳子，拎着大鲤鱼正要蹚水往船边走，突然感觉小腿生疼。定睛一看，嗨！砍鱼时用力过猛，镰刀尖儿把鱼身体刺穿了，正好砍在了我的小腿上，鱼的肚子被我砍穿了，我的小腿也被镰刀尖划破了，水被血染红，也分不出是鱼的血还是我的血了。

现在也忘记事后伤口上药了没有。可能没有上药，那时上药要花钱的，家里没钱啊。再说，农村的孩子有伤病往往就是扛着，没那么娇气。反正后来伤口是愈合了，就是在小腿上留下了一个明显的伤疤。后来每当我看到这个伤疤或亲友问起这个伤疤，我就会记起、说起孩童时那段往事，那堤，那庄稼，那洪水，还有那条大鲤鱼。

近些年，随着生态观念的进一步普及，乡亲们顺应自然，在小堤里种植了荷花，那里变成了一个好几百亩的大荷塘。每到夏季，荷叶田田，荷花袅娜，荷香扑鼻。采摘下那一朵朵粉红含苞的荷花、一片片翠绿硕大的荷叶、一个个籽粒饱满的莲蓬，到了秋季再挖出一船船洁白甜脆的莲藕，人们把这些销售到城市里去，端上了餐桌，装饰了生活。这个荷塘成为村里人一项重要的经济来源，比当年那些粮食产生的经济效益可是大多了，还不再害怕水涝，也再不用抗洪抢险了。

雄安新区成立以来，我们邵庄子村成为重点打造的一个水区村落，在村西码头一带建设了一个小型湿地公园，连廊曲折、苇绿荷红、鸟语花香。近两年，我们村的很多人家利用网络直播发展了旅游产业，成为远近闻名的旅游网红村。乡亲们不愁吃，不愁穿，住上了小洋楼，生活富裕祥和。为了那一洼庄稼在小堤上抗洪抢险的往事，只是留存在年长乡亲们的记忆中了。

最近有消息说，政府还要把我们村的那个小堤荷塘建设成一个更大更漂亮的湿地公园。

我们期盼着。

雨后淘船

王春光

盛夏的白洋淀，一场特大暴雨过后，木船往往会被雨水灌满而沉入水中，急等用船的水上人家就有了一项紧迫任务——淘船。

那些停泊在岸边的木船，因为有绳索或铁链牵引着，紧邻水岸的水底又大多是一个缓坡，所以船头一般会露在水面之上，这时需要几个人合力把船头推拉上岸。船由几个舱组成，先将第一个船舱推拉出水面，将这一舱内的水淘出。淘着淘着，船身便会渐渐上浮，借助浮力，第二个船舱就露出了水面，淘完第一个船舱继续淘第二个船舱。淘着淘着，第三个船舱就又露出水面了。这样依次淘下去，最后整条船浮出水面，把最后一个船舱的水淘干净，任务基本就完成了。出水的船往往会沾上一些泥沙或水里的脏东西，现成的工具，现成的水，顺手还要洗洗船，这可是真应了那句老话："谁家放着河水不洗船呢？"讲究的人家最后还要拿墩布把洗过的船擦得干干净净。

淘船的工具一开始是用脸盆，后来犄角旮旯的地方就用小盆儿、小碗儿。有的人家废物利用，家里不用的带把手的小塑料壶，把上面的部分剪掉，用作淘水的工具，不仅轻便，还不怕磕碰，最大的优点是不会划伤船身，缺点则是怕晒，得放到船里太阳照不到的地方。

有的船在下雨前没有拴好，或者被狂风吹离岸边，暴雨过后，完全沉到了水深的地方。对于这种情况，先由一个人划船到可能沉船的地方用长篙探摸，确定沉船的具体位置，再带上一条又粗又长的绳子潜入水下，摸到船头或船尾的铁环，把绳子绑在铁环上，然后回到岸上，联合几个人站在岸上一起用力拉绳子。船虽然在水底，但也有浮力，所以不是很重。借助水的浮力，先把船拉到岸边，再按照上面介绍的方法淘船即可。

当然，有些人家不着急用船，船在水里泡几天也没事。木船不是特别怕水泡，倒是更怕太阳晒，总被太阳晒着，木板接缝处就会开裂。所以，有些年久失修的船，不下雨，也会因为风吹日晒而开裂，自己沉到水里。

大家拉完船，很多人还要驻留一会儿，聊聊闲天。从讲述雨到评价船，然后生发开去，谈天说地，传新闻，道趣事，大家打打闹闹、嘻嘻哈哈。拉船、淘船也给人们提供了一个聚集交流、增进感情的好机会。

拉船、淘船，是个力气活，靠一己之力是办不到的，一般都要招呼左邻右舍的壮劳力来帮忙。被叫到的人家都会立即停下手里的活计，赶紧去帮忙拉船。白洋淀人教育孩子要在生产生活中互帮互助时总说："过日子不能死门子死户，平时不帮人，淘船连个拉船的都找不到！"这些体现了白洋淀人一种朴素的互助情怀。

人物篇

REN
WU
PIAN

白洋淀一家人

王春光

我和妻子是大学同学，恋爱之前，我并不知道她的老家是哪里。恋爱时，我问起她老家是哪里的，她说奶奶家是涿州，姥姥家是定兴。原来，我岳父大学毕业后被分配到定兴工作，经人介绍认识了我岳母，二人结婚后就把家安在了定兴。我妻子出生后，我岳父母工作忙，就把她送回老家由奶奶带大，一直到8岁时才接回定兴上学，小学、初中、高中都是随父母在定兴生活的。

当我听说了她家的这些情况，不由地兴奋起来："原来咱俩早有缘分，我家也是定兴的！"

她不由地笑起来："你老家不是安新白洋淀的吗？又想和我们定兴攀亲戚？"

我很认真地说："是真的，我们家一大半儿现在都住在定兴，李郁庄乡傅家庄村，我奶奶，还有一个叔叔、三个姑姑，他们都住在定兴！"

妻子也好奇地看着我："这是怎么回事？"

我悠悠地说："说来话长啊！"

我的爷爷奶奶

我的老家在安新县白洋淀，我们村叫邵庄子，属于圈头乡。我家祖上三代单传，到了我爷爷这辈儿才有了三兄妹，我爷爷、我二爷和我姑奶奶。一家人临水而居，爷爷奶奶都是老实巴交的人，靠着几亩苇地辛辛苦苦地过生活，不算大富大贵，也属殷实之家。

七七事变后，日本鬼子侵占了白洋淀，在各村修建岗楼，对老百姓横征暴敛、残酷屠杀，老百姓的日子越来越过不下去了。再加上水患频发，日本鬼子更是不顾中国人的死活，强行扒堤，淹没了所有的芦苇和高园子种的庄稼。据《白洋淀志》记载，"民国二十八年（1939年）7月，雨水过大，各河盛涨，日军扒堤淹没河北平原，雄县八排、毛尔湾决口，安新至任丘、高阳一片汪洋，房倒屋塌，人畜伤亡和财产损失严重"。老百姓真的就没有活路了，很多人家被迫外出逃荒要饭。

我爷爷奶奶也是实在没有办法，决定带着一家老小外出逃荒。当时，爷爷奶奶有3个儿子、3个闺女，一共6个孩子。我大姑是老大，当时大概16岁。我父亲13岁，还有我二爹、二姑、三姑，我老叔最小，只有1岁。

当家子和前后左右街坊乡亲们都来劝说："能不出去就不出去，有个为难着窄的时候，各家各户都帮衬帮衬就凑合着过去了，带着一大家子出门要饭可是不容易呀！”

爷爷奶奶含着眼泪哽咽着：“但凡有一点法儿，谁也不愿意出去啊！一家人不能就这么饿死在家里呀？俺们也知道各家的日子都不好过呀，心意我们领了！”

人们看看这样劝不住，就找到另一个理由：“还带着这么大的一个大闺女呢，兵荒马乱的，多不放心啊！”

这倒是戳中了爷爷奶奶的痛点，他们俩犹豫了。我大姑正是如花似玉的年龄，长相在十里八村都是数一数二的，跟着一家人逃荒要饭的确是很惹眼的。

后来，爷爷奶奶思前想后，还是要逃荒去。关于我大姑，他们决定在出发之前把她先嫁了。马上就东家、西家托人说媒，仓仓促促嫁闺女，也没有好好打听打听男方的家庭情况。说是嫁闺女，实际上和送人差不多，只是给孩子找一个吃饭的地方罢了。出嫁那天，一家人抱头痛哭。

我大姑嫁到了白洋淀边上的一个村。过门第二天，我们村的一个论乡亲辈分叫他爷爷的老人路过这个村子，大中午太阳底下，看到我大姑一个人在推碾子磨面，汗流浃背，婆婆家一家子人在阴凉里吃午饭。

我们村这位老人实在看不过去，就和我大姑的婆婆一家理论起来：“你们这不是欺负人吗？一家子凉凉快快地吃饭，这么热，让她一个人推碾子，有你们这样的吗？”又对我大姑说：“闺女，跟我家走，别在这受这个气儿了！”

我大姑一边掉着眼泪，一边怯怯地说：“爷，我不热，没事儿，我不家走，不家走。”

大姑心里明白，那个家她还怎么回得去呢？我们同村那个爷很无奈地回村了。回来后，他就把看到的一五一十告诉了我爷爷奶奶，两位老人一边听，一边掉眼泪，可是又有什么办法呢？因为婆婆家很清楚我大姑是家里穷才嫁过去，所以一家人看不起她，她经常挨打受骂。我可怜的大姑啊！听说，后来我大姑的婆婆去世了，我表哥表姐们也都长大了，大姑有了依靠，才不受气儿了。我大姑生了4个儿子、4个闺女，一共8个孩子，晚年光景很好，孩子们很孝顺。我大表姐和二表姐都嫁到了本村，离我大姑家很近，也经常过来照顾她老人家。现在这个村成了我们家的亲戚窝儿。我每次开车回老家就路过我表哥家门口，虽然不是每次都进门看望表哥，但是每次都会想起我大姑。

大姑出嫁后没几天，我爷爷奶奶带着我曾祖母和5个儿女一大家子就踏上了逃荒之路。

白洋淀一带有句老话——“宁往北走一千，不往南走一砖”，意思是宁可往白洋淀的北方走一千里地，也不往白洋淀的南方走一块砖的距离。有人解释说，因为北面地界的民风比南面的好。其实我不这样认为，哪里都是好人多。白洋淀有这样的说法是因为当地特殊的地理条件。白洋淀南边和东南方向多盐碱地，物产不是很丰富，而白洋淀北面大平原上土地肥沃，物阜民丰，所以逃荒要饭一定是要向北走的，实在不行还可以闯关东。

爷爷奶奶拖儿带女，一家人老老小小，步履蹒跚，走走停停，一步一回头，含泪离开了白洋淀故乡。走了几天，来到了定兴县地界，正是前不着村、后不着店。突然狂风大作、乌云密布，正午时分却是漆黑一片，看不了几尺远。随后，大雨倾盆，一家人都成了落汤鸡，不一会儿又下起了鸡蛋大的冰雹，大人们不顾自己安危，赶紧用背着的被窝卷给孩子们护头，深一脚，浅一脚，踉踉跄跄地往前走。我奶奶和曾祖母还都是小脚儿，走起来更是趔趔趄趄。路两边的壕沟早就灌满了雨水，水都涌到了土路上，也分不清哪里是沟壕、哪里是道路了，大人孩子随时都有可能滑到很深的水沟里。

我二姑、三姑、老叔这几个小一点的孩子吓得哇哇大哭，曾祖母和奶奶呼天抢地：“老天爷呀！别下了啦！老天爷呀！”

我爷爷、我父亲、我二爹父子三人朝着前方大声呼喊：“哪里有人啊！哪里有人啊！救命啊！救命啊！”他们一边喊，一边摸索着往前走。

正在这种很无助的时刻，隐约听到前面有人回应：“往这边走！往这边走！”

一家人听到了喊声，真是盼到了救星，艰难地朝着那个人声走去。等走近了，才发现有两间低矮的房子，一位老爷子正在房门口呼喊指引着一家人来到这里，那位老人赶紧把一家人让进了屋里。大人们这才长出一口气，孩子也不再哭了，只是小声抽泣着。

这个村庄叫傅家庄，这两间房子在村子东头外面，离村子还有一段距离，这里是这位老爷子家的场院，他姓郑。刚才郑老爷子来场院拿东西，被突来的风雨冰雹拦在了这里，没想到救了爷爷奶奶老小一家人。

老爷子问：“你们是哪里人啊？”

爷爷说：“我们是白洋淀的，老家活不下去了，逃荒出来的。”

“这是去哪儿啊？”

“也每个准地方去，走到哪算哪吧。”

“附近有亲戚吗？”

“没有。”

“这么大雨，今儿你们就先住在这里吧，两间房闲着也是闲着。”

等雨停了，老爷子回村里。一会儿，他让家里人给爷爷一家人拿来了吃的和一些干衣服。一家人在这个场屋里住了一宿。

第二天一大早，郑老爷子和家里人又来了，带来了吃的。一家人香甜地吃着。吃完后，郑老爷子把我爷爷叫到屋外，在树荫下说话儿。

“你们出来时也没盘算盘算去哪里

吗？”

“老家倒是有人说，实在不行可以闯关东。”

郑老爷子思忖了一下说：“你们要是想闯关东，节气不对呀！”

爷爷不解地问：“闯关东还看时节？”

老爷子认真地解释：“对呀！关东冷，咱们这儿的人闯关东都要春天出发，路上一天比一天暖和，走到关东正是夏天，可以在那里找活干，安家。现在正是夏天，你们走到关东就是秋天了，很快就要冷了，关东人讲究猫冬，不好找活儿干。如果找不到活儿干，安不了家，不用饿，冻也把一家子冻死！”

爷爷一听这话，低下头，沉默了。

郑老爷子又试探着说：“要不这么着，你看行不行？”

“怎么着？”爷爷抬起头。

“你们这一大家子，老的老，小的小，怪可怜的。我看你们都是老实巴交的庄稼人，你们就先留在我们这儿，这两间场屋也闲着……”

“行啊！”郑老爷子还没说完，爷爷就迫不及待地说：“我们父儿仨有力气，能干活，我妈和我家里的会做针线活，两个小闺女只要你老赏口饭吃就行……”没说完，他又改口说：“俩小闺女也能帮着干活，不吃闲饭……”

郑老爷子爽朗地笑起来，说：“我还怕你不同意呢。看你们一家人也不像那种世世代代的穷庄稼主儿，肯定是遭了灾没有办法才到这个地步的，我还怕你们磨不开面子给别人家做活儿呢。”

爷爷说：“不是，不是，只要一家子有口饭吃，我们能干活儿，干什么都行。也不瞒你老说，走到这一步，都是天杀的日本鬼子闹的，把个好好的家就败光了。”

郑老爷子说：“那你们一家子再商量商量吧。”

爷爷坚定地说：“不用商量，我说了就算！”

郑老爷子笑着说：“那好，就这么定了。你们先住下来试试，不行的话，明年春天再闯关东也不迟。”

就这样，爷爷带着一家人就在这个村安顿下来。

郑老爷子这人非常讲仁义，从来不把爷爷一家人当长工看待，称呼我曾祖母老嫂子，让我爷爷称呼他叔叔，称呼他儿子为哥。住了一段时间，爷爷一家人和村里的人们逐渐有了交流。一个问题随之困扰着爷爷，跟村里人打招呼时怎么称呼呢？辈分怎么论呢？提出这个问题后，郑老爷子思索了一下说：“这样吧，你们就随着我们家叫吧，反正我家在村里也属于小辈儿，我们叫人家什么，你们就叫人家什么。咱们就算是一家人吧。”从此，这个村里就有了“郑王一家，郑王不分”的说法。

爷爷奶奶一家人就算在定兴落了户，一直住在郑家场院那两间小房子里。新中国成立后，这两间房就分给了我们家。我老姑就出生在这两间房子里。后来，我老叔娶了我老婶儿，她是本地人。我二姑嫁在本村，我三姑和我老姑都嫁到了附近的高庄儿。现在定兴县我的平辈和晚辈比白洋淀老家的人口还要多很多，亲戚也比老家多很多。

我的父亲母亲

郑家不仅在村里有不小的产业，在北京还开着煤场等买卖。第二年，父亲和二爹就到北京郑家的煤场里做工了。父亲和二爹他们小哥儿俩没有文化，只能出力气，学习摇煤球，那活儿又脏又累。新中国成立后，父亲和二爹不在煤场干了，到了位于石景山的首钢工作，做装卸工。父亲曾说："摇煤球时觉着那是最累的活儿，到了首钢才知道什么是累呀！一人一天卸下一车皮60吨的矿石，以为卸矿石就是最累的活了。后来回老家后参加修建西大洋水库，才知道在首钢卸矿石那活儿轻巧多了！"

张庄子的我姑爷爷做媒，父亲和母亲结婚了。婚后，父亲在北京上班，母亲在定兴跟着我爷爷奶奶一家人生活。1951年，我大哥在定兴出生。后来到了三年自然灾害吃低指标那几年，北京疏散人口，各单位下达了指标，单位领导找我父亲谈话做工作。我父亲一想，城里也是吃不饱，回农村还可以吃糠咽菜，就决定回农村。可是一打探，我爷爷奶奶带着一大家子在定兴过得也很艰难。考虑再三，父亲带着母亲、哥哥同我二爹一起就回到了白洋淀老家。爷爷奶奶带着我们家其他亲人还是留在了定兴生活。我们这个大家庭就分成了白洋淀和定兴两支。

在北京郑家煤场干活时，郑家的买卖对工人很好。小哥俩也时刻记着我爷爷的嘱咐："郑家对咱们有恩，到了北京好好干活，不要耍滑。"他俩心怀感恩之心，每天努力干活儿。

整天和煤打交道，浑身上下都是黑的，每天都要洗澡。定兴县有"东黑西白"的说法，一条京广铁路把定兴县分成两部分，铁道东边的人好多在北京从事煤炭行业，这就是那一"黑"；铁道西边的人好多在北京从事洗浴行业，这就是那一"白"。我父亲他们每天收工后就到定兴老乡开的澡堂子洗澡，这是煤炭行业的人特有的优厚职业待遇吧。父亲洗澡非常认真，特别是鼻孔、耳朵都要认真洗干净。从那时起，父亲就养成了很好的卫生习惯，回到白洋淀老家一直到晚年都保持着很好的卫生习惯，从苇场、苇地或淀里收工后，热天就在淀里洗，冷天就回到家里洗，再冷了还要我母亲给他烧热水洗，每天刷牙、漱口。我觉着那时候估计全村像他那个年纪的老头儿只有父亲刷牙。有一次，我偷偷拿他的牙刷学了学他刷牙的样子，牙刷放到嘴里是一股怪怪的甜味儿，那是我第一次尝到牙膏的味道。小时候，我很喜欢看着父亲洗脸，他见我在一边，就教育我说：“洗脸不能光洗脸蛋儿，鼻子眼儿、耳朵眼儿、耳根儿后面、脖子都得洗干净，还要老得刷牙、洗头，在人群中不能让人腻歪。出门在外要带上牙刷牙膏，让别人看咱，不觉得咱土，那叫排场儿！”直到晚年，他老人家都是干干净净、利利索索的。后来，他卧病在床，洗脸、洗头、刮胡子的任务就落到了我妈身上。父亲咽气后，在穿装裹衣裳前，母亲赶忙倒了半盆温水，我们哥几个和母亲一起给父亲擦洗身体，一边擦洗，母亲一边念叨着：“老头子，咱们擦擦脸、擦擦身子啊，干净了一辈子了，干干净净地走吧！”

父亲在北京那么多年还学了一些北京人的行动做派，如喝茶、喝热水。我们老家的男人们到苇地或淀里劳动，很多人渴了都是捧起淀水就喝，那时的淀水是非常清澈的。我父亲却是拿暖壶带热水，喝完了渴着也极少喝淀水。我母亲做饭前都要先烧开水把暖壶灌满，街坊邻居谁家来客喝热水都是到我家来倒。他晚年的时候，每次十活进家门就嚷嚷：“喝水！喝水！嗓子都冒烟儿了！”因为他总是不喝淀水、渴着，回家才喝热水，我们也没有太当回事，后来因为眼病到医院检查才知道父亲患了严重的糖尿病，喝水多、口渴是糖尿病“三多一少”的典型症状之一。父亲一直爱吃糖，听说糖尿病不让吃糖就不吃了。父亲吸烟，医生说吸烟也不好，他就硬生生把烟戒了。他的意志力是多么强啊！

父亲在北京还养成了一个业余爱好——听书听戏，喜欢三国里的故事和人生道理，总是在吃饭的时候讲给我们听。我们几个从小耳濡目染，都受到了中国优秀传统礼义的熏陶。张庄子的我表叔也很喜欢这些，他和我父亲有共同语言，过年拜年或平时有事来我们家，两个人都会交流好长时间，还会给我们这些孩子们讲解。

我父亲还有一个习惯动作——蹲下前先要往上抻抻裤腿儿、抻抻袖子，不紧不慢地，就像戏台上唱戏的一样。我父亲虽然不认识几个字，因为在北京那些年，也算见了点世面，再加上听书听戏学来的知识，在我们邵庄子也算个明白人，人们有什么事情都愿意找他商量请教，邻里矛盾他也经常出面调解。毕竟父亲没有接受过正规系统的教育，他的知识有些是道听途说和支离破碎的，难免有认知错误。在我们小时候就告诉我们各个国家的首都名称，其他的都对，就是把美国的首都说成纽约，大概是因为他只听过纽约这一个美国大城市名字吧。直到上了初中学了地理，我才把这个知识点错误改正过来。还有一件事更有意思，一次村里来了放电影的，父亲让我去打探影片的片名，我回来后告诉他演《上甘岭》，他一听就主观地认为我听错了。

“你再去问问，你肯定听错了。”

我又去问了，还把片名写给他看。

“我不认识字，你写了我也看不懂，肯定是演电影的写错了，我听说过‘陕甘宁’，从来没听说过什么‘上甘岭’。”

你看，他听说过中国的陕甘宁边区，却没听说过抗美援朝时期发生过的著名的上甘岭战役。我想后来他看了电影就会终生难忘了吧。

父亲总说：“就因为我这辈子不识字，所以一定要让孩子们上学。”后来，我大学毕业参加了工作，他总说：“你认识的那俩字儿是我花钱给你买的，把给你上学花的票子摞起来比你都高了。”我在安新县一中读书八年。初中三年毕业中考，我的分数够了高阳师范，我想报考师范，早点上班，吃商品粮，跳出农门。可是，我父亲似乎有更远的眼光，宏图壮志，说什么“家有二斗粮，不当孩子王”，让我上高中、考大学、游外洋（出国留学的意思），给我制订了宏大的人生规划。后来，我高中毕业复读两年才好不容易考上了保定师专，在老师们的培养关怀下留了校，还是当了老师。

一次，我开玩笑地埋怨父亲：“早知这样，当年还不如上高阳师范，早挣钱了，白耽误五年！”

我父亲不这么认为：“那不一样，上师范，你回新安县（老人们习惯把安新县叫新安县，现在的安新县是由过去的安州县和新安县合并而来，县名各取两县县名的第一个字），上师专，你留保定，大城市，你说哪个好？”

现在想来这话还真有点否定之否定的辩证思想。现在雄安新区成立了，我的高中同学也打趣我：“你考、考、考，非要考出去。早知现在，不如当初不留保定、留安新了吧？想回来回不来喽！”假如我父亲健在，他老人家听到这话该怎么辩驳呢?

高中时不好好读书了，整天和同学一起跑出学校玩儿，高三毕业没考上大学，复读一年又没考上，又要复读一年，父亲讽刺我“新安县的狗都不咬你了”，意思是说我对县城太熟悉了，连县城各家的狗都认识我，不咬我了。你听我父亲这话说得多形象、多幽默呀！说是这么说，他还是坚持让我复读考大学。为了激励我好好读书，每当暑假最热的三伏天，都要带着我去苇子地里拿蔓子、拔草。关于这项劳动的辛苦，我专门有一篇文章做过详细记述。一边劳动，父亲一边问我：“是上学好啊，还是干活好？”我嘴上不回答，心里早就知道答案了。他特别反对给孩子起一些不雅的小名，认为起些“小猪儿、小狗儿”之类的名字，从小叫起来以后就不好改了。我和哥哥的名字都是父亲起的，他说出自一副对联的上句——“春风春月春光好”。据村里人说，父亲刚刚回到白洋淀老家说话的时候还会不时蹦出北京腔。当然，他很快就说一口流利的邵庄子调了，毕竟他是13岁才离开老家去的定兴和北京，老家口音才是融入血脉的。

我父亲最恨赌博，有一年过年，我用压岁钱和几个小伙伴一起赌钱，我父亲知道了，把我抓回家，正好我大哥在家："春乐，把春光吊房梁上打，看他还敢耍废！"这阵势把我吓哭了，说再也不敢了。现在想来父亲也是吓唬我，我大哥也不会真的把我吊起来打。我母亲说过，我大哥和二哥都挨过父亲的打，甚至把棹牙子都打折了，我爸却没动过我和我姐一手指头。不光是我俩听话，还有一个原因是父亲上岁数了，脾气也小了，何况我是家里最小的老疙瘩，姐姐是父亲唯一的女儿。

我们村的南边相隔一里地的那个村庄叫张庄子，是我姥姥村。不知道是什么年月开始的（据金恩波先生的小说《淀上人家》描写，清朝末年就已经有了），到了冬天冰冻结实后，两个村子的男孩子们就会爆发"战斗"。两边的孩子在开阔的冰面上互相扔砖头、冰块、泥土块，还用弹弓发射小泥丸"子弹"，当然一般都能互相躲开，极少砸打到对方的身上，只是互相虚张声势、大呼小叫，小男孩们过过"打仗"的瘾罢了，实际上就是一种游戏而已，甚至成为男孩子淘气发废的借口。听人说，冬天有男孩子把对方村子靠村边人家的陶制的尿盆偷出来，盆底钻个眼儿，再给放回去，夜里家家"发水"。这样一来就让两个村的男孩子们结下了仇，没有大人领着，孩子们都不敢到对方村子去，因为大家在战场上都当面较量过，很脸熟的，怕遭到对方报复。有一次，我忘了因为什么自己去张庄子，就让他们村一帮小孩子围住了，对我推推搡搡，其实也没打疼，可是我那么小，被那阵势给吓哭了，瞅个空子赶紧逃回了村。父亲见我眼睛红红地回来了，也没完成他交给我的任务，就问我怎么回事。听我说完，他说："看你那点儿出息！嚎什么？我给你磨把刀，拿刀找他们去！"我哪敢呐！父亲又说："没出息！你就该挨欺负！"我成年后还和父亲说起过这事，问他："当时你真给我磨刀吗？我要是真拿着刀去砍伤了人怎么办？"父亲笑了："真什么真！早就知道你不敢，就是想练练你的胆儿。"有时候我想，父亲教育孩子的方法有诸多不妥之处，可还真挺独特的。直到现在我也搞不明白，两个村离那么近，通婚很普遍，亲戚也特别多，怎么就流传下这样的恶俗。后来我到县城上学了，两边孩子打仗的游戏就没有了，原因是我们村的小学校撤并到张庄子，孩子们都成了同学，自然就没有了连年的"战争"。

村里的小学生要到张庄子上学，村干部们专门安排摆渡船接送孩子们，让我父亲负责摆渡工作。我父亲对这个工作高度认真负责，无论天长天短，无论刮风下雨，都是准时接送。早晨送，中午接，下午送，傍晚接，一天四个来回共八趟。我父亲对乘船的孩子们要求严格，定下了很多规矩：上了船就在指定位置坐好，不准在船舱里或船赶上乱走，更不准在船上打闹，因为孩子多，船的负重大，吃水深，乱走乱闹船会左右摇晃，很危险；要准时准点上船，来晚了一律不等，因为学校上课时间不等人，不能一船人为了等一个人都迟到，来晚了就让家长送或跟别的船去上学，当然很多时候是我父亲先送完“大部队”，再回来单送“掉队”的孩子。要求孩子们做到的，父亲自己先做到，他看着钟点干活、吃饭，我妈总说我父亲：“你爸是属牛的，性子慢，干活、吃饭都慢，老磨神！”可是接送学生那些年，有时我妈做饭晚点儿，他吃饭速度也会很快的，实在时间紧张就不吃了，也不能耽误了接送学生。

一次，我说：“爸，你看这活儿这么紧张，咱别干了吧？”

母亲说：“他干得带劲儿着呢！就愿意跟孩子们在一块儿。上船就教育人家孩子，讲大道理。”

父亲说：“教育是为他们好，保不准这些孩子们里头我教育出个大干部呢，那是咱们邵庄子的光荣。”

因为我们村和张庄子结亲的多、亲戚多，所以除了接送孩子，我父亲还义务让乡亲们搭船走亲戚，也捎东西或买东西，还捎口信。后来村里成立了摆渡船班儿，不能让人家没生意做，就不再让乡亲们搭船了，只是义务买东西、捎东西、捎口信。后来我父亲得了大病，就换了别人摆渡孩子们上学。1993年夏天父亲去世前，他就再也没有摆渡过学生。前几年，我回老家，看到村里专门购置了一条很大的铁板机动船接送小学生。为了孩子安全，铁船周围安装了很密很粗的栏杆，甲板也很宽，船的载重量大了很多，就很稳当，孩子们在船上的活动空间大了不少，也可以不像我父亲那时候对孩子们管得那么严了，可以适度地在船上活动活动。每当我看到那条接送孩子的大铁船，看到可爱的孩子们高高兴兴地上学、放学，上船、下船，我就不由地想起父亲那时候摆渡时的身影和划船时严肃的神情。当年父亲摆渡的那些孩子都四十多岁了，现在乘坐大铁船上学的都换成他们的孩子了。时光飞逝，往事如昨，乘船的小学生们一届一届地长大，我的父亲却再也见不到了！

我的母亲是一个非常勤劳善良的农村妇女，整天忙忙碌碌，没个闲着的时候。在我印象中，每天早晨，一家人都是她先起来。特别是在冬天，天不亮，她就起床了。虽然她尽量轻手轻脚，被窝儿里多温暖啊，贪睡的我还是觉得她窸窸窣窣穿衣服的声音非常吵得慌，我总是抱怨：“妈！多困啊，再睡会儿吧。”她总说：“你睡你的呀，我得起，‘早起三光，晚起三慌’。”冬天，我早晨穿衣服前，母亲总是把灶膛里燃着的柴

王春光和他的老母亲（摄影：赵云耕）

火拉到灶膛口，给我把棉裤棉袄烤热乎才让我穿上。生产队时期，在秋冬之交收割芦苇的季节，大半夜村里的大喇叭就广播："社员们注意了，起来弄饭啊！起来弄饭啊！"那时有钟表的人家不多，大队有闹钟，值班的人定闹铃，用大喇叭叫醒乡亲们。那时节正是白天天短的时候，人们为了争取芦苇收割时间，避免寒流一来，一场大风"孱了河"（白洋淀冬天刚刚结冰或春天化冰时节，既不能行船又不能走冰的状态），把芦苇冻在水里造成损失，要趁着天不亮就出船，到了苇地，天刚蒙蒙亮，就开镰打苇套苇。所以，要半夜做饭吃饭。每当这时，母亲更是先起来自己做饭，好让我父亲和哥哥们多睡会儿，觉得他们收割芦苇一整天太辛苦，她很心疼他们。

我印象中在晚上母亲安顿我睡觉后，总还要点着灯在屋里地上织席，我都睡一觉儿了，她还在织，一直到很晚。她一个人织席时经常一边织，一边小声唱着，曲调很哀伤，说是唱，其实就是农村妇女那种一边数落着一边哭的腔调。我家附近的奶奶、婶子、姑姑、姐姐们都说我妈很会啼哭，能数落出个花儿来。现在想来，农村妇女那种啼哭也算民间的一种悲伤的音乐形式吧。听着母亲织席时唱出的这种腔调，我躺在炕上也睡不着，有一种很害怕的感觉，因为我会想起母亲在姥姥坟前的那种伤心的啼哭声，只不过声调低些，情绪却是相似的。

每当农历七月十五日和十月一日，都是嫁出去的女儿给逝去的父母上坟的节气。每当这时候，母亲都带着还是孩子的我到姥姥坟前烧纸。母亲边烧纸，边念叨，念叨着念叨着就号啕大哭起来。一边哭逝去的姥姥，一边哭自己怎么不容易。是啊，母亲的命也是怪苦的。我姥姥家本来是个做买卖的人家，主要是往天津倒腾苇席苇箔，日子过得不错。我有两个舅舅，姥爷姥姥就我母亲这么一个闺女，很是宠爱。那一年，日本鬼子来了，强行把姥爷发往天津的所有苇席苇箔都给无故扣留了，这样姥爷姥姥家一下就“爆鼓”（破产）了（与我爷爷奶奶家的经历是何其相似，都是因为可恶的日本鬼子！）。姥姥被气死了，姥爷带着舅舅们闯了关东。临行前就让我母亲出嫁了，把我母亲一个人留在了老家（与我大姑的经历是何其相似啊！）。好好的一家子，就那样家破人亡了。母亲每次在姥姥坟前都会边哭边叨念这些伤心事，哭起来就没完没散，有时哭得喘不上气儿来，那么小的我很害怕母亲会哭死过去。特别是有时在烧过的纸钱灰儿上再刮起一个小旋风，我就更害怕了，因为听人说那是死人来拿钱了，吓得我也跟着大哭。

有时，姥姥村有上岁数的人路过姥姥的坟地，听到我们母子的哭声，都会劝几句：“大新（我母亲的名讳），别嚎（老家管‘哭’叫‘嚎’，无贬义）了，知道你难过，知道你也不容易，别老嚎了，老嚎嚎坏了，别再吓着孩子！”

慢慢地劝解下来，我母亲才停住哭声，擦擦眼泪，表达一下对劝解者的感谢，才带着我恋恋不舍地划船回家。每当有人来劝解，我都感觉来了救星，都对那人心存感激，不然的话，真不知道母亲会哭多长时间。

母亲过日子的心气儿很大，她总说一句话：“人要争强赌气地过日子。”她自己很勤劳，在干活这方面对孩子们要求也很严格。从小就要求我帮助她和姐姐织席，主要是摆边。对于一个孩子来说，憋在屋子里织席是一件很痛苦的事情，还好有时母亲也会让我出去玩玩，放松放松，可是这也是有条件的。当时我侄女才两岁左右，有时大嫂就把侄女放到我们这院，这时母亲就会问我：“你愿意摆边还是抱孩子？”我当然选择抱孩子，这样我可以抱着孩子出去玩的。虽然抱孩子也是个很累的活儿，你想啊，我比侄女大九岁，那时我才十来岁，我还是个孩子呢，力气还不大，有时实在累了就把孩子放在地上走一会儿。就是这样，我还是会选择相对自由的抱孩子这活儿的。小伙伴们因为我总是抱着一个小孩儿，有时不太愿意跟我玩儿，特别是一些打仗的游戏，孩子成了累赘。只有像玩三角、四角、洋火盒、弹球、砸桃核、戳泥刀等相对活动范围不大的游戏才叫上我。不过，因为我一心总是二用，经常输，如玩三角一会儿就输好几打（我们老家10张算一打儿，不像后来从国外引进的概念中的12个算一打儿）。后来，我到县城读书，放假时候，我妈也会给我买好多苇子打箔。上大学后，母亲才不怎么给我安排活儿了。

我读高中时，有一段时间，有点厌学，不好好上课，总是出去玩儿，当时正处于叛逆期，有时和同学有点争吵不愉快，还动了手。老师叫家长，我大哥去了和老师好说歹说才没有处理我。我母亲听说了我打架的事情，她把这事看得很严重，把我叫到身边，带着哭腔说："打架犯法，要是把你牢进去（拘留、坐监狱的意思），妈就活不了了。"其实，我妈的这句话比父亲和哥哥训斥的那些话对我的教育意义更大，大概这就是温柔的母性力量吧。

母亲口头总挂着一句话："吃不穷，花不穷，算计不到就受穷。"她过日子勤于算计，非常节俭。夏天吃剩下的黄瓜把儿不扔，腌咸菜；吃茄子削下来的皮儿也不扔，晒干后挂到窗户上的椽子上，等到冬天吃。小时候，我穿的衣服有些是拾的我姐姐穿小了的。有一次，穿着我姐的一条裤子上学，一上厕所就暴露了，因为当年男式裤子是前开气儿，女式裤子是偏开气儿，男生都嘲笑我。我觉得受了莫大的侮辱和委屈，哭着回家，发誓再也不穿那条裤子了。

我的哥哥姐姐

大哥去世时只有56岁。

大哥1951年出生，也是在县城安新中学上高中，后来我在安新中学上学时，大哥介绍了当年他上学时的不少老师给我认识。听说是我大哥的弟弟，老师们对我很照顾，可见当时大哥是个好学生，给老师们留下了很好的印象。当时在安新中学教体育的一位老师还是我大哥的同学，对我更是关照有加。大哥高中毕业后就去当兵了，是炮兵。后来大哥的听力下降，据说是让炮震的。大哥在部队上的表现也很出色，由于是高中毕业，在连队当过文书，在部队入了党。大哥当兵的地方是山西临汾，一次探家时带回来了满满一旅行包核桃，那是我平生第一次见到核桃这种东西。

当兵期间，在老家有人给大哥介绍了个对象，是郑州的。他那个对象到我家来过几次，母亲让我姐姐和我管她叫大姐。这个大姐会做衣服做鞋，还给我做过布鞋。当时两个人都订婚了，我家还给了女方一台缝纫机，当年这可是很值钱的稀罕物。记得有一次我和姐姐正在自家院子里的老榆树下玩，那个大姐来了，我们都高兴地喊她"大姐！大姐！"，似乎把对大哥的想念转移到了她身上，看到她就很亲切。后来不知什么原因，两个人又退婚了，我爸还带着人去郑州把那架缝纫机搬了回来。按照老家的风俗，男方主动要求退婚的，送给女方的东西是不退还的。也不知道什么原因，女方就把缝纫机退给了我家，恐怕最后还是那个“大姐”点头同意退的吧。我和妻子结婚那年，在老家过完年回保定，因为冰不结实，就绕道李广、鄚州、任丘回保定。在鄚州乘坐长途车，车上的售票员是一个中年妇女，鄚州口音。

她端详了我一会儿，问我：“你是邵庄子的吧？”

我说：“是邵庄子的，你认识我呀？”

“不光认识，我还知道你叫春光。”

“那你是哪位？我怎么不认识你了？”

她冲我神秘地笑笑：“你原先认识我，年头多了，你忘了吧。”

这时有人上车买票，她忙起来了，过了一会儿，车到了任丘，我们要倒车，临别我还向她道了别。

等坐上任丘开往保定的长途车，妻子问我：“刚才那人是谁呀？你把人家忘了！”

我也奇怪：“是啊，我怎么不认识了呢？人家还知道我叫什么。我们在鄚州没有亲戚呀！”

说道鄚州，我突然想起来了，那人是不是我那个“大姐”呀！算起来年龄也差不多，可是她的变化太大了，当年是大大的眼睛、圆圆的脸庞、苗条的身材、乌黑油亮的头发，扎着两条大辫子。岁月呀！

我把她的事情讲给了妻子听。

“那时你那么小，这些年你一定变化也很大。她怎么还能一下就认出你来？”妻子问。

我说：“他不是认出了我，而是认出了年轻时的大哥。人们都说我和大哥长得像。”

妻子慨叹：“这么多年，看来她还是没有忘了大哥呀！”

大哥退伍后在村里当干部。他为人谦和，廉洁奉公，很讲原则。现在村里很多人和我念叨起他还赞不绝口：“那可真是个好人，好干部啊！”当年正值国家计划生育政策严格的时候，他有两个女儿，为了响应国家号召，毅然带头让大嫂做了结扎手术。没有儿子就让媳妇做绝育手术，这在农村是很少见的，有些村的干部为了生儿子宁可不当村干部。

最不能接受的是我母亲，他经常对我说：“光啊！你大哥比你大十八岁，等他老了，你可要管他，可怜他没个小子，只有俩闺女，唉！”

我坚决表态：“放心吧！我一定管！”

我母亲不说我也会管大哥的，大哥对我这个最小的弟弟也是关怀备至的。他最关心我的学习和上学的事，到乡里给我转粮单、找粮票都是我大哥去。我上高中时，有一次和同学打架，被叫家长。听说我不好好念书还打架，我父亲气坏了，说不让我上学了，回家干活，是大哥说服了父亲，又是大哥到学校跟老师说好话道歉，这样我才没有中途退学。一直到我上班后，买房子都是大哥帮我筹借房款。只可惜我那好大哥没能活到需要我这个老兄弟管的年纪，身患绝症，撒手走了。临大哥去世前，二哥、姐姐和我帮助大哥大嫂把二侄女的婚事操办了，也算了却了大哥最后的一桩心事。

还有两件事情也能说明我大哥秉公办事。姐姐嫁在本村，怀着二外甥的时候，计划生育政策又紧张了，我大哥代表乡里给她做工作，让她把孩子做掉。姐姐姐夫知道大哥的脾气秉性，为了生下这个孩子也不给大哥添麻烦，两人偷偷把必要的家当搬到船上，到淀里下罐子捕虾去了。吃住在船上，在大淀里和乡村干部“打游击”，平时的生活补给都是夜里靠岸到李广我二哥家解决，孩子快出生时才上岸到张庄子我老舅家生的。还有一件事，二哥看准了市场，想办一个羽绒厂，打算占用村里机台的空房子，作为村支书的大哥最终也没同意。

后来二哥总是埋怨大哥没让他发大财，他说：“你知道当时开羽绒厂多赚钱吗？这么跟你说吧，挣钱比印钱还快，印出钱来还要等着晾干呢！”

其实这也不能全怪大哥，他就是忙着村里的工作，很少涉足商业，也不怎么出门闯荡，不像我二哥总想着挣钱，有经济头脑，而且经常出门闯荡，有信息，脑子灵活。

二哥为我们家做出了很大贡献，他也是我们家本事最大的一个人。因为生活所迫，他很早辍学参加劳动，所以白洋淀人所有的劳动他都会。记得有一年我母亲做了阑尾炎手术，需要滋补，家里没有什么有营养的食物，我二哥就拿着一把鱼叉下地，没过多久就叉回来一条老大的黑鱼，给我妈包了一顿黑鱼馅饺子。只要是家里没菜吃的时候，二哥就会拿上虾回子下地端小虾儿，一会儿就弄回来半脸盆小虾。把小虾简单漂洗一下，就在大锅里干燿，小虾熟了就变红了，从颜色上就和水草、小蜗牛、水蝎子等区分开来了。下一项很麻烦的任务往往就是我的了，把虾里的杂物拣出去，对于一个小男孩来说，没耐心、坐不住，我非常不愿意干这种活儿。每当放学回家，一看到那些等待我拣干净的小虾儿，总要抱怨：“妈，咱们又吃虾呀！怎么老是吃虾呀！我都不爱吃虾了！”

一次和同事说起这事，说起我抱怨的这些话，同事们都说我：“你真嘚瑟！你这是高级的‘凡尔赛’。那年月我们哪里吃得上虾呀！你还不愿意吃！我们那里没有别的，只能吃山药干儿！”

我也说：“不是我嘚瑟，再好吃的东西总吃也吃腻了，何况还要干活拣杂质。你还别说，我当时就渴望吃山药干儿，我们白洋淀不产白薯呀！真是物以稀为贵！”

有一年，二哥被村里派出去出河工挖河，一走一个月。这样一个大小伙子不在家，感觉家里空空的，晚上睡觉都有点害怕，不踏实。有一天半夜他回来了，我当时睡着了并不知道。第二天黎明，被他的鼾声吵醒了，我扭头一看二哥睡在我身边，惊喜地推他喊“二哥！二哥！”，心中油然升腾起一种暖暖的安全感。

二哥非常有商业意识和经商头脑，生产队时期就给队里卖过粪。包产到户后，收箔卖箔，后来他送箔的砖瓦厂倒闭，他连本儿赔光了。他又联合几家养鸭子，当时白洋淀正干淀，就挖了个大水池，打了机井，用抽水机抽出井水灌满水池养鸭子。鸭子是很能吃的，吃了很多玉米、饲料，逐渐养大了要卖钱了，突然白洋淀发了大水。水涨得很快，人们赶紧把放在低洼处的饲料搬到高处，当时我高中毕业，也算大小伙子了，也去帮着搬运饲料。饲料主要是玉米，一麻袋一百五六十斤。平时总感觉自己力气挺大的了，坚决要求自己也扛麻袋包，没想到两个人把一麻袋玉米放在我后背，我居然连站都站不起来，两腿直打哆嗦，二哥调侃我："怎么样，不是个儿吧，别总觉着自己长大了，力气还不全呢，差远着呢！"谁也没想到水涨那么快，一夜之间把池子淹没了，鸭子都跑了，因为是在水池里养的，根本没有准备过去白洋淀放养鸭子用的那种鸭排子船，就连普通的船也没有啊。鸭子顺水游跑了，也没办法圈回来，再说那么大的白洋淀往哪里去找跑了的鸭子呢？据说当时白洋淀挖水池打井养鸭子的养殖户不在少数，都被突如其来的大水把鸭子冲丢了。当时也分不清是谁的鸭子，谁逮住是谁的，那一年的白洋淀，家家吃鸭子！

二哥养鸭子又把本钱赔光了，没有办法，带着二嫂和两个年龄尚小的侄子搬到二嫂娘家村去住，临走的时候还有人找着他追债，我二哥当着很多乡亲立下誓言："我现在没钱，还不了乡亲们，乡亲们放心，我出去给大家挣钱，一定还给大家伙儿！"当时，我父亲感伤地说："咱们家怎么又走到这一步了！"当时父亲说的"这一步"是指新中国成立前我家破产，爷爷奶奶带着一家人逃荒那事。后来没过几年，我二哥就把欠乡亲们的钱都还上了。二哥身上那种不向命运低头、不服输的精神真令我敬佩。后来，他在任丘开了一家卖鞋店，也不是很好，还是我父亲指了一条路："不行你去定兴找你老叔吧。"二哥到了定兴后又开过饭店，办过面粉厂，卖过冰袋儿，都不是特别赚钱。后来他合计，定兴这一带是产粮区，能不能在粮食上打点主意呢？正好当时国家放开了粮食市场，我二哥和粮站的人比较熟，就替粮站代收粮食，后来又允许自己收、自己卖，这一步终于算走对了，很快就翻了身，生意越做越好。这里我要说说我二嫂，她是非常让人感动的，我二哥那些年干什么赔什么，她就一直支持着他，当他的贤内助。直到现在，二哥二嫂老两口都快七十岁的人了，也不闲着，到任丘一家企业给员工们做饭还兼着门卫，二哥总说："人不能闲着，动着点，身体好。"

姐姐比我大三岁，我是在姐姐的呵护下长大的。我们村还没有通自来水的时候，家家要到村里的井房去挑水或抬水。我和姐姐去抬水时，一根抬水的木棍，我抬前面，姐姐抬后面，每次姐姐都是把水桶往后面移动，给前面的我减少重量。我俩一起推碌碡轧苇时，她也是让我推省劲儿的那一边。我去县城上学时，大哥二哥都已经结婚有了孩子分家单过了，是姐姐织席打箔挣钱供我在外读中学、上大学的。所有这一切，她从无怨言。

我家虽然是水区农村的，生活条件不是很好，可是姐姐在我穿衣服这个问题上从来不让我凑合，总说“人是衣裳，马是鞍”。我到县城上学后，姐姐就往城里人那样打扮我，织席打箔卖了钱，买毛线学着给我织毛衣，直到现在我还清楚记得那件毛衣，紫红色的，鸡心领，漂亮的斜纹针。姐姐还给我买当时时髦的小港衫儿，做喇叭裤，再加上我天生一头卷发，留得长长的，班主任老师有一次说：“春光打扮得像个小外国人！”

直到现在姐姐也看不得我受累，甚至把这种关怀还转移到了我妻子身上。前几年，我母亲在保定住院，按说我和妻子在保定工作，应该晚上陪床，可是姐姐坚决不让我们晚上陪床，她说：“你们俩上一天班怪累的，再说云霜（妻子名字）身子骨也不是很结实，晚上陪床这事我全包了。”

姐姐从小就性格敞亮，待人掏心掏肺，不愿和别人计较。有一件事我至今记得还很清楚，这件事要先从莲花淀说起。我们村在莲花淀有不少耕地。你要问了，莲花淀一定是淀啊，怎么出来耕地了？其实莲花淀过去的确是淀，后来才变成了耕地。这些名称和白洋淀的历史有关。据史书记载，过去的白洋淀淀区范围是很大的，分东淀和西淀。据《白洋淀志》记载，“乾隆二十八年（1763年），正式划定了东、西淀界线，‘大清河自雄（雄县）入，迳张青口，口西西淀，东东淀’。当时西淀范围周围300余里，东淀范围周围400里。白洋淀的范围说法不一，道光四年（1824年）称‘西起高阳、安新，东抵霸州、保定（指新镇，不是现在的保定）、大城、静海，东北迄于东安（安次）、武清，皆有九十九淀之区也；东、西淀特其名耳。今淀名繁杂不下百余’。所谓西淀，即今白洋淀范围”。“淀区随着人类的利用和治理，从而产生了一定影响。新中国建立以来，由于不断恢复堤防，又修筑淀南新堤，使部分水区隔出，枣林庄水利枢纽建成后，把百草洼隔于淀外。加之泥沙淤积，致使水域面积由20世纪50年代初的561.6平方千米减到366平方千米（大沽高程10.5米）。”“史书对白洋淀地区历次兴衰、扩张与收缩的记载中，有解体分化出的天井泽、阳城淀、边吴淀、劳淀等。有的先后消亡，只作为干湖泮记，有的只留地名，有的连名称都消失了，而白洋淀因其特殊的地理位置和作用，加之人类开发治理，得以保留至今。”这些关于白洋淀水域面积变化的记载也能解释莲花淀名称的由来。莲花淀的耕地以砂质为主，所以特别适合种植花生。到了花生收获的季节，村里派人把花生收回村里。可是花生是长在土里的，总会遗漏一些收不干净，村里就允许我们村的大人孩子去这些花生地里拾花生。大家拿着篮子、口袋，先坐船到季庄子，然后下步辇走到莲花淀我们村的花生地里。我们村的拾完了，有些人还到别的村的地里拾。我们姐弟和姐姐的一个同学一起去的。开始我姐姐那个同学和我们姐弟俩分着拾，后来她提出和我们姐弟伙着拾，最后两家分，姐姐也没想那么多就同意了。回来时，船快到村了，远远就看到母亲在岸上等着我们呢。母亲看到我们姐弟的花生和姐姐同学的一样多，就说："你们俩人拾这么多，人家一个人也拾这么多，你俩光玩儿了吧？"姐姐也没有说什么，我则抢着说："我们仨伙着拾的，末了儿两家分的，肯定一样多呀。"母亲当时没说什么。回到家后，母亲说我姐："你们俩人跟她一个人伙着拾，最后两家分？你个傻闺女呀！"姐姐说："一开始我也没多想，后来明白了，可是已经答应人家伙着了，我也就没再反悔，不愿意让她说我耍赖。"

姐姐结婚后两口子去北京做水产生意，我姐夫也是性情豪爽之人，他俩结交了不少朋友，不论是市场管理人员、旁边做生意的人、老顾客，还是房东、邻居，关系都很好，还不时带北京的朋友到老家白洋淀游玩，因此生意做得不错。姐姐在卖大虾时总是大声吆喝："大虾！大虾！新鲜便宜的大虾！"市场的人们送她一个外号"大虾"。我想更应该叫她"大侠"，姐姐为人正直善良、侠肝义胆，的确有侠女气魄。

卖水产是个非常辛苦的工作，半夜就要起床，到冷库上货、用水冲虾，特别是冬天最受罪，因为总是在冰水里捞鱼捞虾，还经常被鱼虾扎伤，姐姐的双手都是冻裂的口子和鱼虾的扎伤。再有就是作息时间与普通人不同，都是下午睡一小觉儿，晚饭后睡一大觉儿，半夜就要起来干活儿。那些年我给姐姐打电话尽量避开她休息的时间，不忍心打扰她难得的睡眠。当时姐姐把大外甥留在老家让我妈照看，把三四岁的二外甥带在自己身边，我这个小外甥儿跟着我姐做生意也怪苦的。姐姐姐夫有一次大半夜开着机动三轮车去上货，把还睡着的二外甥放在车斗里，两个大人在前面，路上车一颠簸，把孩子从车斗里颠出去了，两个大人也没发现。幸亏车速不快，路上车少，孩子被摔醒了，爬起来哭喊着追车，俩大人也听不见。后面一个好心的司机加速追上了姐姐姐夫的三轮车，冲着他俩大喊："快停车！孩子掉下去了！"

姐姐在北京做生意的时候，大哥去北京看病，都是住在姐姐姐夫租住的房子里，陪着大哥去医院做检查，照顾大哥的起居生活。姐姐半夜起来先给大哥做好饭，等他早晨起床后自己热一热，下午收摊后赶紧回来给大哥做饭。后来大哥住院了，姐姐姐夫跑前跑后，每天必到医院看望大哥。

姐姐最艰难的那段时间是姐夫车祸去世后，整天以泪洗面，整宿整宿睡不着觉，也不关灯。

姐夫去世后，姐姐在北京的水产生意也就不做了，回到老家，现在还经常去容东安置区打零工。我在老家有一小套单元房让她住着，有热水、有厕所，住着比她家的平房方便些。

我

我从小学到现在一直在学校，22岁前是上学，22岁后是工作。关于我，就从书本说起吧。

我们那个年代的孩子没有不喜欢小人书的，我自然也不例外。可是家里穷，母亲过日子节俭，她认为不该花的钱是绝对不花的。现在家长知道让孩子课外阅读的好处，给孩子购买很多课外读物，那时候母亲就是执拗地认为小人书是闲书。我和姐姐都是借别的小伙伴的小人书看，借时人家规定归还的时间，超过时间不讲信用，下次人家不愿意借给你看了。每本小人书后面都写着几句话——“春不到，花不开，看完小书，送回来”，也不知道这些话最初出自谁的口，有一次和妻子说起这事，念了这几句话，妻子说：“这几句话还真有点比兴之意。”我当时学习好，可以用“我让你抄作业”这个条件换取小人书主人宽限几天时间。后来我自己拥有了一本小人书，是姐姐和我用劳动换来的——年前我俩收拾屋子，母亲特许把破烂儿卖了，钱归我俩，我俩在白沟来我村换泥娃娃的人那里买了一本小人书。这本小人书的名字叫《他们在相爱》，说是小人书，却跟平常连环画式的小人书不同，它是由一部电影的一幅幅剧照组成的。当时姐姐有一个好朋友，腿有点残疾，她非常喜欢看我们这本小人书，借了一次又一次。她家离我们小学校很近，每次放学都能看到她在胡同里解苇、织席。

她见到我就问我：“春光，拿着那本小人书呢吗？再借给我看看，行吗？”

我会回答：“没带着，你都看了多少遍了，还看不够啊？”

前几天和妻子说起了这事，还在网上搜到那部老电影《他们在相爱》，认真看了一遍。看完电影，我突然明白了当时我姐那个残疾同学为什么喜欢看那本小人书了，因为电影里就有一位身残志坚的人物，他和一位好姑娘真心相爱，最后还换上了假肢，重新站了起来。原来我姐的那位同学向往的是美好的爱情和站立的人生，剧中人物的命运转折就是一个残疾少女的人生希望啊！四十多年过去了，也不知道她现在过得怎样。当时我真的很不懂事，有时明明那本小人书就在我书包里，却骗她没带着。

小时候，跟大人去县城赶集，路过新华书店不买书也一定要进去看看，看看那些花花绿绿的书皮儿也是一种满足。那次爸妈把姐姐和我带到新华书店，他俩去买别的东西，让我俩在那里先看书等着他们回来。我突然看到了一本童话书，就让售货员拿给我看。那一个个生动的故事，那一幅幅漂亮的彩色插图，一下子把我吸引住了，就是不肯放下，不肯迈步离开书店那个柜台。记得那本童话书是五毛钱，我知道姐姐身上带着点钱，就央告她给我买下这本童话书，姐姐经不住我总是跟她嗡嗡，就给我买了。

一会儿爸妈回来后知道姐姐给我买了书，生气地说我姐："花5毛钱买本书，你可真趁钱啊？退了！"

我就闹着："不退，不退，我就要这本书，不买别的了！"

这时候，售货员也说："孩子喜欢就买了吧，也不是总来买，再说你看这纸，这画，还是带色的！"

后来还是父亲一锤定音："买就买了吧，你以后要好好念书啊！"

我兴奋地说："保证以后好好念书！"

直到现在，书中的很多故事我还记得，并且能在现在孩子们的书中看到，如"被狐狸吹捧的乌鸦"的故事，故事里虚荣的乌鸦禁不住狡猾狐狸的吹捧，高兴得张嘴大叫，把口中衔着的一块肉掉到地上，被狐狸叼走了，那个"衔"字我就是看这个故事时学会的。

上小学时，作业本都是自制的。把整张的白纸或黑纸买回家，对折好，用刀子、剪子割开。那时候，纸很薄，也可以用缝衣服的细线割开纸张，现在的纸不是B5就是A4，我们小时候都说32开、16开、64开，其实就是把一张标准的纸裁剪成多少份，这个我们小时候就明白。讲究的用订书器订成作业本，一般是用针线缝成作业本，使用时也是正反面地用。上初中时，老师要求写作业时上留天，下留地，两侧留边。小学时，我们从来没有这样的要求，小学老师知道每家的经济条件，能买张纸做个本多么不易，从来不要求留边、留天地。

当时我们班的一位同学有一个塑料皮的日记本，64开的，整天装在书包里，也不往上面写字，有时会拿出来显摆显摆，羡慕得我们了不得。有一次，我看到村里唯一的小卖部里出售那种蓝塑料皮的日记本，就缠着母亲给我买一个。当时的情景还历历在目，那天母亲没织席，专门抽出一天时间在屋里洗衣服，我就站在门槛上，靠着门框跟母亲央告，母亲用袖子擦着脸上的汗，说："咱家可没闲钱买那样的本儿，太贵了，得买多少张纸啊！"后来母亲还是经不住我的软磨硬泡，给我买了一个。当时我也舍不得用啊，还是等到上初中时，语文老师让我们写观察日记，这个日记本才派上用场。现在回想起来，当时母亲是多么娇惯我这个老儿子啊？那么贵的笔记本也舍得给我买，我那时候又是多么不懂事啊！

小时候特别爱听收音机，家里没钱买，就到别人家听。当时收音机里正在播送刘兰芳的长篇评书《岳飞传》，我听得着迷呀，往往是在邻居一个奶奶家的门外听，当时正是吃饭的时间。

那个奶奶发现后，叫我："春光，进来听吧，外面怪冷的。"

我怯怯地说："我就在外面听，我不冷。"

因为父亲总是教育我们，别人家吃饭的时候不能在人家待着。

那个奶奶跟我母亲说："春光这孩子可真仁义！"

后来我们家买了一台仙鹤牌收音机，天蓝色外壳，音质很好。白天姐姐和我织着席、打着箔听，我晚上睡觉也抱着收音机听，有时听着听着就睡着了。小学时听"小喇叭""星星火炬"，上了初中听"今晚八点半""愉快的星期天""每周一歌""电影录音剪辑"，有一次在收音机里听到了罗马尼亚电影《沸腾的生活》的主题音乐，那是第一次听到电子音乐，真是被震撼到了，感觉浑身麻酥酥的，哎呀，还有这么好听的音乐呀！

收音机还培养了我对音乐的爱好。初一时，我有一位同学叫李蕴林。我们虽然一个班，感觉他比我们年龄大不少，高高壮壮的，嗓音粗粗的。据说他父母当时在新疆工作，他叔叔在安新中学工作，他才跟着叔叔在安新读书。后来不知道啥原因，他又转走了。四十来年过去了，也不知道他现在怎么样。我当时和他关系很好，他家有录音机，还有好多流行歌曲的磁带。我从小也很爱唱歌，他就先跟着录音机学会了再教我唱。不记得是一次什么活动了，老师让我代表初一年级出一个演唱的节目，唱一首当时很流行的台湾校园歌曲《赤足走在田埂上》。我上台前紧张极了，嗓子发干，可是一登台，大哥哥大姐姐们就掌声雷动，大概看着我这么个小不点儿登台演唱，感觉很好玩儿吧。唱完后，我感觉没有发挥出最好水平，可是大哥哥大姐姐们还是爆发了热烈的掌声。看来小孩儿有小孩儿的优势，在高年级大哥哥大姐姐们面前，他们一定是看着我在台上怎么都很可爱吧。

小时候，我家的经济条件总不太好，收音机买得比别人家晚，电视机就更别提了，干脆就没买过。那时电视上正播出日本电视剧《血疑》，山口百惠和三浦友和演的，后来还播出了香港的电视剧《上海滩》《霍元甲》《万水千山总是情》等。我被这些电视剧迷住了，只能到别人家看。

高中的一个暑假，我家安装了一个日光灯，父亲让我去赵北口买一个灯管，当时白洋淀正处于干淀期。我骑上自行车到了赵北口供销社买回一个灯管，等到家后安上却不亮，村里电工说买回来一个坏灯管，父亲让我去退换。我很发怵，都买回家了，人家是不是说咱们自己弄坏的呢？我父亲鼓励我："你先去换换，不给换再说。"我很不情愿地又骑上自行车往赵北口骑去。

路上碰到一个同路骑车的中年人，见我身上背着一个灯管就问我："小伙子，这是干什么去呀？"

我懊恼地回答："买了个灯管，买的时候没试，到家后安上不亮，去换。"

"在哪买的？"

“赵北口供销社。”

“你是哪个村的？”

“邵庄子的。”

“你认识王小盆儿吗？”

“我跟他叫叔。”

“我们是战友。你去换吧，换不了，来东街找我，我叫贾振合。”他说完就紧蹬几下前面先走了。

到了供销社，人家真不给换，说卖出去了，不知道是不是我们自己弄坏的。无奈之下，我打听着找到贾振合家，当时他家正在院子里吃晚饭，见到我就笑着问：“不给换吧？”

我委屈地回答：“嗯。他们说可能是俺们自己弄坏的，不给换。”

他放下筷子腾地站起来，气愤地说：“这是欺负小孩儿！走！我跟你换去！”

我跟着他又回到了供销社，跟售货员说：“这是我表侄子，买灯管时你们也没给试，能换吗？”

售货员笑着说：“这种东西卖出去一般不给换，你来了，还不给个面子？”于是又拿了个新灯管，试好了。

我用一根绳子绑上灯管的两端，斜背在后背上，和这个“表叔”离开了供销社。我对他千恩万谢。他摆摆手说：“没事。快家走吧，天快黑了，回去问我老战友好。”

我回到村时，天已经黑了。我先去了小盆儿叔家，替贾叔问了好，把换灯管的事也跟他说了，他笑着说：“我这个老战友一直都是这么义气！”

后来我听父亲说，小盆儿叔他们在部队是特务连的，身上有功夫，难怪供销社那个售货员那么痛快地给我换了灯管。

我买电器好像总是出差错。我上班后第一个月发工资，回家时在县城买了一个吊扇，还是通过同学的关系买的，就是想让我妈夏天织席时凉快点。吊扇拿回家安上后，天就凉了，没怎么用，也没觉出什么。第二年，我母亲说电扇转得挺快，风却不大。都第二年了，也没办法换了，我妈怕我心里别扭，于是说：“有点风就行，风大了，我还受不了呢。”后来我还怀疑过，是不是安装时电线接错了，电扇的旋转方向反了。父亲总是揶揄我：“这都是你批来的好货！”一直到现在我买任何电器时心中都有阴影，担心买到质量有问题的，越担心什么越来什么，我买的电器还真是经常出问题，真是邪性了。

我从小学习成绩一直不错。上小学那时候，下午放学后，我要先干活儿，写作业只能在晚上。一次写作业时太困了，有一道比较难的数学题没写完就趴在炕桌上睡着了，等母亲叫醒我，我迷迷糊糊地以为作业写完了，钻被窝就睡觉了。第二天早晨到了学校，同学们都抢我的作业本抄作业。老师判作业时发现了雷同，我那道没做完的数学题全班都是一样的。老师知道我不会抄作业的，就问同学们：“你们是不是都抄的春光的作业呀？”同学们都默不作声，算是默认了。老师问我：“春光，你这题怎么没做完？”我回答：“老师，我睡着了。”这句话搞得全班哄堂大笑。这件事直到现在我和小学同学们聊天，大家还津津乐道。

我12岁到县城读初中。记得初一下学期学校还组织我们初一的学生过“六一”儿童节呢。一次我生病发烧，父亲带我去县医院看病，挂了内科，医生说让我去儿科看病，我父亲还给人家理论：“这孩子都上初一了！”医生说：“初一也要去儿科，岁数小啊！”当时安新中学是初中、高中在一起的，大家都在一个食堂吃饭。打饭也没个秩序，除非有老师在现场维持秩序，一般不排队，大家都是拥挤着打饭。当时我个子很小，高三的学生最有优势，初一的学生最吃亏。我们初一的学生个子矮的将将够着卖饭口，是不敢跟高年级的挤饭的，搞不好会被扣一身粥菜。我们只能等到人少了才能打饭，有时还没饭了。最后也有最后的好处，我们有机会捡到别人拥挤时掉落在地上被脚踩在泥里的饭票。发现了这个生财之道后，我们几个小同学就专门等打饭人少了在地上搜索饭票。高中时广播里播放由李野默播讲的路遥的长篇小说《平凡的世界》，开篇便是孙少平他们在中学食堂打饭，当时听了太有感觉，太亲切了。

挨饿，是初中时留下的深刻印象。当时家里每月给我10元钱的生活费。正在发育的半大小子是不够吃的，那时就懂得了“宁吃半顿儿，不可断顿儿”的道理。上午到了第四节课时，肚子就开始叫唤了，严重时会饿得出虚汗，有时下课后打饭连跑的力气都没有了。平时还算好对付，更难过的是星期天，食堂只吃两顿饭，上午七八点钟一顿，下午4点左右一顿。下午开饭前会很饿的，实在坚持不下去了，就到大街上国营饭店买个干粮吃。最难熬的是晚上，下午四点吃饭后，晚自习的时候就很饿了，下了晚自习回到宿舍也饿得睡不着。有一次，一个同学拿来不少黑枣，我吃了不少，半夜开始难受，吐酸水儿，折腾了一宿，到第二天上午才慢慢缓解了，后来才知道黑枣这东西非常不好消化，人是不能多吃的。旱区的同学每周能回家，带回学校一些大饼、咸菜和炸酱什么的，可我们水区的学生因为交通不便，不能每周回家，当时我羡慕得不得了。虽然我们白洋淀一带的人有一天吃两顿饭的习惯，那也是要中午吃饽饽的。铁凝的《哦，香雪》里也有关于一天吃两顿饭的描写，大概过去生活较为贫苦的山里人和我们白洋淀的水乡人都是这样的吧。原来是粗粮多、细粮少，大米算粗粮。粗粮真粗啊，棒子面儿窝头，拉嗓子。吃五个窝头，二两面粥，把窝头揉碎和粥一起搅拌，这样窝头才会光滑一些好下咽，再拌上二分钱的臭咸菜，吃着有些咸味。每当开饭时，食堂门口总有一个卖豆腐的老头儿，他大声吆喝着“炸（zá）豆腐，白豆腐！”。他的吆喝声非常有魔力，挑逗着我们的馋虫。有时为了改善改善生活，几个人就凑钱买一块豆腐，为了大家都能吃上几口，就要人家老头儿好多盐拌着吃。

还有让我记忆深刻的是晚上喝不上水。宿舍离学校远，晚上没处喝水。有位同学有一把暖壶，放学时从学校打回一壶热水，晚上我们实在口渴了，大家就央告他，他很不情愿地分给我们每人一茶缸子盖儿热水，解解渴。

有时妻子总嘲讽我：“自己花钱不会算计，为一口剩饭菜却很在意，从不浪费。”我给她讲了我的初中生活，她也理解了，这是童年挨饿挨怕了，心里留下阴影了，什么也不如粮食亲。和那时候相比，现在的生活是多么幸福啊！有一次，我和儿子比身高，他185厘米，我175厘米，差了整整10厘米。我妻子在一边向我儿子感慨道：“你个子高，一是遗传因素，还有就是你们这代人营养好。你爸当年要是天天能吃饱，天天肉蛋奶吃着，也会长到1.8米以上。”

上中学时生活条件的艰苦，除了吃不饱、吃不好以外，住宿条件也不是很好。我们的宿舍离学校很远，每天要步行很远上晨读、上课、上晚自习，特别是到了冬天就更受罪。学校给生了煤火，可是孩子们不会管理，三天两头灭火，我们这些小嘎小子们就把门板窗户拆了生火，门和窗户再让草帘子堵上。晚上睡觉冷啊，就两个人一个被窝儿。那时候旱区的同学从家里带来粮食换饭票，有时候半夜冷得还在被子上压上一袋子粮食。半夜撒尿也不敢出门，就站在门口向外尿。久而久之，门口成了溜冰场。大家冷得睡觉都不脱衣服，一个冬天下来都长了虱子，我放假回到家后，我妈听说我长了虱子，让我到盛放杂物的小屋里脱光了衣服扔在地上，再换上干净的衣服。烧了一大锅开水，把有虱子的衣服放到大盆里烫了好几次。

刚入冬下了一场大雪，雪边下边化，道路湿滑。我母亲刚刚给我做了一双棉鞋，来回走在半化的雪地上把棉鞋都踩湿了。晚上，我就把棉鞋熥在了炉台上。等到第二天早晨，看着棉鞋还好好地放在炉台上，用手一拿，我的妈呀！都成了灰儿了！这可怎么办呢，当时正处于孱河期，没有办法回家，家里也不知道我这个情况，我只能穿着一双球鞋了。后来，我的双脚都被冻伤了，脚趾冻得化脓，两个脚后跟冻出了深深的洞，走路一瘸一拐的，坚持了一个多月才能回家。母亲看到我的冻伤，知道了原因，掉着眼泪说：“傻小子，你怎么不跟老师说呢？”现在我想，也许我们班主任是个男老师，心粗，发现不了吧？或者即便发现了，当时谁家有多余的棉鞋呢？也许是爱莫能助吧。

我说了这么多自己吃过的苦，其实跟我的爷爷奶奶、我的父亲母亲、我的哥哥姐姐比起来，又算什么呢？在过去的岁月里，我们这白洋淀的一家人谁都比我不容易。今天我们享受着如此美好的生活，还有什么不知足的呢？雄安新区成立了，白洋淀人民的明天会更好！

等船的孩子

王春光

一步水，百步难。过去，在白洋淀长大的孩子们是很羡慕旱区人的，走旱路，没车还可以步行。水区的人们走水路，没船可是寸步难行啊！你会说“游泳啊！”，那不会游泳的人呢？天冷的时候呢？带着行李物品呢？所以呀，船，是白洋淀水乡人的脚。那些归心似箭的游子，只有坐上了回家的船，心里才真正感到踏实了。

刚刚到县城读初中时，我不满12岁。第一次离开家，虽然只有短短的18里水路，对一个孩子来说，就像隔着一道天河。父母哥姐要干活儿挣钱，没有太多的时间来看望我，想家的心情可想而知。那时还没有双休日，星期六上午要上半天课。下课铃一响，我就迅速背上那个早就准备好的大包，冲出教室，跑出校门，抄近路，满怀希望地奔向县城的东关码头，等船！回家！

最好能等到我们村的船，没有本村的，哪怕是邻村的船也好啊。我们村叫邵庄子，白洋淀里一个很小的水村，在安新县城的东边。去县城要划船两三个小时，赶上涨水，逆流划船时间会更长，回去时满载人员货物也要更长的时间。如果没有急事，人们一般只有赶集才来县城。那时总是幻想长大后能当个天文学家该多好啊！当了天文学家，就可以编制日历了，就可以把每个星期六和大集的日子安排在一天了，就可以每个星期六都能搭乘本村赶集的船回家了。现实中，星期六恰逢大集的概率小之又小，能不能回家往往就靠碰运气了。

那时的我很瘦小，背着一个大大的包，独自一人徘徊在冷清的码头，累了就席地而坐，小憩一会儿，两眼始终巴巴地遥望着那水天一线。船影由远及近，心里由欣喜到黯然。一条船，又一条船，就那样在岸边停靠，

白洋淀岸边的船 （摄影：王春光）

又起航，却始终没有看到家乡那些熟悉的身影，没能听到那亲切的乡音。

“梳洗罢，独倚望江楼。过尽千帆皆不是，斜晖脉脉水悠悠，肠断白蘋洲。”长大后，每每读到温庭筠的这阙小令，总是让浓浓乡愁置换去词中的悠悠情思，足见那时等船的记忆何等深刻。

整整一个下午，就在希望与失望的煎熬中匆匆过去。多么渴望西沉的落日定格在天边，渴望老天多留一点时间，让家乡的船儿把自己带回家。暮色渐浓时，突然感觉到肚子很饿，口里很渴，才想起自己不仅午饭没吃，一下午连一口水都没喝呢。中午下课后，生怕错过那条可能驶来的小船，午饭是顾不上吃的。这时不得不又背上那个沉甸甸的大包，泪流满面，忍着饥渴，顶着寒风，有气无力地挪向那条长长的回学校的路。明知道已经没有了回家的希望，却还是恋恋不舍地一步三回头。

多年后，三个焦虑的场景经常进入我的梦境：一是要上课了怎么都找不到备课本；二是在高考的考场上，试卷上的题都不会；但更多的还是在水边，明明已经看到了村庄的轮廓，听到了亲人的呼唤，可就是找不到那条回家的船。

读高中的时候，白洋淀干涸了，我学会了骑自行车，沿着淀底的弯弯小路回家。虽说方便快捷了许多，可总是感觉那不是家乡应该有的样子。高中毕业后，我考上了保定师专（保定学院的前身），白洋淀又重新蓄水，我们村开通了班船，每天早晨从那个静谧的小水村开往繁华的县城，下午返回，出入交通便利了很多。不过，从保定赶到安新县城，有时也会错过回村的班船，甚至能在岸上看到班船远去的影子，隐隐还能听到远处传来的马达声，可任你在岸边怎么招手，怎么呼喊，也是无济于事了，只能在同学家借宿一夜，等到第二天才能回家。

现在，生活越来越好，我们村修了乡间公路，人们都买了汽车，回家更是方便。前两年，村里还盖起了三层单元楼，水电暖齐全。为了生活的方便，我把老宅转给了堂哥，换成了100平方米的一个两居室，打算每到节假日就回老家住两天，退休后也可在故乡安度晚年。可是到了节假日又要忙这，又要忙那的，想回家却往往不能如愿。

对于故乡，我似乎永远是那个等船的孩子。

网红邵小贝

王春光

邵小贝是我的发小儿，是我的好兄弟。

他现在是号称“快乐船长”的网红。他的快手粉丝数已经超过6000名，成为一名当地小有名气的网络达人，曾经接受了中央电视台、《光明日报》、《中国青年报》、中新社等多家媒体的关注和报道。假如您在百度中搜索“白洋淀邵小贝”，百度百科会告诉您：“邵小贝，河北雄安新区邵庄子村人，快手主播、网红，每天最开心的事就是为直播间的6000多名粉丝讲述家乡的老故事、新变化。”

百度百科正文后面还列出了一大堆介绍他的参考文献：

（1）雄安新区：画卷徐徐铺展 建设热火朝天 ［EB/OL］.http://m.app.cctv.com/vsetv/detail/C10437/6dc93d352bbf4ef2aaa8863523da77bf/index.shtml#0，2020-01-17/2021-01-31.

（2）赵莹莹.村庄污水100%收集处理 “华北明珠”白洋淀进淀污水“清零”［EB/OL］. http://www.xiongan.gov.cn/2020-01/10/c_1210432545.htm，2020-01-10/2021-01-31.

（3）走向我们的小康生活|白洋淀里荷花香，小康有了好模样［EB/OL］. https://baijiahao.baidu.com/s?id=1675619873884918468&wfr=spider&for=pc，2020-08-21/2021-01-31.

（4）【走向我们的小康生活】让雄安以“加速度”跑向“未来之城”［N］.人民日报，2020-09-04（3）.

（5）英语周报社. 英语周报（九年级新目标2020—2021第20期）［M］.山西：英语周报社，2020：2。

（6）苏畅.快手与中青旅合作弘扬红色文化 短视频+OTA创新旅游生

态［EB/OL］. https://baijiahao.baidu.com/s?id=1678609845733136572&wfr=spider&for=pc，2020-09-23/2021-01-31.

（7）求是网.走向我们的小康生活|白洋淀里荷花香，小康有了好模样［EB/OL］. https://baijiahao.baidu.com/s?id=1675610174650349964&wfr=spider&for=pc，2020-08-21/2021-01-31.

（8）戚晨璐.“21世纪看雄安”，这里现在啥样了？|足迹［EB/OL］. http://china.cnr.cn/yaowen/20190711/t20190711_524687811.shtml，2019-07-11/2021-01-31.

（9）张青，陈元秋，耿建扩，董蓓.白洋淀里的网络主播［N］. 光明日报，2020-08-19.

（10）中国日报网.快乐船长邵小贝：上了“三个一年级”的网络达人［EB/OL］. https://baijiahao.baidu.com/ss?id=1683240595744873253&wfr=spider&for=pc，2020-11-13/2021-01-31.

（11）长城网.“走向我们的小康生活”主题采访|网红“小贝”讲述淀边变化［EB/OL］. https://baijiahao.baidu.com/s?id=1675374512503898199&wfr=spider&for=pc，2020-08-18/2021-01-31.

（12）快科技.白洋淀里的网红“小贝”：借助直播+旅游，带动全村脱贫增收［EB/OL］. https://baijiahao.baidu.com/s?id=1676148616748238336&wfr=spider&for=pc，2020-08-27/2021-01-31.

（13）闫思宇，刘梦妍，韩建强.雄安新区看新变［N］. 河北经济日报，2020-08-18（1）.

从以上不完全统计的这些新闻报道，邵小贝在网上火的程度可见一斑。

阅读了很多介绍邵小贝的报道，看了许多拍摄他的视频，我突然也有了写写他的想法。我俩从小一起长大，他身上有很多别人不知道的东西，我想写出来，把以邵小贝为代表的邵庄子人、白洋淀人、雄安人介绍给更多的读者。

小贝，还是习惯这样称呼他，从小到大我都是这样叫他，我们村的人都这样称呼他。

他在我心中永远是一个聪明伶俐的人。做什么事情，他都好琢磨，特别是在打鱼摸虾方面，更是发明了一套自己的独门绝技。有一年暑假，我回老家，一众发小儿都想回味一下儿时的快乐，不知道是谁提议的，去掏螃蟹，大家都非常赞成。十几个大老爷们儿像孩子一样兴奋异常，摇上两只船就出发了。我们都知道，掏螃蟹这活儿小贝最在行，他就带着我们把船摇到了螃蟹洞最多的几段苇子地边，然后大家分散开来，争先恐后地掏起了螃蟹。我常年在外读书，在这方面还是门外汉，就没下水，而是在船上看着小贝展示掏螃蟹的绝活。

只见他从船上解下揽船橛子（一头削尖的木棍儿）拿在右手，又随便在旁边撅了一根苇子，然后把苇子一点点捅到一个螃蟹洞里，捅了捅就抽出苇子，又去捅下一个，又抽出苇子，接着捅第三个。捅着捅着，突然拿起木橛子在洞口上方快速刨了下去，然后放下木橛子，用右手在刨出的坑儿里捉出一只大螃蟹，在水里涮了涮，就把螃蟹放到了船上的水桶里。就这样，一个洞一个洞地捅，一个洞一个洞地刨，没用很长时间就捉了半水桶螃蟹。我在旁边都看傻了，他掏螃蟹时神情专注，我也不敢说话打扰他。

等转移战场到下一段苇子地的间隙，我好奇地问："你怎么就知道有的洞没螃蟹、有的洞有螃蟹呢？"

他笑着说："这简单，要是有螃蟹，你拿苇子一捅它，它就会动，有时还会用它的夹子夹住苇子；没有螃蟹，你怎么捅也不会有任何反应的。"

"你怎么不用手往洞里掏呢？或者在洞口等着螃蟹爬出来再抓？"

"用手掏，它会夹你的手。再说，你拿苇子捅他，它一般会往洞的深处钻。苇子地边上的土很暄（松软），先用橛子刨几下，差不多就刨到洞底了，再用手往下抠抠，就抠到螃蟹盖子了，掐住他的盖子拿，它的钳子也夹不到你的手。"

我由衷赞叹，挑起大拇指，学着小时候看的《地道战》里的话："高！实在是高！"

他又说："掏螃蟹洞还要注意，有时候洞里会是条长虫（蛇），所以我一般不直接用手掏螃蟹洞。"

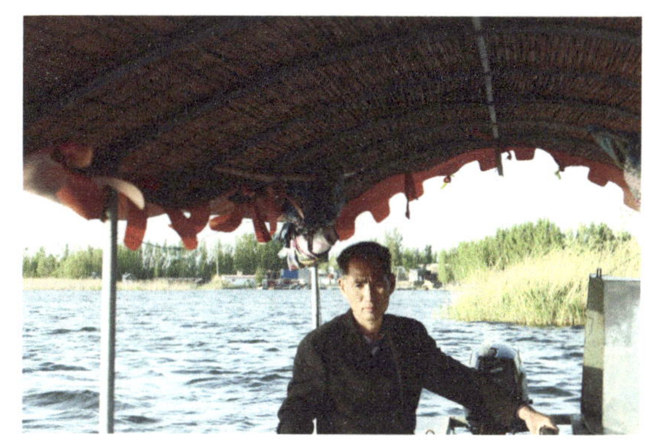

邵小贝在驾驶小游船（图片由邵小贝本人提供）

我问他："谁教得你呀？"

他自豪地说："都是我自己琢磨的，独门绝技。"

我心里更加钦佩他了。

后来我才知道，不仅掏螃蟹，他还有挖泥鳅和鳝鱼的绝活儿，有时间再见到他，让他好好给我讲讲。

回到村里，我们这条船掏的螃蟹最多。大家把大螃蟹蒸着吃，把小些的用刀从中间切开，用辣酱炒着吃。那天大家吃着螃蟹，喝着酒，又说又笑，找到了小时候的感觉。

小贝的聪明还表现在他有经商头脑，能捕捉到别人看不到的商机。他还善于接受新事物，勇于尝试与创新。这些我们在下文再详谈。

小贝更是一个重情重义的人。有一次，我们一起划船去送苇箔，淀里刮起了风，由于我划船技术不好，我的船不小心被风刮进了苲草地出不来了。当时很危险，弄不好苇箔会掉到水里的。当时天凉了，水也冷了，他却毫不犹豫地跳下水，硬是游着泳帮我把陷入苲草地的船拉了出来。多好的兄弟呀！亲兄弟的感觉！关于这个事情，我在本书另一篇文章《打苇箔》中有详细叙述。

他现在搞网络直播旅游，每到节假日很忙，正是挣钱的好日子。一个夏季的星期天，我带朋友去邵庄子玩儿，他知道了，和我的另一个发小儿郑合军，把船开到码头后就给我打电话，他俩要亲自带我们去游览，还在船上给我们准备了矿泉水和好几个大西瓜。我们分坐他和合军的两条船，我坐的是小贝的船。一路上，他的嘴就不闲着，总有说不完的话，目的只有一个，就是把美丽的家乡白洋淀介绍给我的朋友，介绍给所有的游客。他分享白洋淀的美景美食，介绍白洋淀的历史故事、风土人情、捕鱼故事、世代生活变化等。他的船上安装了音响，一路上给我们唱歌、讲解，还把船划出各种有趣的动作造型，气氛非常热烈欢快，别的游船的乘客看着我们这条船羡慕不已。他还专门把我们带到他种植的一块荷花地，和我们一起采荷花、揪荷叶，又到他下地龙的水域给我们表演捯地龙，看到那么多捕获的小龙虾，可把我的朋友们高兴坏了。下午很晚了才结束了观光，我心里不落忍，觉着他为了我影响了一整天的生意，就按照市场价给他钱。他生气地说："你骂我呀！把我看成什么人了，我谁的钱也要啊？"

我说："我找别人不也得给钱吗？再说你们做的是生意……"

没等我说完，他就截住我的话："到了邵庄子，你找别人，就是打我的脸！"

我说："我是怕影响你的生意，一年就这么一季儿挣钱。人工钱，我不给你，可是买的东西和油是你花了钱的……"

他急了："我愿意啊！你来了，我高兴！"

回到岸上给合军钱，他也生气地数落我。最终，他俩都没有收我给他们的旅游船费。

还有一次，和保定的几个朋友中午一起吃饭。饭后，天气很好，他们都爱摄影，提议开车去白洋淀拍照片。我是白洋淀人啊，肯定是我安排。我知道小贝承包了安新旅游码头北边长廊附近的一大片荷塘，我开始给他打电话。

他没等我说完就说："让哥儿几个来吧，到时候光线正好。"

我说："我们到了可能就有点晚了，4点我们还不到，你就回家吧，还有十几里水路呢，我们在码头转转就可以了。"

他坚定地说："不用管我，多晚我也等你们。"

我知道他的为人，也就不再说什么了，赶紧催大家快出发。

我们4点半才到，他一直等着我们呢。他专门给我们安排了两条船，一会儿把船划到了荷花荷叶多的地方，一会儿划到水鸟多的地方，一会儿又划到芦苇丛生的地方，不断变换着场景让我的朋友们拍摄，还给他们介绍这、介绍那。回保定的路上，我的朋友由衷赞叹："你这发小儿水平挺高，带我们去的这些地方取景、光线都很好，特别是他的介绍真到位，来了好多次白洋淀，这次才真正看到了最美的白洋淀！"

我的心里美美的。

为什么小贝知道哪里适合摄影呢？因为他自学了摄影，并且在我看来，他是一个审美品位高还很有情怀的人。因为我写作本书需要插些图片，我跟他要过不少摄影作品，从这些图片就能感受到他的摄影在主题立意、角度构图、光线色彩等方面都绝对不俗，而且这些图片中饱含着他对家乡白洋淀自然风光和人文历史的由衷自豪与赞叹，对勤劳质朴的白洋淀人的无限热爱与深情讴歌。其实，小贝在生活中处处追求着美。他家住着一栋两层小楼，每次去他家，都是干干净净，特别是过年过节，把自家的小院和小楼布置得漂亮喜庆。

小贝是一个勤劳的人，是一个不懈奋斗的人。他也经历过挫折，可他从不气馁，总能蓄力再战。虽然他没上几年学，可是他聪明、好学、好动脑子，勇于创新，敢闯敢干，使自己的路越走越宽。

他从小就喜欢捕鱼摸虾，后来从事这项工作一段时间，白洋淀干淀了。1988年白洋淀再次蓄水后，没有多长时间就遭到了连年的污染，淀里的鱼虾越来越少，他只能另谋他路。他承包过两年采蒲台村的荷叶地，卖莲蓬。每天早早开船，航行水路二十来里，还要在荷叶地辛苦劳作一整天。晴天头顶烈日，雨天顶风冒雨，不少时候还要长时间浸泡在水中，胳膊腿儿被荷叶梗拉得到处是伤。傍晚再开船回家，到家就很晚了，他从不叫苦叫累。后来没有再承包上荷叶地，就到天津打工，因为他为人厚道，干活地道，老板非常赏识他。

两年后天津没活干了，他又回到老家找活干。通过亲戚帮忙，在白洋淀荷花大观园栽荷花。但是，项目刚刚开始不久，就因新区建设被叫停，项目协议失效，老板用两条船作为对他的补偿。这时他敏锐地感觉到自己应从事旅游行业。可是他从来没干过这活儿，最后还是勇敢地走上自己重新选择的这条崭新的致富之路。小贝自小性格比较内向，不大愿意在众人面前大声说话，可是命运让他选择了这样的一份工作，他就迎头去挑战自我，学着如何招揽游客，还要协调与其他船主的关系，因为他人好，大家很快就接纳了他。虽然经过自己的努力，渐渐地打开了局面，生意还算可以，但他不满足于这些，总是思考怎么样能更进一步提高自己的能力和收益。这时他偶然接触到了网络直播，于是暗下决心，借助网络这个大平台和众多粉丝的力量把自己的旅游事业发展壮大起来。虽然他只上了几年学，文化程度不算高，可是他聪敏，有头脑，特别是有一种不服输的精神和敢于争先的勇气与热情，开始跟着别人学。他让船友帮他下载了相关APP，注册了账号，再加上自己反复琢磨，把自己的快手直播搞得红红火火，成为我们村用网络直播开展旅游的第一人。

清华大学国际新闻传播的研究生在京津冀地区进行国情调研社会实践，来到白洋淀，他曾经接受他们的提问，他介绍道：“当时自己一个人站在船上，身后是芦苇荡，对着手机屏幕说不出什么话，直播间里只有两三个人。”但时，后来随着关注的人越来越多，他也越来越自如。在2018年8月的一条短视频里，他弹着外孙的玩具吉他，戴着小蜜蜂耳麦，一本正经地唱起了儿歌《蜗牛与黄鹂鸟》。

前几年，我偶尔从网上看到他接受媒体采访时的视频，都不敢相信，这是小时候的小贝吗？那样不善言辞的一个人，现在的语言表达能力真是今非昔比。他侃侃而谈，用词准确生动，仪态动作自然得体。一次，我当面表扬他，他又像小时候一样不好意思起来：“只要有来采访的都推荐我去，次数多了也就习惯了。”我知道众多媒体愿意采访他，主要是因为从他的言谈话语中透出的那种对家乡的自豪和深情热恋，新闻报道更需要这种真情。

据小贝介绍，现在来他的农家乐消费的游客中有绝大部分来自直播平台。他自己的两条渔船早已不够用，他又叫上两个亲戚一起，合伙承包周边村庄渔民的渔船，在旅游旺季搭载游客。“以前捕鱼一年只能赚两三万元，现在尽管有了休渔期，但通过渔船拉客收入翻了2—3倍。”他说。

小贝在夏季搞水上旅游，他还尝试过冬季旅游项目。有一年，他在赵庄子村东办起来一个滑冰场，自己设计制作了很多小冰床。那年我带妻儿回老家，就在他的滑冰场玩过滑冰，玩得很高兴。而北京承办冬奥会，冰雪娱乐项目今后会在我们中国兴旺起来，小贝的这个滑冰场的思路是非常适合这个大趋势的。白洋淀的确应考虑通过开展冰雪项目，让冬天这个旅游淡季热起来。

在小贝的带动下，好多乡亲都搞起了直播旅游生意，让邵庄子这个过去闭塞的小水村几年内就成了网红村，乡亲们靠旅游增加了收入，日子越过越红火。有人说白洋淀对于雄安正如西湖对于杭州，作为雄安新区蓝绿交织生态空间的重要组成部分，雄安新区已经让白洋淀生态环境治理与保护迈入快车道。现在白洋淀全域水质达到了三类水的标准，2021年首次步入全国良好湖泊行列。这些也为以小贝为代表的邵庄子人和白洋淀人的旅游产业发展带来了绝好的机遇和更大的发展空间。

小贝是邵庄子人的一个代表，是白洋淀人的一个代表，他身上展现的各种优秀品质也代表着雄安人的风采。小贝创造的美好生活，也是邵庄子和白洋淀人生活变化的一个代表，更是雄安建设发展的一个缩影。

最后我想套用并仿写诗人艾青的著名诗句，作为我这篇文章的结尾：为什么我的眼里常含泪水？因为我对这土地爱得深沉。为什么我对这土地爱得深沉？因为我的那些亲人和乡亲。

寻人启事

王春光

男，今年大约60岁左右，大概是雄安新区安新县寨南村或沿寨南村大堤附近村庄的人，主要特征是心地善良、乐于助人。其他信息请看我下面回忆的一段往事。

那是40年前的事情了。当时我只有12岁，考上了安新中学初中部，寒假过后开学返校。我家住白洋淀的一个小水村邵庄子，那年凌水不结实，正值白洋淀的孱河期，不能直接划船或走冰到县城，大哥只能把我送到大堤边的寨南村，让我自己经旱路沿着大堤步行去县城，还要自己背着铺盖行李。

大哥当过兵，他给我把被褥打了一个部队行军时那样的背包，两边的背包带挎在双肩，把被褥背在后背，两只手上一边拎着一个网兜，里面装着其他的零碎儿，我俨然成了一个行军的小战士。当时，我又瘦又小，背包和我的身材反差很大，这样的负重还是有点吃力的。

大哥也不能再送我了，他还要赶到公社去开会，他是村干部。临走时，他对我又是鼓励，又是嘱咐："你长大了，该锻炼锻炼自己了！道上累了就歇会儿，饿得慌了，网兜里有花糕瓣儿，渴了找个人家要口水喝，天还早，天黑前肯定能到。"说完，大哥就撑起拖床回去了。

我看着大哥远去的背影，感觉到从来没有过的委屈和无助，差点流下眼泪，没有办法，只能振作精神踏上征程。我艰难地行进着，走一段路就休息一会儿，时走时停，就到了大堤拐弯的地方。

正在走着，听到后面自行车铃丁零零的声音，一位20来岁的大哥哥骑着一辆二八加重的自行车从我身边快速驶过，他一边骑着，一边回头看我。他突然一刹闸，在我前面不远停下了。

他喊我："小兄弟，你这是上哪啊？"

我怯怯地回答："上新安。"

"上新安二十多里地呢，你一个小孩儿，背这么多东西，得什么时候走到啊？"

"没事，我慢慢走呗。"

"我也去新安，我拿车子带着你吧？"

我警惕地回答："不用了，我自己走，没事。"父母从小就教育我出门在外不要轻易相信陌生人，要长个心眼儿，小心拍花子的。

他似乎也看出了我心思，笑着说："我不是坏人，你放心吧！"

我低下头默不作声。

他可能是为了进一步证明自己不是坏人，就亲切地问我："你是去一中上学吧？"

我说："你怎么知道？"

他说："我一看就知道。我也是一中毕业的，某某某和某某某是我老师，你知道吧？"

"他们也是我老师！"我兴奋地说。

两位老师的名字就是很好的信誉证明，我彻底相信他了，完全消除了戒心。

他又笑着说："来吧，我带你走。"说着，他帮我把背上的被褥卸下来，绑在了后轱辘外边，把两个网兜挂在了前面的车把上，然后一只手扶着车把，一只手把我抱到后座上，随即用两只手抓紧车把，左脚踩在左边的脚蹬子上，右脚快速有力地蹬了几下地，紧接着右腿灵巧地向上一提，右脚就越过了车子大梁踏到了右面的脚蹬子上，屁股也顺势稳稳地坐在车座子上，飞快地骑起来。他这一连串娴熟的动作让我羡慕得了不得，我当时还不会骑自行车呢。从小生活在白洋淀里的一个小水村，我在上初中之前都没怎么见过自行车，更甭说学骑自行车了。

他跟我聊了一路，问我是哪村的、多大了、上初几等，更多的是讲他在一中上学时的事情。他在一中上学时其实学习很好，老师们也很喜欢他，就是因为家庭经济困难才辍学回村过早地参加劳动。他鼓励我一定要好好念书学习，不要像他那样留下遗憾。

他一直把我送到学校门口，解下我的行李又帮我背上，说："你自己进去吧，我就不送你进去了，看见老师们怪不好意思的。"

我也很感激地说："太谢谢你了，今天多亏了你，要不我天黑也到不了。"

"不用客气，咱们俩村不远，以后还会见面的。"说完，他一骗腿儿，骑上车子就走了。

我满怀感激地目送他消失在人群中。突然，我想起也没问一问他的姓名。再回家的时候，我把这事告诉了家里人，他们都埋怨我没有问这位好心人的名字，应该好好感谢人家才对。后来，我又多次沿着大堤步行去县城上学，都是拿很少的东西，就轻松多了，甚至一路欣赏着白洋淀大堤内外的美丽风景，一边走，一边玩儿，大堤里坡下看看养蜂的，大堤外坡下看看养鸭的，劈几片苇叶做个苇笛吹吹，折几缕柳枝编个草帽戴戴。每次走到那个拐弯处，我就会想起那位好心的大哥哥，心中就会升腾起一股暖流，会不由自主地往后看看，幻想着他从后面飞快地蹬着自行车一路丁零零地向我骑过来。我发誓再见到他一定问问他的名字，可是每次都会让我失望，在这条路上就再也没有见过他。

如今40多年过去了，有时会梦到那大堤，虽然没有梦到过他，可是感觉梦里的心情好极了，这一定是他给我心里留下的那份美好感情在梦中的再现。最近我要写一本关于白洋淀的书，很自然地想起了他，就满怀感激地为他写下上面的文字。我还想请安新县的自媒体发布一下这篇文章，盼望他能看到，能让我找到他，向他献上我迟到四十多年的感谢。

童趣篇

TONG QU PIAN

翱翔白洋淀

王春光

看到题目，您可能猜到我要写白洋淀的鸟了。这篇文章是写鸟吗？我的回答是，主要写鸟，又不单单写鸟，还要写人和其他能飞的东西。哈哈！不卖关子了，请听我娓娓道来。

我为什么写这篇文章，这要从今天看到的一则推文说起。

微信公众号“中国雄安官网”2022年2月2日的推文《世界湿地日 | 白洋淀再现“华北明珠”“鸟类天堂”生态美景》中介绍：“2021年，白洋淀生态环境得到较大恢复和提升，淀区水质达到Ⅲ类标准，累计观测到野生鸟类约230种，包括大鸨、青头潜鸭、灰鹤、黑翅鸢等国家重点保护动物，在白洋淀迁徙、越冬的鸟类数量也有较大提升，再现了‘华北明珠’的淀泊风光与‘鸟类天堂’的生态美景，提升了人民群众的幸福感。”

看到这则推文，我的内心非常欣喜，情不自禁憧憬着白洋淀的未来。自从雄安新区成立以来，白洋淀的生态环境不断得到改善，正在逐渐重现我童年记忆里那个鸟语花香的美丽世界。

那时候的白洋淀，“鸟语花香”这个成语中的“花”自然主要是指荷花，可是“鸟”就多种多样了，既有旱区、水区都有的麻雀、燕子、布谷鸟、啄木鸟等，更有水区独有的鸟类。体型和翼展较大的有大雁、长脖儿老等、野鸭、骨顶、浮鸥等，体型较小的有呱呱鸡（苇莺）、红果（红骨顶）、小水鸡、油葫芦、翠鸟等。据《白洋淀志》记载，“民国前，淀区有鹤、鸳鸯、鶺鸰、鹄（天鹅）、鹈鹕（塘鹅）、鸨（地鶺）、白鹭等鸟类”，可见历史上白洋淀地区珍贵鸟类众多。

童年时期关于鸟的记忆，最难忘的恐怕就属掏呱呱鸡窝了。大概每年五六月份，淀里的芦苇长到一人多高的时节，呱呱鸡开始筑巢产蛋孵化小鸟，孩子们就会结伴钻到苇子地里掏呱呱鸡窝。呱呱鸡一般在栽苇地的高原子里筑巢，几根苇子被呱呱鸡用干草缠在一起，一团干草做成一个中间凹陷的草窝窝。过去呱呱鸡是每年都筑巢的，因为到了秋冬，白洋淀的芦苇全部被收割，旧的鸟巢自然就被毁坏。前几年，白洋淀的芦苇不值钱了，没有人收割了，旧的鸟巢会被保留下来，不知道第二年这些旧的鸟巢还会有鸟再用，还是根据鸟遗传的天性或多年的经验，每年都筑新巢呢？这个问题，不知道有没有人注意过，有没有人专门研究过。

孩子们掏呱呱鸡窝最后会有三种结果。一种是掏到新的鸟蛋，拿回家或炒着或蒸着或煮着，当成美食享用。第二种结果是掏到刚刚孵化出的雏鸟，带回家养起来。可是雏鸟的气性大，拿回家它们也不吃食，过不了多久就“夭折”了。最不想遇到的就是第三种情况，淘到的鸟蛋是正在孵化或即将孵化出壳的鸟蛋，拿回家大人一看会说：“都有了儿子了，扔了吧！”这时是最郁闷的，忙活了半天白忙活了。

总而言之，孩子们的行为对呱呱鸡而言是灭顶之灾，是家破人亡，所以母亲就特别不愿意让我去掏呱呱鸡窝，她总说：“这也是一家人家儿，别祸害人家！”有一次，我在村边的苇地掏来几个呱呱鸡蛋，母亲就领着我送回去了。母亲的心地多么善良啊！现在想来，母亲的这种观念和行为就是一种朴素的生态保护观念。

还有一种鸟参与了破坏呱呱鸡一家幸福生活的行动，那就是布谷鸟。有资料说，布谷鸟不筑巢，而是把蛋产到呱呱鸡的巢里，让呱呱鸡义务给它孵化养育后代。布谷鸟的蛋破壳早，新孵化的雏鸟个头大、力气大，出壳后先把呱呱鸡未破壳的蛋推出鸟巢，掉到地上摔碎。这样，呱呱鸡的两只亲鸟就每天辛勤地养育这只入侵者了。可怜的呱呱鸡！可恶的布谷鸟！其实原来我喜欢布谷鸟，不喜欢呱呱鸡，以为布谷鸟和呱呱鸡比较，布谷鸟有大大的体型和翼展，高贵的灰色羽毛，高高地翱翔在白洋淀湛蓝的天空；呱呱鸡却是小小的

白洋淀的精灵——天鹅 （摄影：张建红）

白洋淀水中嬉戏的骨顶鸡 （摄影：朱金长）

身材和不太漂亮的褐色羽毛，而且飞得不高。更主要是因为它们不同的叫声。我们把布谷鸟称作“喔姑”，就是因为它们好听的叫声。呱呱鸡名字的由来也是因为它们让人心乱的叫声，特别是春季黎明的时候，呱呱鸡烦躁的叫声吵得人睡不着觉。

我小时候曾对父亲立下豪言壮志，说：“我好好上学，游外洋，带您和我妈到外国玩儿，跟着我享福去！”

父亲就笑着说：“等你有了那么大出息，我早听呱呱鸡叫去了！”

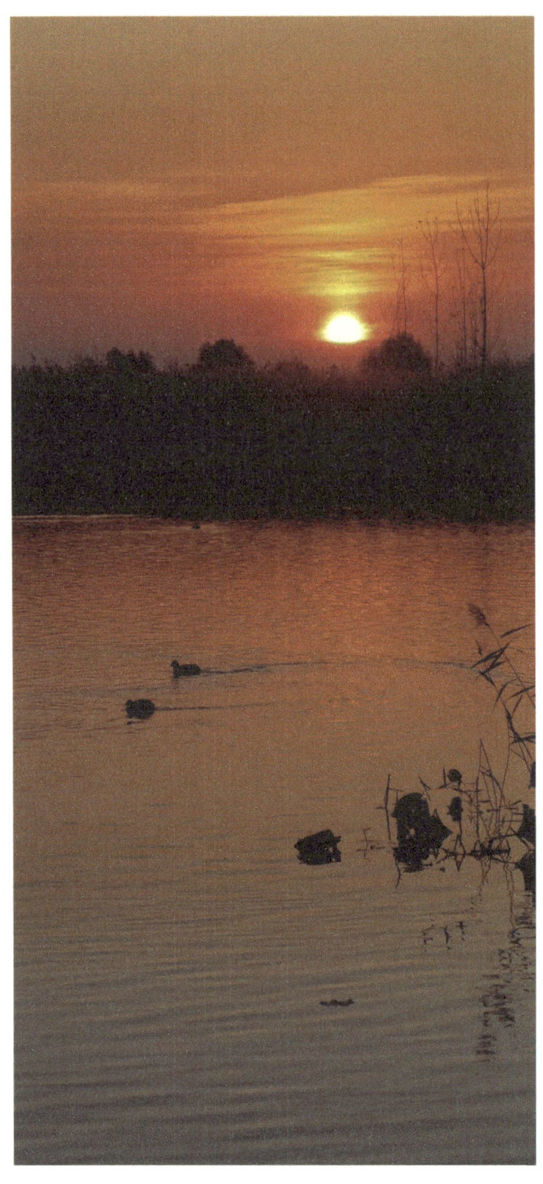

白洋淀水鸟夕阳下的剪影（摄影：朱金长）

父亲所说的“听呱呱鸡叫去了”是“去世”的意思，因为白洋淀各个家族的祖坟都是在苇子地里的，“听呱呱鸡叫去了”是民间话语中的一种修辞方式，是对“去世”这个不吉利意思的委婉表达。父亲在我大学毕业参加工作两年后的1993年因患脑瘤去世，享年69岁。他老人家一语成谶，真的没有跟着他最小的儿子享上福。唉！所以后来我听到呱呱鸡叫就想起父亲的这句话，就从心里非常讨厌呱呱鸡的那种烦人的晦气的叫声。

可是自打知道了布谷鸟给呱呱鸡一家人造成的伤害，就转而开始憎恶布谷鸟，又非常怜悯呱呱鸡了。

现在想来，其实从生物进化的科学角度出发，不加上我们人类的道德价值判断，这是物竞天择、适者生存的物种进化策略。猛禽捕食小鸟的残酷是维持着物种数量和生态平衡，布谷鸟采用的是另外一种虽然偷偷摸摸不怎么道德，却较为温和的维持生态平衡的方式。呱呱鸡的繁殖能力很强，这种方法客观维持了呱呱鸡的种群数量，不至于爆炸式增长，从而维持着自然生态中各种群的平衡发展。还有一个事情我要告诉大家，我们白洋淀人家就是让鸡孵化鸭子的。

孩子们掏呱呱鸡就怕看见坟头。那时清明节过去没多长时间，人们清明上坟扫墓祭奠先人时会在坟头压上好多白纸条。孩子们正在兴奋地扒拉着苇子杆找寻鸟窝，突然看到几个大坟头，特别是那些白色的纸条，立刻被惊吓得起了一身鸡皮疙瘩，头发就要炸起来了，不由自主地大喊：“鬼呀！快跑啊！”周围的小伙伴一听这话，也被吓得四散奔逃。有时慌不择路，也不顾地上还长着去年收割芦苇时剩下的苇茬子，被扎破了脚和鞋当时也不觉得。有时也有胆子大的孩子，会轻蔑地对逃跑的孩子说：“胆小鬼！

怕什么？看我的！”他不仅不跑，还会故意在坟头上尿尿。后来想，这个胆大的孩子可以用别的方法证明自己不怕坟头，在坟头上撒尿可是对逝者的大不敬。

那时候白洋淀地区有些孩子由于伤病、溺水等各种原因夭折。小时候，母亲总是念叨我上面夭折了两个哥哥。母亲会拿邻居的孩子做比较，说：“一个跟谁谁一般大，一个跟谁谁一般大，一个是发烧死的，一个是吃钵螺肉积住食死的，长得可好看了，叫春月……”她的眼神里充满着哀伤。我们那里的风俗，孩子夭折了不入祖坟，也不埋葬，而是扔到苇子地里，也不知道这种风俗是为了什么，难道这是一种水葬吗？孩子们掏呱呱鸡窝时，有时会在苇子地边看到裹着小被子的小死孩儿，也有些害怕，一想毕竟是个死了的小孩子，就不那么胆小了。这些逝去的小孩子有时因为涨水会从地边漂在水上。可能是这个原因，我们村就把躺在水面上游泳叫“漂小死孩儿”。

我还捕捉过一种较大的水鸟，我们叫它“长脖儿老等”，学名不知道叫什么。这种鸟呈黄褐色，脖子长，体型中等，身形瘦削，飞翔时翼展大，翅膀扇动舒缓，喜欢在苇地水边长时间等待捕食鱼虾等。写到这里，我上网查了文字、图片和视频资料，有一种叫“黄苇鳽（jiān）”的水鸟与我捉到的我们称之为“长脖儿老等”的水鸟有些相似，就是脖子好像不大一样。在搜索资料时，看到现在有很多爱鸟人士救助并放生了好多受伤的鸟，想起我小时候对鸟们的伤害，真是汗颜，追悔莫及。

那是我初中毕业时的夏天，当时白洋淀接近干涸。那天刚刚下了一场大雨，在我们村小堤下的苇地边，一开始我并没有看到那只长脖儿老等，它突然在我面前就飞起来，可是在不远的地方又落下了，我就跑着去追它。快到它身边时，它又飞起来，又是在不远处降落……就这样，我追一段，它飞一段，我还拿泥块舞（白洋淀方言，扔、投的意思）它。最后一次很准，泥块舞到了它，泥粘在了它身上，它飞不起来了，我就捉住了它。

我兴奋地把它拿回家，母亲还是那句话，生气地说：“也是一家人家儿，别祸害人家！快放了去！”

我央告母亲：“咱们熬着吃了吧！”

母亲真急了：“熬什么熬，他吃鱼，这肉腥气！放了去！”我只好乖乖地把它放生了。

我还要说说骨顶和红果这两种水鸟。有的老人告诉我骨顶的前额有一撮儿白毛。我查了资料，那不是白毛，而是白色的额甲，类似白色的骨头露在头顶上，这是不是“骨顶”这个名称的由来呢？关于额甲，有人说是为了在潜水时避免水流的冲击或避免芦苇等障碍物碰破头部，有人说额甲没有什么实际作用，也可能是为了美观，吸引异性，这个问题还有待鸟类专家给予解答。相信未来的雄安新区白洋淀会成为各种涉水鸟类的天堂，种类品种和数量都会大幅度提高，一定会吸引更多的鸟类学家把这里当作科研基地，助力雄安新区的生态文明建设。红果其实是红骨顶的简称、俗称。这种鸟全身羽毛乌黑，也是只有前额长着额甲，和骨顶不一样的是红骨顶的额甲是艳丽的红色，这就是这种水鸟名称的由来吧。红果是留鸟，冬天就在白洋淀越冬，成群栖息，这两年尤其多。前几天，姐姐在我老家的楼上透过窗户用手机拍到淀边成群的红果。这是雄安新区成立以来，经过治理，白洋淀水质和生态环境变好的有力证据。

还有一个关于瓦子（音）的事情总是搞不明白。小时候的深夜里，不时听到一种鸟的叫声，“唉——唉——”，像叹息，很哀婉，听起来还略带恐怖。母亲告诉我是“瓦子”在叫，可是我直到现在也从来没见过这种鸟。昨天问发小儿邵小贝，他也说谁也没见过。他说瓦子晚上不叫，瓦子就是淀鸥（学名浮鸥），晚上叫的那种鸟不是瓦子。我也不知道谁说得对。妻子是个较真的人，她查阅资料，网上搜索视频，认为我小时候听到的深夜叫的那种鸟可能是夜鹭，我倒觉得有些道理。

说起白洋淀，不能不说雁翎队；说起白洋淀的鸟，不能不说雁翎队的独门武器大抬杆儿。抗日战争时期，白洋淀地区闻名中外的抗日队伍雁翎队，是在中国共产党领导下由当地的猎人组建起来的。这是一支革命的队伍，他们怀着深厚的爱国热情，怀着对日本鬼子的深刻仇恨，运用灵活多样的形式不断打击敌人，取得了一个又一个胜利。他们使用的一种武器叫“大抬杆儿”，原先是猎人们在白洋淀水域用来打大雁、骨顶、野鸭子等体型较大的成群水鸟的。大抬杆儿使用的是火药加铁砂，开火后杀伤面积很大。打猎时，把大抬杆儿固定在一种叫雁排子的专门用于打猎的小船上。每只雁排上放置两支大抬杆儿，一支水平放在船上，另一支枪口稍稍上扬，先燃放水平的那支抬杆儿，平射水面上的鸟群，先行杀伤一部分，剩余的水鸟会被枪声惊吓起飞，这时另一支抬杆儿响起，因为这支抬杆儿的枪口是向上的，所以是向天空射击，杀伤刚刚飞起的水鸟群。这样间隔一段时间的两次射杀会猎杀到更多的水鸟。这种大抬杆儿当年杀伤了大量的日本鬼子，鬼子没有见过这种武器，也不知道叫什么名字，就自己给大抬杆儿这种杀伤力很大、令他们胆战心惊的特殊武器起了一个名字叫“扫帚炮”。当年，猎人们都是穷苦百姓，没有其他生活来源，为了生存，只有靠打猎为生。日本鬼子占领白洋淀后，打着“收铜收铁”的旗号，实际上是收缴民间的抬杆儿、猎枪等武器。这样一来，猎人们就没有了生活的依靠，又亲身经历了日本法西斯在白洋淀地区制造的一起又一起惨案，更加激发了他们保家爱国的激情，在中国共产党的领导下组织起来跟日本侵略者战斗。

为了点燃大抬杆儿内部装填的火药铁砂，大抬杆儿最后面有一个小孔，用来插点火的引信，平时不插引信时，为了避免水从小孔进入抬杆儿内部弄湿火药，就在小孔上插上一根大雁的翎毛，因此这支抗日革命队伍就被命名为“雁翎队”。

我在小时候的冬天还见过有人在晚上捕麻雀。在白洋淀村庄的外围，人们把收割的芦苇码放在一起，形成很多苇垛。晚上，大量的麻雀就会钻到温暖的苇芦花里栖息。这时有人围着芦花张上网，然后用棍子敲打芦花，麻雀受惊飞起就被网捕获。那时候，人们经济条件不好，一年到头难得吃到肉，就把捕获的麻雀用泥糊上，在火上烧熟了享用。不过，这种网捕麻雀和后来白洋淀地区曾经出现的商业性质的网捕鸟类有很大的区别，前者的捕获量很小，捕获种类单一，后者却是鸟类的浩劫，由于商业利益的驱动，对鸟类是成千上万的群捕，而且是无差别的群捕，很多珍稀鸟类被围捕殆尽。

1983—1988年白洋淀干涸，水鸟几乎绝迹。1988年白洋淀重新蓄水后，由于连年的水体污染，水生动植物大量减少，使水鸟的生存环境和食物来源受到很大的影响，水生鸟类种群恢复缓慢。

商业群捕、水体干枯和污染，对白洋淀野生鸟类种群造成了致命的伤害，对白洋淀生态系统造成了近乎不可逆的破坏。

有人会问我了，你这篇文章几乎都是写捕鸟的，宣传这些不好吧。其实您认真读我的文章就会发现我除了记录，字里行间还充满了反思。

很多学者介绍渔猎文化，只介绍渔，不介绍猎，发表文章也避开猎鸟，可能也是考虑到与现在我们提倡的保护鸟类的理念背道而驰。我倒是觉着大可不必，对过去白洋淀人们生产生活包括一些猎捕鸟类的回忆性文章、介绍性文字，更多的是对白洋淀历史文化的记录，是对白洋淀人民那一段生活的记录，和现在提倡的保护鸟类的理念并不矛盾。

人们在儿童时期没有不羡慕鸟儿的，羡慕它们自由的飞翔。我小时候也幻想过肋生双翅，变成一只快乐的鸟儿，翱翔在白洋淀的蓝天白云之中、碧水青洲之上、绿苇红荷之间，从高空中，以上帝的视角领略美丽富饶的家乡白洋淀。

其实人们的这个愿望与梦想通过一种别样的方式已经实现了或正在实现着。看那些摄影师们升空的无人机，拍下了多少白洋淀的美丽照片，那些曾经有、未来一定还会有的游览飞机（据《白洋淀志》记载，1992年6月28日，安新县投资80万元的旅游飞机场竣工并投入使用，接待乘机旅游者，日达960人次），会把我们带到白洋淀的上空，像那些自由的鸟儿一样，领略这座蓝绿交织、妙不可言、心向往之的未来之城那美丽的容颜。

在白洋淀里“洗澡”

王春光

在白洋淀地区，洗澡有两个意思，除了一般理解的清洁身体的意思，还有一个意思——游泳。

白洋淀的很多生产生活是在船上，很多时候还需要下水，孩子们需要学会的第一生存技能就是游泳，不会游泳就有很大的危险。即便是在孩子们玩耍追逐打闹时，会游泳的孩子占了不会游泳孩子的便宜就往水里一跳，不会游泳的孩子气得干瞪眼也无计可施，只有“望淀兴叹”了。

孩子们学游泳有两个途径，一是自己学，二是家长教。一般情况下，相约几个小伙伴，在浅浅的水边，头向着岸边，两只手要么扒着岸，要么撑住水底，然后两只脚在水上扑腾，这样每天都扑腾会儿，过不了几天，熟悉了水性，就试着慢慢松开扒着岸边的双手，到较深一点的水里，头露在水外，双手在水里刨，双脚在水上扑腾，便很欣喜地发现身体不沉底了，还能前进了，人们管这种游泳姿势形象地称为“狗刨儿”。在这样的浅滩学游泳相对安全，即便累了，只要双脚触到水底，就可以在水中站起来，水也没不了头。这样学游泳的孩子往往胆子大一些，而且学会游泳的渴望强烈些。对于那些胆子较小、见了水就害怕不太想学游泳的孩子，只能通过另一种途径了，就是家长亲自教，强迫孩子学。家长在较深的水里用双手托着孩子的身体，鼓励孩子在水里扑腾，熟悉水性，慢慢放手，孩子在不自觉中就学会了。还有一种方法是家长给孩子找个漂浮物套在身上浮在水面熟悉水性，慢慢学会游泳。过去条件不好，很少有现在这么多式样的救生圈，最常见的是车轱辘的内胎，还有的把两块塑料泡沫用较粗的绳子或布带子连上，把孩子身体放在绳子或带子上，塑料泡沫浮在孩子身体两侧，孩子就漂在水上了。更有聪明的家长用大人们穿的裤子做成一个很不错的救生衣，即先把裤子的两只裤脚用细绳子绑扎结实，然后拿着裤腰部分的两侧并撑开，把裤子在空中一舞动，两个裤腿就充满空气鼓了起来，迅速把裤腰部分按在水中，再用绳子把裤腰扎紧，还要在鼓起的裤腿上撩水浸湿，这样浸湿的裤腿中的空气就不容易泄露了。一个“裤子救生衣”做好

白洋淀里“洗澡”（摄影：王春光）

后，把孩子身体放在“裤子救生衣”裤裆那个位置，孩子就可以漂浮在水上学游泳了。

孩子们学会游泳，掌握了一项基本的生存技能，必将热衷于各种水中游戏。到了夏季，白洋淀孩子们最喜欢的是在水中游戏，如扎猛子（潜水、潜泳）比赛、水里憋气时长比赛、游泳速度距离比赛、水中抢物比赛等。更有意思的是玩“逮逮”，这种游戏类似水中捉迷藏。一群小伙伴石头剪刀布，最后输者在水里逮其他人，赢了的孩子先跳到水中游开准备，告诉逮的孩子准备好了，逮者跳入水中去抓别人，被抓到者为输，接替成为逮者。被逮者为了不被逮住，经常要潜到水中，逮者也潜到水中去逮，过去白洋淀的水清澈，在水下睁着眼睛看得清清楚楚，被逮者为了不被抓到，往往要在水底抓一把泥，一旦逮者接近自己，就把泥往身后一撒，制造一个烟幕弹，趁机逃脱，就像乌贼逃跑那样，很有效。

孩子们在水中游戏是有不小的危险性的，如被水草或渔网缠住、过度疲劳、水温太凉腿抽筋等，这时如果没有大人搭救是要出危险的，白洋淀地区孩子溺水身亡的不幸之事时有发生。因此，家长们反对孩子在没有大人在场时在水里玩，特别是水凉的时候、中午大人们歇晌的时候。孩子们回到家后，家长往往先用指甲在孩子胳膊腿上挠一下，孩子胳膊腿上出现白印儿就证明游泳去了，轻则挨骂，重则挨打。所谓“道高一尺，魔高一丈”，久而久之，孩子们就明白了其中的道理，原来刚刚从水里出来身上不出汗，一挠就会有白印儿，他们便找到对策对付家长。游完泳后，他们再玩一会儿“跑船赶”游戏。找一条大船，一人在船头，一人在船尾，一人逮，一人被逮，被逮的人说“东过道，西过道，你过来，抓不着”，逮人的同时说“东过道，西过道，我过去，抓的着”。两人说完立刻同时沿着船赶跑动（船赶指船两侧平铺的直通船头和船尾的两长条木板。不同大小的船的船赶宽度从半尺到一尺左右不等，人可以在上面前后走动），跑到对方船头或船尾的位置双方停止，接下来玩第二局。一旦被抓的人判断错误而与对方跑到同一侧船赶上了，被抓住的概率就大增了。就好像足球比赛守门员扑点球，在那一刹那，就看他判断来球方向是否准确了。这样几局玩下来，会出很多汗，就可以安心回家，不怕家长挠出白印儿挨吓唬了。

每到夏天，白洋淀的孩子们天天在水里和船上，洗了晒，晒了洗，个个整得皮肤黝黑，活像一条条小黑泥鳅。

还有一种洗澡是属于大人们的，那是真正意义上的洗澡。傍晚时分，劳累了一天的人们都要相约着去洗澡。每个村子都有约定俗成男女不同的洗浴地点，这样的地点一般不是在大淀里，而是离村庄不是太远、四周有芦苇遮蔽、较为宽阔的水域，到了傍晚，异性是绝对不会到这些地方去的。那些在大淀里劳动完的人们一般直接就在淀里洗澡了。假如正在船上搓洗、打肥皂时，有异性驾船经过，经过的人都会远远地大声说唱，洗澡的人听到后马上跳到水里，再用船遮挡一下身体，等过路的人走远了再蹿到船上继续搓洗。假如洗澡时肥皂不小心掉到水里，怎么办呢？没关系，不会白白损失一块肥皂的。这时不要犹豫，立刻一个猛子扎下去，人直线下沉，速度较快，肥皂在水中下沉时走S形，速度较慢，等人扎猛子时激起的气泡消散后，你睁眼向上看，就能看到肥皂在水中还在沿着S形下沉，这时张开双手就把它捧住了。

人们都说白洋淀的女人皮肤白皙，一个主要原因是她们大部分时间在

金色白洋淀 （摄影：朱金长）

屋里织席，很少经历风吹日晒。那么，在夏季，她们每天在清澈的淀水中洗浴是不是也有很大的作用呢?

后来，白洋淀的水质连年下降，人们渐渐地不到淀水中洗澡了，都是在家里晒自来水洗澡。近些年，大部分家庭安装了热水器，一年四季都是在家里洗澡。随着雄安新区的成立，政府加大了水污染的治理力度，白洋淀的水质明显好转，现在人们又可以在白洋淀畅快地游泳、舒服地洗澡了。

白洋淀的孩子是从小在水里泡大的，熟悉水性，不少孩子走上了职业游泳的人生道路。我二舅曾经在安徽芜湖从事游泳教练工作，记得小时候他回老家，看到我，对我母亲说："这孩子腿长胳膊长，适合练游泳。"只可惜，种种原因使我没能接受专业的游泳训练。白洋淀人为我国游泳事业的发展做出了不小的贡献，安新县曾成立体校，在东关修建了游泳池、游泳馆，培养了很多游泳人才。我们相信，随着雄安新区各项事业的迅猛发展，游泳事业定能进一步得到高度重视，白洋淀的很多孩子一定会从白洋淀游到全国，游到全世界。

开栅子

王春光

20世纪70年代，白洋淀不少村集体都围水养鱼。鱼出塘时，用抽水机往鱼池外抽水，等水浅了，用大网把大个的鱼捕起。那些漏网的小一点的鱼怎么办呢？这种时候，村里的大喇叭就会传来村干部的广播声：“开栅（zhà）子啦！开栅子啦——”

“开栅子”在这里的意思就是允许各家各户的大人孩子随便到鱼池里摸鱼。很多方言土语的发音要找到一个准确的字似乎不是很容易，zh à 这个音是阻挡人群的栅栏的“栅”，还是闸门的“闸”，抑或是人们蜂拥而入像炸了窝的“炸”呢？实在不好判定，在这里姑且先用“栅”字吧。

“开栅子”的日子是乡亲们的节日，这时的鱼池也成为孩子们的乐园，某种意义上还是一个抢鱼的战场。水不深，刚过膝盖，水浅人多，一会儿工夫，水就被搅和成了泥粥儿。人挨人，人挤人，大人孩子，男女老幼，一个个手里拿着大盆小盆，盆子里提前放些清水，摸到的鱼被放在清水里，鱼可以在清水里游动，如果盆里没水，鱼是会往外蹦的。有时还要在盆里覆盖一些苲草等物，也是为了避免大点的鱼蹦出盆子逃跑。把盆子漂在身前的水上，一边向前摸，一边往前推着盆子。有时为了追一条鱼，和自己的盆子远离了，手里抓着鱼，还要到处找自己的盆子。

摸鱼也讲技巧。在双手所及的圆形范围内，一般要从外向里摸。这样把鱼从外向里赶，到了中间就按住了。如果从里向外摸，会把鱼赶出双手所能摸到的范围。还要尽量摸前面人在水底淤泥踩下的脚窝，鱼一般爱藏在里面，而且容易把鱼捂在脚窝里，鱼不容易逃跑。

鱼被人们赶得在水里乱窜乱跑，加之被泥水呛得严重缺氧，经常跳出水面。有时候，漏网的大鱼跳出水面，引起人们的一片惊呼。鱼在水中惊慌乱窜，时不时会撞到人们的腿上，这时人们会惊喜的大喊：“有大鱼，撞我腿了！”周围的人就赶紧俯身一起围捕。有时不小心跑了一条鱼，人们会夸张地惋惜说：“哎呀，跑了一条大个的！”旁边的人则会略带讥讽地说："哼！跑了的鱼都是大的。"这旁人的话表面听起来好像是在说大个的鱼容易挣脱逃跑，其实这是白洋淀地区的一句俗语，还隐含另外一层意思：你就吹吧！反正别人也没看到，跑了小鱼你也要说是大的。

摸到鱼后，拿鱼也有讲究，有"拿头不拿尾"的说法。特别是大一点的鱼，拿鱼要抠鳃，不能抓尾巴，这是因为鱼的尾巴小，不容易抓牢，更主要的是活鱼的表面有一层黏液，很滑溜，抓尾巴一出溜，鱼就逃脱了。在日常买鱼时，发现鱼是死的，有经验的人就摸一摸鱼的表面，光滑的，说明鱼死的时间不长，发涩的，说明鱼已经死了很长时间，不新鲜了，可能都 "离刺"了（鱼骨和鱼肉都分离了，说明鱼不新鲜，快腐烂了）。

"开栅子"摸的鱼一般都是小鲫瓜子，有时还经常摸到一种叫"甲甲"的鱼。甲甲也叫"嘎鱼"，或许是因为甲甲被捕获出水后会发出"嘎嘎"的声响而得名吧。甲甲的鱼鳍呈刺状，不留神要扎破手的。大人们告诉孩子，被甲甲扎破手后要赶快挤出点血来。我想这是有科学道理的，是为了避免感染，被蛇咬了要嘬伤口嘬出有毒的血，和这是一样的道理。大人们还告诉被甲甲扎破手的小男孩在扎伤的地方尿尿，说是消毒。那时候也搞不清楚这是大人们逗小孩的恶作剧，还是真有什么科学道理，现在倒认为这样更容易让伤口感染。

"开栅子"时偶尔也会摸到小鲤鱼。白洋淀地区管鲤鱼叫"大鱼"，一斤以下的小鲤鱼叫"小鲤鱼拐子""小拐儿""小大鱼"。我一直有个疑惑，为什么把鲤鱼叫"大鱼"呢？只是因为个头大吗？我看未必，草鱼、黑鱼个头也很大呀，一般都比鲤鱼大，怎么不叫"大鱼"呢？孔子的儿子名鲤，字伯鱼，"伯鱼"不就是大鱼的意思吗？把鲤鱼叫"大鱼"是不是与此有关联呢？

最后大家面带收获的喜悦端着大盆小盆的鱼回家了。鱼被拿回家，不能马上下锅烹制，要用一大盆清水"漱鱼"。人们认为鱼在"泥粥儿"里吃了不少泥，要把它们在干净水里养几个小时，让鱼把吃进去的泥漱出来。把鱼漱上，大人孩子就都划上船，到淀里去洗个澡，把在鱼池泥粥里沾到身上的泥水洗掉，再干干净净地回家准备炖鱼，细细品味自己的劳动果实。

邵庄子小堤

王春光

从我记事起，我们邵庄子就有一个小堤，在村子的东边。虽然称之为堤，其实与千里堤那样的大堤相比，只能算一个围埝。小堤从村子东南部开始，一路大致向南、向东、向北、向西，走势中还有一些小的曲折，最后连接到村子东北部结束，全长4里（2千米）。听说小堤是20世纪六七十年代筑建的。据《白洋淀志》记载，“从20世纪60年代开始，由于水源不足，水位不稳，水体污染，泥沙淤积，在当时‘向淀底要粮’的号召下，大搞围埝造田，区域生态平衡受到严重影响，致使水生生物遭到毁灭性破坏，白洋淀面临着湮废的危险。”那时候人们对粮食的重视程度远远高于其他，在白洋淀的不少村庄都实施了围水造田的大工程，修筑环形的小堤。在我们村周围的村庄，如王家寨、刘庄子，也修有小堤。小堤把一些田地围起来，再修建扬水站把堤内的水往堤外抽排，把原来的园田甚至苇田改造成种植小麦、玉米等粮食作物和豆类、瓜果蔬菜等经济作物的农田。每到白洋淀洪涝之年，全村男女老少齐上阵，展开惊心动魄的抗洪护堤保粮行动，不过一般还是会决口淹没堤内的庄稼的。水小时也要把扬水站开足马力往堤外排水，不然堤外水位高于堤内的农田，渗流进来的淀水照样淹没农田。庄稼收获的价值能否抵得过抗洪的成本就不得而知了。不过，这圈小堤倒成了孩子们的乐园。白洋淀的一个小水村，四周环水，寸土寸金，土地面积狭窄，空间局促憋屈，能有这么长的一个小堤，可是大大拓展了孩子们玩耍的空间，大大延展了孩子们的欢乐长度。我们邻村张庄子没有小堤，他们村的孩子们可羡慕我们了。

在我的童年记忆里，约上几个伙伴去转着小堤玩，可是一件非常开心惬意的休闲娱乐活动。走在小堤上放眼望去，景色秀美宜人。小堤的两边生长着高大的杨树、柳树，清风吹过，杨树叶子哗啦啦歌唱，柳树枝条妩媚依依地摇摆。堤边是或茂密或稀疏的芦苇丛，芦苇丛外是清澈明丽的淀水，在温暖的阳光下，水面上波光粼粼，嬉戏着鸭鹅与水鸟。

邵庄子小堤里面的百亩荷塘（2022 年）（摄影：王春光）

小堤上总是有孩子们玩不够的东西。

粘知了是到了夏季孩子们最喜欢的事情。从家里的粮食瓮里偷出一小撮儿麦粒，放在嘴里嚼一会儿，就成了黏黏的粘膏儿，再找一根又粗又长的芦苇，把粘膏儿包在苇子尖儿上，一个捕捉知了的神器就做好了。几个小伙伴人手一个神器，急急忙忙向小堤奔去。听着树上的知了声此起彼伏，眼睛向树上寻找着，发现知了后就要轻手轻脚，慢慢把苇子向高处树枝上的知了伸过去，这时要特别注意躲避树叶，不能碰上树叶，不然粘膏儿会黏在树叶上，偷鸡不成反蚀把米。粘知了要粘它的翅膀，不能粘头和身子，头和身子有油性，光滑不容易粘住。粘住知了的翅膀后，它要挣扎，还会吱吱高叫，这时不要着急，还是一点一点躲避着树叶慢慢把苇子抽回来，等到手能够到粘膏儿粘着的知了了再去把它拿下来，用细绳子绑好拎在手中，或者放到不封严的小盒子、小罐子里。拿回家一般把知了放在窗纱上，它就在上面爬，不过我发现知了被逮到家里后就不再叫了，为什么呢？也许是对失去自由的无声的抗议吧。后来学了法布尔关于蝉的那篇文章，感觉当时我们真残忍，这个小生命在黑暗潮湿的地下等待好几年，就为这一夏的歌唱，我们却捕捉回家，让它们失去了自由，真是罪过，罪过。

在小堤的路上，我们会发现很多小眼儿，那是知了从地下钻出时留下的。有时我会蹲下来仔细观察这些小眼儿，在硬硬的路面上没有留下一丁点泥土，知了们钻破路面时难道不带出一点泥土吗？

后来上班后对中国的瓷器产生了兴趣，特别是看到那些瓷器上漂亮的开片会有一种莫名的温暖亲切的感觉，总认为这种感觉不知道什么时候在哪里曾经拥有过，可就是想不起来了。今天我行文到这里，突然找到了那种感觉的来源，就是小时候家乡小堤的道路被保存在我内心深处的那种印象、感觉，小堤窄窄的小路上也有很多各具形态的漂亮的细细的小裂纹。

还想起了在这布满漂亮小裂纹的堤顶小路上，与一个个小蚂蚁一起做的那些小游戏。不知从谁家找来一个放大镜，把阳光聚焦在蚂蚁身上，欣赏热锅上的蚂蚁般的情景。也不知从谁家翻出了臭球儿（樟脑球），在地上用臭球画一个圈，把蚂蚁圈在里面，爬行的蚂蚁碰到樟脑线就调头，在圈里怎么也转不出来，东冲西撞，非常焦躁。最后我们这些淘气的孩子还要扮演上帝的角色，解救被困的蚂蚁，帮助它们逃离樟脑圈。按照蚂蚁的思维是无论如何也不会明白这些是怎么发生的。以人类现有的智慧，还有多少是我们不能理解和做到的事情呢？是否也有更高级的生命就像我们对蚂蚁做的那样，一直在关注着我们，或设置障碍，或帮助我们逃离灾难呢？

小堤的道路光滑温润，特别是光着脚丫走在上面感觉很舒服。初中时流行台湾校园歌曲，跟我的同学李蕴林学了一首《赤足走在田埂上》，我一下子就喜欢上了这首歌。

黄昏的乡村道上
洒落一地细碎残阳
稻草也披件柔软的金黄绸衫
远处有蛙鸣悠扬
枝头是蝉儿高唱
炊烟也袅袅随着晚风轻飘散
赤足走在窄窄的田埂上
听着脚步噼啪噼啪响
伴随着声声亲切的呼唤
带我走回童年的时光
鼻中装满野花香
成串的笑语在耳旁
噼啪噼啪的足声响彻田埂的那端
……

还有这么好听的歌，把司空见惯的事写得这么美,把我光脚走在小堤道路上的感觉精彩呈现。就像有人评价的那样，这首歌写乡村、写风景，歌中的田园风光是如此之美，美得令人心神俱醉。

写到这里，我抑制不住内心的冲动，马上百度了这首歌，认真了解了作者：

这首歌的词曲作者是叶佳修（1955年2月18日出生）。他是中国台湾校园民谣最重要的奠基人之一。这个在今天显得有些陌生的名字，却是曾为华语流行音乐做出了极大贡献的人。

从他写作的歌的歌名就可知道他的音乐风格：《乡间小路》《垄上行》《爸爸的草鞋》《赤足走在田埂上》《踏着夕阳归去》《早安太阳》《秋意上心头》《流浪者的独白》《让我轻轻地告诉你》《乡间记趣》《思念总在分手后》《年轻人的心声》……几乎有三分之一都是在写乡村、写风景。妇孺皆知的《乡间小路》《外婆的澎湖湾》就不用多说了，一起看看他如何记录乡间之趣吧！

白云在蓝天赛着跑
风在树梢摇
孩童挽着手儿笑
争说谁的新娘好
满头缀花的姑娘直叫不要不要
看他们又哄又争吵
杨柳笑弯了腰
黄狗追得鸡乱跳
茉莉百合各争俏
鸟儿扯着喉头叫
争说世界多美好
小河边有一株小草
把河水紧紧拥抱
只有花猫懒洋洋、呼噜噜在睡觉
看生命在眼前跳跃
听欢笑在耳边轻敲
找一片绿绿的小花道
筑一个小小窝巢
你还有什么好烦恼
快乐在你四周绕
用心仔细地找一找
马上你就陶醉了

叶佳修竟能在这不尽完美的世界上发现这么多美好的事物，还能用充满感情的笔触与优美的旋律为这些美好的事物安上翅膀，飞入千千万万中国人心底，让我们可以偶尔停驻为了生活四处奔波的脚步，去欣赏那简朴恬静的田园风光，从而获得一刻平静安宁的心境与发乎自然的喜悦。

叶佳修是当代乐坛最纯朴、最真诚、最善良、最乐观、最洒脱的诗人。他始终对人生充满着一种仁民爱物的胸怀。唯有叶佳修这种“宁静致远、淡泊明志”的胸怀，才能创作那些优美如诗、风光如画的音乐。

乐坛不仅需要罗大佑、郑智化、黄舒骏、黄家驹、崔健等具有批判精神的音乐人，需要童安格、齐秦、周治平等唯美主义的音乐人，还需要叶佳修这种摆脱人间世俗羁绊之后与自然融合为一、与音乐融合为一的乐天派音乐人。对当代乐坛田园音乐的贡献，叶佳修是开创性的，而且几乎是独家的，这使叶佳修的音乐闻名中外。

以上的评论引自“百度百科”。我几乎是原文引述的，因为这篇评论是那样直指我的内心，和现在我写的这篇回忆童趣的文章的立意风格是那样的相融，也就特别想推荐给大家共享。

到小堤上去，我们往往还有一项任务，就是挖黄胶泥。白洋淀一带经历了历史的沧桑变化，泥土形成来源不同，导致各种泥土的黏性有大有小。我们村周围平常看到的黑色的泥土黏性较小，只有到小堤上才能找到黏性很大的黄色胶泥。此外，整个小堤在修筑时泥土来源也不同，因此在小堤上也不是每个地方都能找到黄胶泥，只有少数的地段才有。孩子们都去这些地方挖黄胶泥，久而久之，在堤边就形成了很多泥坑和泥洞。

孩子们为什么这么喜欢黄胶泥呢？因为黄胶泥对于孩子们的用处实在是太大了。他们用黄胶泥做什么呢？主要有以下用途：

首先是脱模子。我专门写过一篇文章——《拾柴火换模子》，对脱模子做了介绍，可供您参考。

其次是“玩摇摇（音）”。这种游戏是这样的：比赛双方各自把胶泥捏成一个小窝窝，然后在平整的硬地上使劲儿一摔，小窝窝的底部就会破出一个窟窿，对方就要用一块泥补好这个窟窿，谁摔得窟窿大，赢的泥就越多。

再次就是泥塑和雕刻。用胶泥捏制各种人物和动物，然后放到灶膛里烧，有时也把黄胶泥用小刀刻制成小手枪等玩具，再经过晾干坚硬后把玩。

然后就是可以搓小泥球。这些小泥球可是很有用的，是平时玩弹弓的子弹。特别是到了冬季，大淀上结冰后，我们村和张庄子的孩子们有打仗的传统，到时候弹弓和泥球儿就是武器弹药，为了准备未来的战斗，我们从夏天就开始搓晒小泥球储备弹药了。当然这种武器也只是吓唬吓唬对方，不会直接向对方身上打的。关于这种两个村孩子战斗的往事在本书别的文章中也有描述，您有兴趣的话可以相互对照了解。

嘚汏（音）是我们村孩子们经常玩的一种比赛论输赢的游戏。将木棍、木板儿、树根等作为比赛工具，这些工具就叫“汏”，汏同时又是输赢的物品。玩法就是把汏放到地上，地上再画一条线，用手里的汏去击打地上的汏，使之过线就算赢了。除了把家中没用的木棍和废弃的船板子拿来作为汏来玩，为了找到更多的汏，我们经常到小堤上去砍粗树枝、刨老树根。

春夏之际还到小堤上折柳枝编草帽儿。当时演的电影很多都是战争片，里面有八路军或解放军战士在埋伏时为了伪装的需要带着柳枝编的草帽的镜头和情节，孩子们就争相模仿，到小堤上的柳树上劈下柳枝子编草帽戴在头上，还模仿解放军的样子分成两拨人，玩打仗游戏。深秋和冬季就到小堤上去搂杨树叶，用背筐或麻袋装回家烧火。搂树叶的间隙还玩一种扽杨树叶柄的游戏。每人找一个杨树叶子的叶柄，两个叶柄交叉在一起，两个人分别用双手拉拽，谁的叶柄被抻断了就算输了。那时候，没有多少玩具，孩子们能就地取材，什么东西都可以玩出花样来。

还用一个更有实用价值的事情，就是到小堤坡下找可以炒着吃、蒸着吃、煮着吃的王八蛋儿。这里用了儿化，意思和不用儿化的截然不同。不用儿化是骂人的词，我们用了儿化的“王八蛋儿”是指生长在白洋淀一种鳖（也叫甲鱼、蛟鱼，俗称王八）的卵。这种鳖是把卵产在岸边的。小堤离村庄远，较为安静，又临近水面，所以很多鳖来堤边产蛋。鳖在产蛋前先挖坑，把蛋产在坑里，再用土把蛋坑盖上。所以我们在找王八蛋儿的时候就观察哪里的泥土被动过了，松软的还有很多小孔的土下极有可能就有王八蛋儿。听说有的小孩有一次找到的不是王八蛋儿，却是可怕的蛇蛋。与王八蛋不一样，蛇蛋更长一些，王八蛋儿更圆一点。

小堤上有一个地方还是很好的人工浴场，水下坡度平缓，还是砂质水底，水质干净，不像有淤泥的浅水那样水容易浑浊。孩子们很喜欢到那里游泳，大人们也带着自家不会游泳的孩子到那里学游泳。

后来，可能是因为挖黄胶泥破坏堤防，选汰和劈树枝损伤树木，村里就禁止小孩子到小堤上玩了，发现了要卡东西、叫大人。还专门在小堤的四个拐角处盖了小房子，供看堤人居住，昼夜把守。看堤人还在小房子四周养了大鹅，又养了一种鸡，个大，攻击性很强，不知道叫什么鸡。这两种家禽都很凶，小孩子们都不敢靠近。

我读高中时积极锻炼身体，放假回家后也坚持每天到小堤上锻炼。先是在小堤上跑步，然后在废弃的小房子前用几块砖做力量训练，扒着门框做引体向上，把脚搭在窗台上做柔韧训练。为了锻炼我双手的拧握力量，还自己制作了一个简易器械——用一根粗绳子一头绑一个木棍，一头绑上几块砖。每天都去，也就不把这个器械拿回家，放在房子的角落。几天后再去时，发现这个简易器械绳子和木棍不翼而飞，只剩下了砖。当时我想，一般的大人是不会拿的，是不是小孩子像我们当年那样来转小堤时拿走了呢?

我高中毕业的时候，白洋淀干淀了，毕业后回到村里先参加劳动，再做别的人生打算。一天，我正在小堤边抽箔杆儿（梳理打箔用的芦苇），侄女嫦娟跑着来叫我：“老爹，你快家走吧，你们同学来看你了，来了好些个人啊！”我赶紧回家，一进院子，嚯！停了一院子自行车，我家院子在我们村算不小了，都被自行车填满了。母亲和姐姐正在热情地招待大家，然后忙碌着给大家做饭，同学们说不吃饭，看看我就走，我妈哪里同意。这时我父亲和哥哥也来了，全家人都很高兴，尤其是我父亲，都笑得合不拢嘴。父亲经常教育我，在外面要闯得莽，多联系人，嘴要勤，好马出在腿上、好汉子出在嘴上，不要碌碡轧不出个屁来，不能装蔫皮虱子、装蔫土匪不说话。看到这么多同学来看我，证明他的小儿子遵从了他的教导，联系了人，而且人缘不错。吃饭时足足坐了两大桌，我家只有一个圆桌，还跟邻居借了一个。饭后，我就带着同学们到小堤上转转，大家坐在树荫下聊天、照相，最后相约10年后再来邵庄子小堤聚会。现在都30多年过去了，除了有几个同学后来到过邵庄子外，大部分同学都没能实现那个重聚的愿望。傍晚，我目送同学们离开，看着他们远去的自行车队伍消失在夕阳里，留下了孤独的我，一种怅然若失的感觉油然而生。他们有的考上了大学，没考上的也大部分在县城找到了工作，我的未来在哪里呢？在这个闭塞的小村庄吗？后来看了路遥的小说《人生》，我对故事主人公高加林的境遇产生了强烈的共鸣。

这些年，我们村修了一条连接旱区的乡村小公路，可以把车直接开到村里。一次，我带妻子开车上了小堤，去参观何建、瑞香两口子的莲藕种植园，他家承包了小堤里面的田地种植莲藕。我第一次看到了现在挖藕是如此的先进，用机器和高压水枪刨藕，小船都是玻璃钢的。听何健说远处有几个现在少见的菱角牌子，我用一个竹篙撑着一条小船带着妻子去看，走到中途下起了大雨，赶紧往回撑，还是被雨淋了个落汤鸡。上岸后，何健两口子让我们到屋里避避雨，我说不行，要赶快开车走，因为小堤上的路是土路，一会儿道路就会泥泞不堪，车就开不了了。他们两口子送给我们好多新刨出来的藕，我就赶紧发动车往村里开，走着走着，路变得很滑，堤顶的路又很窄，我怕车会滑下堤坡，妻子不会游泳，我让她下车打伞在后面步行，我小心地开着车提心吊胆地开到了村口，等着妻子。她赶上我后对我说："刚才我在后面看着你的车左滑右晃的，真怕车滑到水里去啊！吓死我了！"我却故作镇定地说："没事，我开车技术高！即便滑下去，我也不怕，我会游泳！"其实我很清楚，汽车滑到水里是非常危险的，即便司机会游泳。这事现在回忆起来还心有余悸，以后再也不会这样冒失，这样冒险了。

我们村的小堤让我们也体验到了旱区丰收的喜悦。夏天收获麦子，秋天收获玉米、水稻、高粱、黄豆、小豆、绿豆，初冬收获白菜，等等，还在堤内鱼塘中收获鱼虾蟹蚌。

每当麦收或秋收，都是大人们忙碌、小孩儿们欢乐的时候：在厚厚暄腾的麦秸垛上玩耍，钻到里面玩捉迷藏，帮着大人捡麦穗，跟母亲学着编麦秸墩子，在秋季的田园里逮蚂蚱，吃甜甜的玉米秸和高粱秸，看大人们追野兔，掏田鼠的粮仓。

后来包产到户了，各家自己在场里排队轧麦子。有一天，突然乌云滚滚要下大雨了，父亲派我赶紧回家扛一领席苫盖刚刚收割的麦子，我在回来的路上雨就下起来了。路上有人见我扛着席向场里跑就说："都下起来了，麦子早淋了，拿席还有什么用啊？"

我听到这话，心里想："也是啊，不着急了，扛过去还用什么用啊？"想着，我就犹豫着放满了脚步。

等把苇席送到麦场，父亲生气地说："怎么这么慢？"

我说："都下起雨来了，苫上还有什么用啊？"

父亲一边苫着，一边说："当然有用，能少淋点儿就少淋点儿！"

过后想了想，还是父亲的话有道理的，这叫尽量止损，把损失降到最低。

我最喜欢的是收获了好吃的瓜果蔬菜，那些西瓜、甜瓜、羊角蜜、瓶子瓜有时都来不及洗用手擦擦就吃，黄瓜、西红柿、茄子也是能生着吃的。最高兴的就是跟着母亲到小堤里面下坡去分瓜，在那里驻泊着生产队满载瓜果的大船。

分瓜的人先问："你家几口人？"

我抢着说："六口！"

母亲则马上纠正："五口。"然后，人家就按照人口数量用大杆儿秤约瓜，约完就倒在我家的篮子里。

在回家的路上，我会不解地问："咱家不是六口吗？"

母亲说："你大哥当兵呢！"

现在雄安新区成立了，要按照历史底本恢复白洋淀的原有生态环境，因为围堤破坏了白洋淀原有的生态环境，要把围堤拆除。我们村的小堤是不是也在拆除之列呢？假如是那样，我这段文字就算对即将消失的邵庄子小堤的记录吧。

拾柴火换模子

王春光

20世纪70年代，白洋淀的孩子们有着天生的审美追求，虽然欣赏不到精美的高大上艺术品，但能把玩一些粗糙的民间艺术品就很知足了，“泥模子”就是他们的最爱之一。

“泥模子”是由“模子”翻拓制作而成。“模子”是先由泥土制成形状，再经过烧制而成的陶制品。“模子”棕红色，呈圆形碗底状，直径五六厘米，中间主要部分凹下，四周是二三毫米厚、一二厘米高的边沿，底部有阴文或阳文的图案，图案有动物、人物、植物等。“模子”一般是由白沟那些“换泥娃娃的”货郎带到白洋淀的各个水村的。家长们有时用钱给孩子买，有时用白洋淀的特产（如王八盖子，即甲鱼壳）跟货郎交换。“模子”做工虽然稍显粗糙，可对那时的孩子而言，已经是不错的艺术品、稀罕物了。更重要的是，有些得到模子的孩子并不满足于自己把玩，而是想到了一条生财之道，要让模子增值。这样拾柴火换模子的生意就产生了。

模子之所以叫模子，是因为它可以用来复制。从地里挖来黄胶泥，像揉面一样把泥揉熟，放在“模子”里一压，再磕打出来，就把模子上的图案印到了泥上，一个带图案的小泥饼子就做好了。这种由“模子”翻拓制成的带有图案的小泥饼子就叫“泥模子”。“泥模子”制成后，有时晾干，有时等不到晾干，生意就开张了，因为很多孩子都在迫不及待地想得到自己心仪的那件艺术品。

其他孩子要想得到这个复制的“泥模子”是要付出代价的。不过代价不是钱，因为别的孩子要是有钱就自己买“模子”翻拓“泥模子”了；也不是用值钱的东西换，如果有值钱的东西也就去跟货郎换陶制的模子了。用什么换呢？做生意的孩子会告诉其他孩子的，他会大声吆喝：“拾柴火换模子啰——”

在那个年代，烧火做饭、冬天取暖的柴火可是生活必需品，拾柴火换模子这项小生意能为家里贡献不小的力量。

白洋淀地区主要以芦苇叶、芦苇茬子、不能用于织席打箔的芦苇秆为燃料。不过换模子不要苇叶和苇茬子，只要芦苇秆，在路上被踩扁的芦苇秆也可以。孩子们为了换到模子，就分散到村子的各个角落拾柴火，无意间也为村里搞了一次卫生清理。孩子们拿着拣拾到的一小把儿一小把儿柴火换来一小块一小块“泥模子”。他们拿着用劳动换来的艺术品，除了自己心满意足地欣赏，还要彼此交换着分享，指着泥模子上的图案辨认着、评论着，这是猪八戒，那是孙悟空，这是羊，那是鸡，这是花，那是鱼……爱不释手，甚至晚上睡觉也要揣在被窝里，有的小心翼翼保存好多年，泥模子被摩挲得锃亮锃亮的。一会儿工夫，模子卖完了，卖泥模子的孩子就可以抱着大抱大抱的柴火回家领赏了。

这样一个类似游戏的小小商品交换活动，是白洋淀孩子最早体验到的劳动收获，也是最早体验到的商业活动。现在的孩子们处于手机、网络、动画片的时代，玩具满屋，他们还有过去那个年代孩子们的人生体验吗？

削烧麦

王春光

这里说的“烧麦”与那种面食“烧卖”虽然同音，却不是一种东西，而是生长在白洋淀的一种睡莲的果实。这种睡莲开白色的花，它的茎细长，可被当作蔬菜食用，当地人称之为“白花菜”。它的果实叫“烧麦”，生长在水中，也可食用。不知道作为面食的那种烧卖和生长在水中的这种烧麦，人们在给两者起名字时有没有什么联想呢？

记得那是一个秋季，天是阴的，我和本家哥哥铁华一起去削烧麦。我俩年龄一样，只是他生日比我大。我们在岸边只找到一条小破船，当时很多船都被大人们划走干活去了，能找到一条小破船就不错了。可是船上没有棹，怎么划船呢？这可难不倒白洋淀的孩子。

我们从他家找到了一把破旧的铁锹，扛上铁锹，又拿上两把小镰刀就出发了。我俩用铁锹扒拉水来划船，虽然很费劲，船速也慢，总还是能划的，何况我们要去的目的地离村子也不是很远，就在几百米外的阎地（我村一块苇地的名称，不知是不是这个“阎”字）边的一片小荷叶地里。我们到了地点，放眼望去，嘿！小荷叶（睡莲的叶子）还真不少。赶紧把船划入小荷叶地，拨开水面上的小荷叶，透过清澈的水面寻找水中的烧麦，一个一个用小镰刀把烧麦从梗上削下来，用镰刀削断烧麦的梗，烧麦就自己漂到水面上，然后被捡到船舱里。开始削上来的烧麦，我俩先吃上几个，面面的，略带香甜的味道，特别是烧麦里的好多籽，像芝麻一样的，咀嚼起来咯呗儿咯呗儿的，口感可好了。现在我吃火龙果和猕猴桃时，吃到它们里面的那些籽时，就会想起当年吃的烧麦。

一边削着，一边用铁锹扒拉着船往前走。突然，铁锹的锹头掉下去了，沉到了水底，手里只剩下了一个铁锹的短木把儿。这一下可麻烦

雨后白洋淀（一）（摄影：王春光）

了！铁锨可是家里很重要的劳动工具啊！我们小孩子把锨头弄丢了会被大人训斥的。假如是夏天，对于白洋淀的孩子来说，这根本不叫问题，扎几个猛子就可以从水底把锨头摸上来。可是当时是深秋啊！好像老天爷也跟我俩过不去，不知什么时候，还下起了紧密阴冷的秋雨。

我对铁华哥说："锨头掉水里了，又下雨了，怪冷的，怎么着？"

他说："要不我下水摸摸？"

我说："水太凉！"

他说："我试试。"说完，他就脱了衣裳，顺着船赶哆哆嗦嗦地下到水里。当身体的一半刚刚浸在水里时，他一个激灵，霍地从水中蹿到船上，水太冷了。我赶紧递给他衣服穿上。

我说："不行吧。咱俩还是先回去吧，让大人们明天过来，用罱子把

雨后白洋淀（二）（摄影：王春光）

锨头夹上来吧。”

他懊恼地说：“没锨头了，怎么回去？”

我说：“咱俩拉着苇地边的苇子回去吧。”

没有别的办法，他只好同意了。

我俩一个人用剩下的那根木棍扒拉着水面上的小荷叶和荇草，先让船动起来，当船接近几个露出水面的小苇子尖儿时，真有点看到几根救命稻草的感觉，另一个人迅速抓住他们慢慢向后拉，让船前进，还不能太用力，生怕把小苇子尖儿抻断。费了很大周折，终于把船拉到了苇子地边上，抓住了苇子地边上的大苇子，一点一点往后拉苇子，让船向前行进。到了两块苇子地中间有较宽水面的地方，两个人用力迅速猛拉一下苇子，提高船速，等船划过大水面接近下一块苇子地的时候，迅速抓住下一块苇子地边的苇子，再一点一点往前拉。

经过了很长时间，我俩累得够呛，加上肚子也饿，身上又被冰冷的秋雨淋湿了，冷得很，可以说是饥寒交迫！

正在这时，看见远处的淀上划来了一只船，离近了才看出是我二爹（二叔），他这是收工回家。他也发现了我俩，赶紧划过来，把我们船上的揽船橛子插到了他那船后棹眼儿上，拉着我们的船回到村边。

到家后，我也没敢告诉我妈实情，只是说在外面玩儿，下起雨来了，淋湿了衣服。母亲赶紧给我换了干衣服，就马上做晚饭。这么多年了，我记得很清楚，那晚母亲给我做的北瓜棒子面疙瘩汤，我一连喝了三大碗，真香、真好吃啊！吃完后，身上真暖和啊！

我没有第二天大人们用罱子把那个锹头从水底夹上来的印象，或许铁华哥也没敢把事情告诉大人吧。

40多年过去了，经历了白洋淀的干涸，经历了白洋淀的重新蓄水，经历了白洋淀水污染的阴暗岁月，经历了雄安新区成立以来政府对白洋淀水污染治理后，全域达到3类水质的美好时光，那片小荷叶烧麦地一定还盛开着朵朵白色睡莲花，清澈见底的水中一定结出了一个个香美可口的烧麦，那个锹头是不是现在还静静地等在那里，等着我和铁华哥去打捞它呢？

芦苇篇

LU
WEI
PIAN

拿蔓子

王春光

在过去的年代里，芦苇被用来织席、打箔，也是烧火做饭的主要燃料，是白洋淀人民主要的生活经济来源，号称“铁杆庄稼”。芦苇这种“铁杆庄稼”和小麦、玉米等旱地作物一样，也需要辛苦劳作才会有好的收成，其中的一项劳动就是“拿蔓（wǎn）子”。

“蔓子”是白洋淀地区芦苇地里生长的一种藤蔓植物，而“拿蔓子”里的“蔓子”是生长在芦苇地里的所有藤蔓类植物的统称，包括蔓子、劳道儿（音）、蛇莓秧等。到了夏季，这些藤蔓植物缠绕攀爬着芦苇秆疯长，必须要把这些藤蔓植物拔除，不然会把芦苇扑倒，不仅芦苇不再好好生长、品质下降，即便收割到家，因为缠着很多藤蔓，梳理起来也非常麻烦。白洋淀地区把这种拔除芦苇地里藤蔓植物的劳动叫“拿蔓子”。

“拿蔓子”是一项很辛苦的劳动。

首先是热。大夏天钻进密不透风的芦苇丛里，为了防止被芦苇或蛇莓秧拉伤，也为了避免蚊虫叮咬，一般还要穿上长裤长褂，戴上草帽。进到芦苇地里还没有干活就是一身汗，干起活来绝对是汗流浃背，喝多少水还是感觉渴得很。

其次是累。在密密麻麻的芦苇里“拿蔓子”，胳膊腿受限伸展不开，有时蹲着，有时半蹲，有时弯腰，那个劲儿不是好受的。遇到粗壮的藤蔓，要在芦苇地里钻来钻去找到它的根，常言道“斩草除根”，如果不连根拔除，只是把藤蔓去除，没几天就又长疯了。拔出这样粗壮的根往往要用不小的力气，这样劳动一天下来会累得腰酸背痛。

再次是伤。主要是在用力干活时被破损的芦苇和藤蔓拉伤双手。虽然穿着裤子褂子，但难免被芦苇和藤蔓拉伤小臂和小腿，再让汗水一腌，别提多难受了。再有就是扎伤，在芦苇地里行走要当心，避免被去年收割芦苇时留下的尖锐的芦苇茬子扎伤双脚。弯腰更要格外小心，以免被一米左右、半高的芦苇扎了眼睛。

20世纪80年代后期，有人开始在芦苇地里使用除草剂，把很多人从“拿蔓子”这种艰辛原始的体力劳动中解放了出来。21世纪以来，渐渐地，苇席、苇箔的用途少了、用量小了，芦苇不值钱了，白洋淀的人们开始从事多种经济活动，慢慢地干脆就不再收割芦苇，任其在地里自生自灭，“拿蔓子”这种劳动自然也就几乎绝迹了。

梳苇

王春光

秋冬之交，白洋淀人把芦苇从地里收割上来，就要进行下一个工序了，那就是梳苇。梳苇时，要去掉残留的苇叶、荇菜和野草等杂物，把苇子梳理得整齐干净，并且按照不同高度分出类别。

白洋淀地区的芦苇总体上被分为两类：一类叫栽苇，是人们多年培育移栽的芦苇品种，生长在高园子地，比较粗高、直溜，品质好，用来织席；一类叫柴苇，生长在洼地，还经常被水泡着生长，在水里的部分深褐色，叫作“焦根儿”，比较短细，一般有弯儿，品质较差，用来打箔，品质极差的就只能当柴火烧火做饭了，故曰柴苇。

栽苇和柴苇的梳理方式不同。梳理栽苇只要有一个人、一个长条的板凳就可以开工了。让苇捆儿根部着地，中间位置担在板凳上，尖部和芦花就向上翘起来。一只手虚握住芦花与最上边苇叶的中间部位，用另一只手抓住一根芦苇尖儿和芦花向后一拽，苇叶就被虚握的那只手捋下来了。再把整根芦苇从苇捆里抽出来，放在一边等待打捆。有时为了提高效率，也可以两三根苇子一起抽，再多了就不行了，抽不干净了。从最长到较长再到较短，依次把苇子抽出来，分别打捆儿以备不同的用途。这样梳理一会儿苇子，板凳的两侧会积攒两小堆苇叶，一小堆是从芦苇上部捋下来的苇叶，一小堆是苇捆根部在收割芦苇时从苇地里夹带的苇叶，要不时将这两个小苇叶堆清理到一边去，把场地清理干净再干活。等梳理好的苇子达到一定数量时，就用两道“苇约（yào）子”在根部和中间靠上的部分把苇子捆成一个“大个儿”，也就是梳理好的一个比没梳理前要大很多的大苇捆儿，这样的大苇捆儿节省空间，便于储存和运输。苇约子是经过碾轧或用脚踩后具有了柔性和韧性的芦苇，用来捆扎芦苇或苇柴。现在捆苇子大多

白洋淀冰上梳苇场景 （摄影：刘全乐）

用废布条、塑料绳了。

柴苇的梳理就要麻烦一些。梳理柴苇要用到的工具是大齿筢。这种筢子筢齿稀疏，只有七八根竹子齿，每个筢齿较为宽厚，分量也更沉，看上去比一般搂树叶和柴火的齿密齿细的筢子更有力道。梳理柴苇一般需要两个人，为了节省劳力，很多时候是一个成年男人带着一个半大孩子。我小时候就没少帮助父亲梳理柴苇。我的主要任务是骑“荐子”，我们把套苇时简单捆扎的芦苇捆儿叫荐子。先把板凳放倒，让用来坐人的板凳面与地面垂直，把苇荐子根部着地，中间担在板凳上，苇尖部翘起，我骑坐在苇根部位，压住苇荐子，这样父亲在梳理苇荐子时不至于把苇子抻得乱动。父亲用大齿筢先把苇尖上的苇叶戗下来，再顺着芦苇从根到尖的方向把夹在苇子中的苇叶搂下来。将苇子上部的苇叶梳理干净后，还要把根部夹带的苇叶和水草清理干净。这时我就要固定住苇子的上部，因为苇子上部体积小很多，也比较柔软，就不能骑在上面了，要半蹲下来，面对与苇子垂直的方向，用两条腿交错夹紧苇荐子上部，父亲用大齿筢梳理苇子根部，梳理完上面后，父亲就会命令我说：“打个张！”这是白洋淀人们的专用方言，意思是“翻个过儿”。白洋淀人常年驾船，最忌讳说“翻”字，所以就用“打张”这个词代替“翻个过儿”。我把苇子打张后，父亲再把另一面梳理完。根和尖都梳理好的苇子被戳整齐放在一边，等够了一定的数量再打捆。梳理完几个荐子后，还有一项补充的工作要做，就是把让筢带出去混在苇叶中的较短的苇子拣出来，这些较短的苇子也是可以打箔用的。有时会把两个短苇子的苇管插在一起当成一根长苇子来使用。在那个年代，芦苇是白洋淀人主要的经济来源，金贵得很，素有“一淀水一淀银，一寸苇一寸金”的说法，人们可舍不得糟蹋。有一年夏天下冰雹，把生长的芦苇拦腰砸断了，在砸断的部位又长出了小芦苇杈。芦苇被收割上来后，梳理那样的芦苇可把人们麻烦坏了，先要把小芦苇杈从大芦苇上劈下来放在一边，然后把被冰雹砸折的两段芦苇插接在一起，用来打箔，那些劈下来的苇杈也不扔，用它们“捏苫”。“苫”是一种比苇箔要粗糙得多的苇帘子，一般是根据需要的长度和宽度在地上钉两行小木橛子，把较粗的麻绳一根根缯在木橛子上，叫底筋或大筋；然后把一卷一卷的较细的麻绳先绑在每条底筋一端，与底筋垂直把一绺芦苇放上，再用细麻绳把芦苇绑扎在底筋上。这样反复操作，一会儿就可以捏一块苫。可以两三个人共同捏一块苫。捏苫对芦苇的质量要求很低，长短粗细都可以，带着很多苇叶也没关系，因为苇苫是被用作保温材料，有点苇叶会更保温。不过，因为苇苫的价格较低，所以人们尽量把苇子梳理好用来打箔织席，实在不行的苇子才用于捏苫。

我印象中梳苇这个活也不分春夏秋冬。春秋还可以，气温适宜，所以印象不深刻，印象最深的还是冬夏。冬天梳苇一定要找一个背风的地方，即便是那样，也很冷，必须全副武装，棉衣棉裤、棉帽子棉鞋，就这样还是冻得脸疼，手脚发麻，特别是我骑荐子的时候，静止多、活动少，就更冷了，冻得流鼻涕，就用袖子抹一下，所以时间长了，袖口锃亮。看着我父亲好像不太冷，他总是活动啊，有时他头上还冒汗，有热气冒出来。有时候梳苇，我父亲会穿一种叫“黑腿”的鞋，“黑腿”是由汽车轮胎内胎裁剪粘制而成，就是大号的胶皮雨鞋，很肥大。先在“黑腿”里面塞上很多苇叶和芦花，穿上棉袜了后再把“黑腿”穿在脚上，也是很暖和的。穿着“黑腿”走起路来会唔噜唔噜直响。夏天的热是谁也逃不掉的，汗流浃背不说，因为梳苇是个脏活儿，很多尘土会抖落下来，加上一身汗水，用手擦脸上的汗，带汗的手往带土的脸上一抹，嘿！整个一唱戏的大花脸。夏天梳苇因为天热，一般不戴帽子，头发上会粘上很多芦花缨子，过去有人看不起农民就说他们“满脑袋高粱花子”，我们白洋淀一带还有“满脑袋芦花缨子”的说法。我高中毕业那年夏天，白洋淀正处于干淀期，淀底跑汽车、拖拉机。父亲为了锻炼我，让我参加了村里的拉土队。人们把淀底的泥土装在翻斗车上拉到村里垫宅基地。我们几个负责往车上装土，烈日当头，那个热劲就甭提了，翻斗车空车回来时都会捎来一水筲（水桶）放了糖精和食用醋的凉水，酸甜可口，一桶水几个人一会儿就喝完了，开车的就再捎下一筲来，一会儿又喝完了。喝那么多水也不撒尿，水都随着汗排出体外了。经过翻斗车无数次碾轧，路上产生了半尺厚的浮土，翻斗车每次经过都会把浮土卷起来飞向路的两边。我们家的苇场正好在翻斗车车道的旁边，就是在这样热的天气里，我的老父亲还是坚持在那里梳苇。热是一定的，关键还要加上暴土扬长的。苇子上都蒙上厚厚的一层土，可以想见我父亲身上、头上、脸上、鼻子里什么样子吧。当时人们的劳保和健康意识差，现在想来总在那样的环境中劳动，时间久了会得尘肺病的。当时老父亲还以此为傲，对别人说：“我干活的这地方，你们谁也干不了！”今天想起当时父亲干活时的情景和父亲说的那自豪的话，我就颇多感慨。

苇场不仅只有辛苦，还有童趣和惬意。找甜甜的苇笔（bēi）笔芽吃就是很好的事情。苇笔笔芽是白洋淀人对苇笋的称呼。我之所以用“笔”这个字是有些依据的。白洋淀一带把毛笔、钢笔、铅笔的笔字都读作“běi”，刚刚长出苇笋的形状就像一个毛笔尖，是不是因此人们就用“苇笔笔”形象地称呼苇笋呢？最好吃的是一种叫“扁葫芦”的，它是蔫苇芽子（晚生还没有成熟的苇子，一般在水中的柴苇地里生长）的一种，苇管是扁扁的、绿绿的、脆脆的、甜甜的。苇场休息时也是很惬意的。在一个向阳背风的苇子窝里一鞧，太阳照着暖洋洋的，舒服极了。很多时候，父亲在干活间隙休息时，会和附近干活的大人们一起鞧在苇子窝里抽烟聊天解乏。我们那地方管劳动中间休息就叫“抽烟儿”。抽烟时，大家都很注意防火。可是人们偶尔也有马虎不小心的时候，梳苇的现场有时就会失火。一旦苇场着火，全村人都要去救火。大家救火既出于救助之义，也隐含着私利之心，因为就像孙犁先生描述的那样，村村周围都是连接在一起的苇子长城，烧了一家的会连上另一家的。在冬季苇场周围冰上要打出一圈“勤”，也就是要破开六七尺宽的一圈冰面，形成一圈水面，只留下一两个窄窄的冰面作为出入通道，与苇场外的冰面连通。为了让这一圈不能结冰，每天早晨都要拿木榔头破冰，这是一个勤劳人才能坚持每天干的力气活，所以才有了“勤”这个名称吧？“勤”的目的，一是防盗，苇子是水区人家主要的经济来源，被人偷了是很心疼的；二是为了救火，一旦苇场失火，人们会马上就近到“勤”里提水灭火。

梳理好的苇子是要保存好的。除了防火之外，还要防止受潮。特别是夏天，淋了雨的苇子不及时晾晒会沤糟了断掉的，即使不断掉，颜色也会有变化，织出席、打出箔颜色不好看，卖不了好价钱。生产队时代都是统一把梳理好的苇子捆儿垛成大苇垛，当时没有那么大的塑料布，也不像旱区在麦秸垛上用一层泥防止雨淋，苇垛的顶部就是用苇子苫苇子。用苇子苫苇垛可是个技术活儿，体现了白洋淀人民的智慧，具体做法是在苇垛顶部先起一个东西方向的脊，再用长苇子捆扎一个个小苇把儿，要把这些小苇把儿非常用力地捆扎得特别紧密，然后把这些小苇把儿按照南北方向排列在苇垛脊上，紧紧地绑在一起。脊的南坡和北坡分别排列，北坡的小苇把儿的根部要压住南坡小苇把儿的根部，北坡小苇把儿的根部还要向南面探出一些，因为下雨时一般刮北风，这样会防止北风把南北两面苇把儿接茬处掀开。以上所有操作的最终目的只有一个，就是防雨。在下雨时，因为小苇把儿绑扎得非常紧密，雨水一般不会淋透，再加上苇垛脊的作用，使苇把儿与地面形成了较大的坡度，雨水会顺着小苇把儿迅速流到苇垛下面去，就像雨水从瓦房的屋顶上迅速流下去一样。这样就保证了一大苇垛的苇子不会被雨水淋湿。这样苇苫苇的大苇垛一般不怕短时大雨、暴雨，就怕连阴雨，连阴雨时间长，搞不好会慢慢把个别不太紧密的小苇把儿渗透。一旦发现苇垛有的部位受潮了，等晴天后要马上拆开苇垛，晾晒受潮的苇子，晾干后还要再把苇垛苫好。如果不及时晾晒，在夏季高温下，芦苇会很快沤糟。拆苇垛、晒苇子、上苇垛是非常辛苦且麻烦的事情。后来，苇子被分到了各家，不上大苇垛了，也有了塑料布，苫苇子这事变得相对轻松了不少。即便是这样，在我的印象中，下雨天苫苇子也是非常紧急重要的任务。特别是夜里下雨，那时天气预报不准，睡觉前还是满天的星斗，半夜突然雷电交加、风雨大作。那时我年轻，打雷都震不醒，都是父亲把我推醒，我非常不情愿地起来，迷迷糊糊地紧急苫苇子。谁家有空闲的屋子可就太让人羡慕了，把梳理好的苇子往屋子里一放就不用管了，省心大了。现在住在楼房里，夜里下雨还想起当时的情景，总是慨叹现在夜里下雨不用再起来苫苇子了。

有生产队的那个年代，收割上来的苇子被统一放在苇库里。苇库就是村子边上一大块收割完芦苇的苇地。有时人们集体在苇库里梳苇劳动，有时会把没有梳理过的苇子分给各家各户自己梳理。分苇子的时节一般是冬季，把芦苇分成一堆堆摆在冰面上，每个苇堆中选一根粗苇子把中间一节劈开夹上一个小纸条，上面写着数字。摆放好后，各家出一个人抓阄，抓到的阄上的数字对应的苇堆上的纸条数字一致的那堆苇子就是分给自己家的了。在分苇子时，孩子担任着非常重要的角色。因为分堆时不可能那么严格平均，不论是在数量和质量上，都有一些差

收割芦苇 （摄影：刘全乐）

别，分到好的苇堆的人家会很高兴，分得不太好的人家就不是很高兴。所以，迷信的人们执拗地相信孩子的手气比大人的好，都是让自家的孩子去抓阄。然后，家里的大人往家里扛苇子，孩子则要守候在自家苇堆旁边看堆儿，如果有别人有意还是无意地搞错了来搬自家的苇子，孩子就会说“这是俺（nǎn）家的”。

有人说，回忆过去时，痛苦的事情也会变得美好起来。我也有这种感觉，不知道这是一种什么心理学原理。现在用文字记述回忆梳苇这项又累又脏劳动的种种细节，心中就升腾起一种美好幸福的感觉。除此之外，我的心中还难以压抑那样一股深深的惆怅。那是一种怀念之情，怀念那段逝去的再也不会回来的少年时光，怀念和父亲一起劳动时那份父子深情。

解苇

王春光

白洋淀的芦苇在秋冬之交被收割上来，梳理晾干，还要经过解（jiè）苇这个必需的环节才能碾轧织席。

解苇要用到的工具有刀子、拉刀、穿（chuǎn）子和捋（liē）子。廉（我老家把“细”叫“廉”）一点的苇子用刀子和拉刀，顸（我老家把“粗”叫“顸”）一点的苇子用穿子，给破好的苇篾子去皮用捋子。解苇时刀刃对准芦苇根部中间位置，用些劲儿把芦苇从根部向尖部劈成两个苇篾子。用刀子解苇如果掌握不好力度，方向容易跑偏，干活速度也慢。后来为了提高效率，人们发明了拉刀。我现在想拉刀的主体也许是由机床切削特制的，是两块长条状金属块对在一起，上部呈现一个凹槽，凹槽一端竖立一个刀片，用来劈开芦苇。凹槽正中两侧各有一个小“耳朵”，两小耳朵上有一个皮筋固定着一个小滑轮，滑轮外围也是一圈凹槽，和金属块的凹槽形成一个圆孔，芦苇可以通过。皮筋的作用是利用弹性把芦苇挤压限制在凹槽内，无论芦苇是粗一些还是细一些，都可以通过皮筋的弹性调节使芦苇嵌在凹槽里。滑轮的作用是使芦苇经过时减小摩擦力。解苇时，把芦苇从凹槽一头儿捅入凹槽，经过滑轮，再接触刀片，让刀片把芦苇劈开。拉刀之所以效率高，是因为当芦苇根部被劈开一小段时，就可以攥住根部向外拉，很快就把整根芦苇劈开了。用拉刀解苇最好戴手套，假如不戴手套，有时不小心会让芦苇篾子把手拉破。穿子的主体是一截儿圆柱形硬木，底面直径三四厘米，高六七厘米。一个底面上开出空洞，空洞中有一个粗针，针尖向外，用以穿破芦苇的节，空洞里还有几个小刀片，用来劈开芦苇。圆柱体穿子的侧面有几个孔，劈开的苇篾子从这几个侧孔中被顶出来。有三个侧孔的叫三漏穿子，有四个侧孔的叫四漏穿子，依次类推，侧空洞越多，解出的苇篾子就越廉（细）。要求质量高的炕席用的苇子廉，需要用更多漏的穿子解苇；要求质量不太高的用于包装的“糙席”，一般以三漏穿子和四漏穿子解苇的居多。捋子一般有两种，一种是由一尺来长的两个长条金属片构成，把两个金属条一端卯在一起，可以像折扇那样开合；一种是一个小圆柱形木把儿，侧面各安装一根一尺来长的粗铁丝，两根铁丝平行，再把铁丝用锤子砸得扁平一些就可以了。

解苇需要一个狭长场地，长约七八米，宽一米左右即可。为什么需要这么长呢？这跟解苇这项劳动的操作方式密切相关。解苇时，先把成捆的芦苇平放在地上，把苇捆横放在面前，解苇的人在芦苇根部坐下来，拿起一根芦苇的根部，一般先要把根部一小段截掉，再用解苇刀子或解苇穿子把芦苇解开两股、三股、四股或更多股，用刀子肯定是解出两股，用三漏穿子解出三股，用四漏穿子解出四股，用几漏穿子就解出几股苇篾子。一边解，被解开的苇篾子就沿着苇捆根部到尖部的相反方向延伸，延伸到解完这根芦苇为止的距离，大概三四米。有些苇子短或解苇时中途断开了，苇篾子就延伸短一些，苇子长就延伸长一些。芦苇的尖部就不能解了，连同芦花也要截掉一两尺不等。这时下一道工序就要开始了，用捋子把苇篾子上的苇皮捋去。一手拿着苇篾子的尖部，稍微弯一下让尖部的苇皮稍稍翘起来一点，用捋子夹住苇皮下的那一节苇篾子，戗着茬从苇篾子尖部向苇篾子根部捋下去，顺势把捋掉苇皮的苇篾子拉回来，等把根部拉到眼前，捋苇皮的工序就算完成了，这时拿着苇篾子的根部向脑后一扔，就把解好的这几股苇篾子放到身后了，依次往复，慢慢地一捆苇子就被解成了苇篾子。有时为了提高

解苇工具 （摄影：刘全乐）

三漏穿子 （摄影：刘全乐）

效率，不是解开一根芦苇捋一次苇皮，而是把几根芦苇解成的苇篾子一起捋苇皮。织席的芦苇一般三四米，被解开的苇还要延伸出去三四米，加在一起就是七八米的长度。您看，解苇需要七八米长的一个场地吧。

解苇一般要么在院子里，要么在宽一些的过道（胡同）里。白洋淀水村因为土地金贵，街道胡同最大的特点是都很狭窄，很多过道儿都是勉强两个人侧身错过。在过道解苇时，有扛着苇子、柴火或其他重物的人经过，解苇的人要主动迅速地把散落在地上的苇子向自己身边归拢，以免绊倒行人，也可

避免踩劈苇子。如果一时解苇的人进屋里喝水不在，扛东西的人就会用脚先把苇子归拢到一边，再从另一侧通过。不扛重物的人自己捡着脚儿通过就行了。这一切都是约定俗成自然而然的。

解苇时，孩子们会帮助大人剥苇皮儿。说是帮着干活，实际上大多是为了凑热闹玩耍玩耍。我非常高兴母亲和姐姐在过道儿里解苇，比憋在自家屋子里织席的感觉好太多了，关键是可以和别人交流。过路的人们彼此打招呼，说得最多的是“吃了吗？”“干吗去？”，有时过路的人也会说“这苇子真好！”“这么一会儿解了这么多了！”。更喜欢附近的婶子、姑姑、嫂子、姐姐们在这里聊一会儿天儿，说东道西，家长里短，给人营造了一种温暖、祥和的氛围。

解苇时会从苇子上弄下很多鸡皮虱。忘了我从哪里听说的，说“鸡皮虱”是附着在苇皮下面苇秆儿上的一种寄生虫的卵，富含蛋白质。它们大米粒大小，深褐色，略呈扁平状。鸡很喜欢在解苇的场地觅食，因为会有很多鸡皮虱被捋子捋下来，鸡们很喜欢吃。还听说把鸡皮虱漂洗干净，炒熟后，人也可以吃，不过我们家从来没吃过。每当解苇时都会有几只鸡来增添乐趣，我会很调皮地逗着鸡们玩。开始假装没看见它们，它们吃得很专注，也以为我不会伤害它们，就一点点接近，等近了，我突然袭击它们一下，它们尖叫着、扑打着翅膀四散逃开。可是它们还是禁不住食物的诱惑，一会儿又悄悄地接近，等近了我再赶它们。这时候，我妈和我姐就会嗔怪我：“快干活，别发废（孩子淘气）。不碍事，就让鸡吃吧，吃了鸡皮虱多下蛋，别把鸡吓着，鸡受了惊吓就不好好下蛋了。”我一直在想“鸡皮虱”这个名字的由来是不是就因为它们是鸡的美食呢?鸡吃了鸡皮虱多下蛋、受了惊吓就不好好下蛋，这说法似乎还真有些道理。

芦苇管的内壁上附着一层苇膜，解苇时还会把整个的苇膜带出来，白色或黄白色的，孩子们会把苇膜一端用手捻紧，从另一端往里吹气，等苇膜全部鼓胀后再把吹气的一端也迅速捻紧，用双手拍打或用脚踩，就会发出啪的声响，就像一个小鞭炮的声音。制作多个这样的小鞭炮，放在地上连续踩，就像过年时放鞭炮一样，很有意思。后来听说苇膜是很好的笛膜，正好我二爷爷家有一个竹笛，我曾经试着用苇膜贴在竹笛上，还真吹出了声响。

我还非常喜欢穿子解苇时发出的声音。这种声音我不能用任何文字、任何象声词来描摹，现在想来还回荡在我耳边。那种声音是穿子里的针和刀刺破苇节、劈开苇管儿的声音，又经过了穿子和芦苇秆分别共鸣，再叠加在一起产生的，能顺着长长的胡同传出好远，清脆迷人。

解苇的人可以坐在小板凳上，也可以盘腿坐在小苇席上。解苇是个比较脏的活儿，为了防止灰尘，还要蒙上头巾。特别是到了夏天，苇芦花上会生出很多红色小虫子，它们比小米粒还要小，会爬，粘在头发上，头皮会很痒。每当看到地上一小片一小片这样的小红虫子，我的头皮就发麻。所以，夏天解苇不仅要把头蒙起来，有很多人还要穿上破衣服。

收工的时候，把整柴火先抱回家，剩下的碎柴火不急于扫，因为那样会尘土飞扬，给过路的人造成不便。一般是先在地上洒水，再扫时就不起尘土了。扫完后，地上很干净，地上还留下斑斑驳驳的水的痕迹，更加衬托出地的干净润泽。这样的画面每每在我的脑海里回忆起来，都是那样的美好亲切，那种自自然然的干净清爽的感觉是现在擦得锃亮的地板砖和水泥地无法比拟的。

解苇时，截掉的苇根和苇尖、捋下来的苇皮是非常好烧的柴火。我帮母亲做饭烧火时特别喜欢解苇的柴火，干干的，有油性，烧起来比苇叶的火壮。苇节燃烧时，内部的空气因为热力作用膨胀冲破芦苇外壁，发出像爆竹一样噼啪噼啪好听的声音，灶火把我的手臂映得通红，身上也被灶火炙烤得暖暖的、酥酥的，那种感觉直到现在回想起来也是美妙至极。

轧苇

王春光

芦苇破成苇眉子（苇篾子），还要把苇眉子用碌碡碾轧柔软才能像孙犁先生在《荷花淀》里描写的那样，苇眉子在织席人的怀中跳跃。在我的少年时光里，轧（yà）苇这活儿是没少干的。

轧苇之前，先要闷苇，就是把破好的一捆儿苇眉子用水浸泡一下，然后闷一会儿。我家离淀水较近，都是把苇眉子扛到淀水边，在水中浸泡一下，然后竖起来控控水，再扛回家平放在地上闷着。比起费力气用碌碡轧苇，这项准备工作我是最喜欢干的。勤劳的母亲对我在干活儿上的要求是很严格的，各项劳动任务安排得很紧凑。闷苇时要到离家有一段距离的水边，可以借机摆脱母亲的“监视”，利用这个间隙放松一下自己。这时，我特别希望水边有船，最好有大六舱，因为大六舱的船赶又长又宽，行动方便，可以在深水区浸泡苇子，这样苇子会很干净，不至于像在岸边浸泡苇子那样粘上泥草。更主要的是，还可以在船上好好欣赏一下水边的风景。有风时，看水边柳枝的摇摆，看水面上的波光粼粼；没风时，看水面上一种叫“打香油的”（水黾）的小虫爬行，现在明白了它们是借助水的张力待在水面上，那时却总也搞不明白它们是怎样实现在水上静静停留或快速行走在水面而不会沉到水里的，也幻想着自己能像它们一样水上飞，那该多好啊！还总想知道它们靠吃什么活着，可是每次观察都发现不了它们的秘密。还可以借着船的倒影，更加清楚地观察水下油油的苲草和游动的小鱼小虾。每每这时，我都看得发呆，那种感觉真像极了罗大佑《童年》里唱的那样。在水边时间长了，母亲就会喊我，或者直接找过来。现在想来，她老人家不单是怕我玩耍耽误干活儿，更主要的是怕我在水边发生什么危险。

接下来就要去碌碡场子轧苇了。我们村的碌碡场子设在当街（我们村对大街的称呼）。我们村的当街呈“凸”字形，南面突出的那部分是一个方形的大空场，在这个空场里从东到西布设了三个碌碡场子。我们村的碌碡场子和别的村有很大不同，别的村的碌碡用的是旱地麦场轧麦子用的碌碡，长一些，细一些，还安装用于推拉的杆子；我们村用的是碾子碌碡，两头大小略有不同，这种碌碡要短一些且大很多，也不安装杆子，直接用手推。我们村的每个碌碡场子最早也是把一长条地面硬化后作为碌碡场子，叫“土场子”，后来我们村在每个碌碡场子铺上了大钢铁板，把苇子铺在钢铁板上碾压，把“土场子”变成了“铁场子”，和“土场子”相比，“铁场子”轧出的苇子干净，可是也有一个缺点，就是钢铁板比较光滑，推碌碡时脚下不时打滑，夏天不能光脚轧苇，因为铁板被晒得很烫。

一个村100多户共用几个碌碡场子，所以轧苇前要先占场子。有人先占了，就要排队。先问正在轧苇的人谁在他后面排着，如果后面的人在现场，再问他后面是谁家，如果后面的人不在现场，就要到他家里问后面排着谁。这样问了一家又一家，直到问到最后一家才排在人家后面。有时排在前面的一家可能是忘了或问了这家不同的人，导致这家后面同时排了两家，这样就会发生误会和不愉快。有时前面排很多家，或者有的人家女孩多，织席多（我印象中那时我们村女孩多的家庭比较富裕，也许是因为不用多盖房，女孩子们还能织席赚钱的缘故吧），轧苇就多，要等好长时间才轮到自己轧。因为碌碡场子少，轧苇的多，一直到夜里，在月光下、灯光下还有轧苇的，一轧就是半宿。有时候前半夜轧苇的还没轧完，后半夜起早轧苇的又接上了，一宿有轧苇的，24小时不间断。噼噼啪啪的声音一定会吵得周围的乡亲难以入眠吧？或者他们已经习惯了，就像铁道旁的人们能酣然入眠一样。人们还把碌碡场子当成一个人际交流的场所，说着东家西家，说着天南地北，开着各种玩笑，现在想来是否也会有年轻的男女眉目传情呢？当然有时也会因为玩笑开大了或是什么其他的原因发生点矛盾冲突。

成年男人或健壮的半大小伙子都是一个人轧苇，碌碡推得很快，有时他们为了显示自己的力量，还故意不用手而用脚蹬着碌碡前进。很多时候，男人们还互相比赛看谁推得快，那种你追我赶的场面是很有意思的。而女人们，不管是小媳妇、大姑娘，甚至老太太，推碌碡就费劲不少，这时就会看到两个人推碌碡轧苇的场景，小孩帮着妈妈，弟弟妹妹帮着姐姐。我姐姐比我大三岁，常常是姐姐织席我摆边，姐姐轧苇我帮忙。两个孩子轧苇推碌碡是很吃力的，姐姐总是推碌碡小的一边 ，把大的一边让我推。您千万不要以为姐姐选择小的一边是不知道照顾弟弟；恰恰相反，小头一边比大头一边更费力气。因为碌碡一头大一头小的缘故，往前推着推着就会在重力作用下向小头一边跑偏，为了矫正碌碡前进的方向，使它一直沿直线行进，就要在小头这边用更大的力气。记得小时候，我们村还没有自来水，家家到井房去挑水或抬水。我和姐姐去抬水时，一根木棍上面吊着一个水桶，我在前，姐姐在后，姐姐也都是把水桶尽量往后挪，让前面的我省劲不少。您看，我有一个多么好的姐姐呀！我们冬天轧苇碌碡冰凉，就都要戴上“手巴掌”（手套）。过年时，人们劳累了一年要歇息几天，碌碡也就该歇息了，过年这几天往往把碌碡搬起来，圆柱体的底面着地，以免碌碡滚动伤着孩子。

轧苇也是有程序的。先要“投苇”，就是先把长的苇子和短的苇子分开。苇子根部的“约子”先捆着不解开，把一捆苇子中间和苇尖的约子都解开，抓住最长那部分的苇子尖部，一小绺一小绺地从苇捆中抽出一尺来长，然后喊旁边的大人或孩子帮忙蹬苇，这时帮忙的人就用脚踩住苇捆根部约子那个地方，投苇的人就把“长苇”（一捆苇子里最长的那部分苇子）从苇捆中抽出来了，然后重复以上动作，把“二苇”（长度次于长苇的那部分苇子）也抽出来，剩下的就是“短苇”，投苇工作完成。轧苇时，把长苇和二苇纵向摆放在碌碡场子上，苇根相对，但不相接，在长苇和二苇中间留出放短苇苇根的空间，把短苇苇根垂直平铺在这个空间里，使长苇、二苇和短苇在地面构成“T”字形。这样摆放是有道理的，因为苇子的根部最硬，需要碾轧的时间长，这样就可以同时辗轧所有苇子的根部。一开始轧苇时，从一头苇的尖一直轧到另一头苇的尖，因为苇尖硬度小，轧几次就行了，时间太长就会轧烂，所以苇子尖轧好后就不再轧了，碌碡碾压的距离从苇尖向苇中节和根部逐渐缩短，期间还要把长苇和二苇翻一下过儿，使其上层和下层碾轧均匀。翻过儿时，把碌碡推到场子中间，弯腰把需要翻过儿的那部分苇子的根分成两部分，用两只手一手掐住一部分，两手一掰，就把苇根上下层翻了个过儿，再用力抖动苇根，苇子的中部和苇尖就会波浪式翻动，这样整个就翻了一个个儿，还要顺势在屁股后的碌碡上戳戳苇根，让苇子整齐，再轧几下就可以了。为了节约时间，长苇和二苇的根部不要完全轧熟，大概七八成熟就可以，因为在轧短苇时还要顺便轧长苇和二苇的根。开始轧短苇时，先把长苇和二苇收起放到刚才短苇的位置，短苇一分为二，分别铺在刚才长苇和二苇的位置开始碾轧，最后短苇轧好了，长苇和二苇的根部也就正好轧好了；然后把短苇和长苇、二苇放在一起，把根部捆起来，拉回家就可以织席了。

这些年，苇席的用处少了、销量小了，村里织席的人家自然也就不多了。回村后，当街的碌碡场子也不见了，碌碡场子铺上了地砖，安装了健身器械，种植了花草，停了汽车。当街拓宽了，大了，漂亮了，平时人却少了，没有了噼噼啪啪轧苇的声音，没有了劳动场面和人们的欢声笑语。那些轧苇用的大铁板和大碌碡也不知道被弄到哪里去了。可是当年轧苇时的情景和感觉永远留在了我的心间，直到现在有时在梦里还在轧苇，推着那个大碌碡怎么也推不动，脚下还打着滑，可见轧苇这个活儿给我留下了多么深刻的印象。

苇地拾柴

王春光

在煤炭和天然气还是稀罕物的年代，山区、林区烧木材，草原烧牛粪，平原烧庄稼秸秆，白洋淀地区则以芦苇为主要生活燃料。过去，白洋淀地区有一项较为特殊的劳动——苇地拾柴。

芦苇秆是万万不能用来当柴烧的，这是织席、打箔的主要原料，只能烧苇叶和芦苇茬子。20世纪七八十年代，每年的深秋初冬时节，苇地里的芦苇被收割完了，人们就会划上一只船去苇地拾苇柴。这样的苇柴地一般是提前占好的，就是用耙子沿着苇地四周把苇叶搂成一圈长垄，别人看到这圈柴火垄便知道有人占下了，就不会再在这块地里拾柴了。后来，苇地都是各家承包，自然大多都是在自家地里拾柴了。

苇地拾柴必备两样工具，一样是割苇用的“打镰”，一样是搂柴用的耙子。苇地拾柴的工序有四道：

首先是“扒拉茬子”。收割芦苇时，必然在地表以上留下几寸高的苇茬子，芦苇成熟后，苇根失去了韧性，比较容易扒拉断。先双手握住镰柄，用镰刀镰背贴着地面，镰刃向上，双手左右晃动镰柄，用镰头的侧面把苇茬子扒拉下来。这样做有两个目的，一是苇茬子比苇叶禁得住烧，火力也猛，二是在用耙子搂柴时就没有阻挡了。

其次是搂柴。用竹制的耙子把苇茬子和苇叶子搂在一起，一般是搂成一堆一堆的，较为均匀地堆放在地里。

再次是“捆轴子”。白洋淀地区把捆扎在一起的苇柴叫“轴子”。捆轴子需要点技术含量，先要做“约子”。“约子”的功能相当于绳子，用来捆束苇柴，一般将芦苇用水浸润，再用碌碡碾压或用脚踩踏，使其柔软，把几根拧在一起用来捆扎苇柴。捆一个轴子需要两道约子，先把两道约子间隔二三尺平行铺在地上。然后铺“包皮苇”，这些芦苇一般选用苇地边上不成材的细矮的芦苇，收割芦苇时一般留着不割，这些芦苇还有个名字叫“边棱苇”。把十来根包皮苇均匀垂直铺放在约子上，起到包住柴火使之成为一个整体的作用，因为苇茬子和苇叶都比较短，不像树枝、庄稼秸秆那样很容易捆在一起，必须用包皮苇把他们包在一起，就像浇筑水泥一定要加钢筋一样，包皮苇就是起到一个骨架的作用。接下来是“沙（shà）煞”，用双腿挡着，配合使用耙子，把一堆堆横竖杂乱的苇茬子和苇叶归置成长条的一堆，并且尽量将这堆柴火压实，这样就沙完“一煞”，再把这“一煞”柴火在耙子的帮助下抱起放到包皮苇上，再去沙下一煞，捆一个轴子大概用三四煞。最后是捆扎，在捆扎前还要在柴火上面摆几根包皮苇。捆扎是个力气活，要全身用力、手腿并用，这样才能捆扎结实，以免轴子散开或包皮苇里的苇茬子和苇叶子脱漏，还要把伸在轴子外面的包皮苇的苇尖拧在一起，折一下插在轴子里。这样一个轴子才算捆扎完毕。

最后是搬运装船。这更是一个力气活，一个轴子几十斤重，一个人从地上把它扛起来，还要深一脚、浅一脚地扛到苇地边，然后装在船上。

很多时候，因为大人们有更重要的活干，苇地拾柴的任务就落在了半大小子们身上。这些男孩子一般是三四人合伙拾柴，最后再分。捆好的轴子往往不是一样大，谁要大的、谁要小的呢？这时就采取“呗儿呗儿吃”（石头剪刀布）的方法来决定。聪明的孩子心中就分析别人出手的规律，判断别人下一次出什么手型，以此赢得最大的轴子。遇上耍赖的孩子，不能做到愿赌服输，总是找辙不承认对自己不利的结果，就闹腾，甚至闹腾得重新解开轴子重新捆扎，因此会出现分柴比拾柴时间还长的情况，回到家后天都黑了。现在想来，也是童趣。

近年来，白洋淀地区的大部分人家都用上了煤炭和液化天然气，冬天取暖还有的使用地热温泉。今年，白洋淀地区的很多村庄正在实施“煤改气”，几乎没人到苇地拾柴了，甚至连“轴子”都很难看到了。

落日余晖中的苇柴地 （摄影：王春光）

打苇箔

王春光

曾几何时，芦苇是白洋淀人民的重要经济来源，芦苇除了用来织苇席以外，还用来打苇箔。苇箔的用途主要有盖房时铺房顶、闸箔捕鱼、苫遮物品等。20世纪七八十年代，随着我国经济建设迅猛发展，房地产业得到快速扩张，当时建筑业还在使用大量的黏土砖，因此各个乡镇建起了众多砖厂，苇箔作为苫盖砖坯的主要材料，用量随之急剧加大，打苇箔卖钱成为主要的经济来源。我在中学阶段正好赶上白洋淀出产苇箔的兴盛时期，自然也加入到这项劳动之中。每到假期，除了学习，打苇箔成了我的主要任务。那时因为苇箔的销量太大了，白洋淀本地的苇子根本不够用，人们就开始到外地购买苇子，最多的是从天津大港一带购买，用卡车和拖拉机运到白洋淀岸边，再装船运回村里来。那几年每到暑假，父母都会给我买一车苇子，基本上一个暑假就能打完。

白洋淀出产的苇箔按照续苇方式的不同可被分为两种：舒茬和回头。舒茬就是从箔架子的两头续苇子，两头见到苇根茬子的一种苇箔，按照经子的道数可分为五经、八经等，按照苇箔的用途可分为铺房箔、汕箔、灰帘、堂帘等。

要想搞明白这些名称术语的意思，首先要从打苇箔的主要工具——箔架子说起。在打箔机发明之前，人们打箔都是用箔架子。箔架子的主体是一根圆柱形的木杆子，直径10厘米左右，长度根据所打箔的宽度可2米、3米或4米不等。在木杆子侧面上纵向开凿出若干扁方孔，方孔间距30厘米左右。每个方孔中插入两个厚竹片，这两个竹片是由一个一分为二的，插入方孔后中间就留有缝隙，打箔时用来叼住经子，所以人们形象地把这些竹片叫“架子嘴儿”。如果缝隙太小，可勒入一小段麻绳适当扩张缝隙。后来，人们又改良了箔架子，用两根横截面扁方的长铁管平行焊接在一起代替了圆木杆子，用铁片和螺丝钉把架子嘴儿固定在铁管上。打箔前要先固定箔架子，把两根粗棍子斜靠在墙上，两根棍子之间的距离由箔架子的长度决定。用绳子把箔架子与两根棍子垂直交叉绑在一起，使箔架子与地面平行。箔架子距离地面的高度由打箔人的身高决定，一般要到打箔人的胸腹部，这样打箔时最得劲儿。固定箔架子时，一般要把所有架子嘴儿都放在两根粗木棍之间。这样一副箔架子就制作安装好了。

打箔工具有了，我们再来介绍打箔的必备材料经子和芦苇。经子就是用来把芦苇编织在一起的绳子，最早都用麻绳，后来有了塑料绳和聚乙烯绳。为什么称绳子为“经子”呢？我想从编织完的成品苇箔形状就能得到很好的解释：芦苇横向放置，经子成纵向把一根根芦苇从上到下并排编织在一起。因为芦苇是横向的，经子是纵向的，就像织布时纬线是横向的、经线是纵向的那样，也许这就是“经子”名称的由来吧。由此我又想到一点，芦苇在白洋淀叫苇子，那么“苇子”这个叫法是不是也和“纬线”有关联呢？其实“苇”这个字在商周时期就已存在，大家都知道《诗经·蒹葭》把芦苇叫蒹葭，但是《诗经》中也有诗篇直接称呼“苇”，《诗经·卫风·河广》就有“谁谓河广？一苇杭之”的诗句。“苇”和“纬”这两个字有什么关联吗？是不是因为都是横向使用的编织材料，所以既同音又部分同义呢？我不是语言文字学的专家，在这里只是提出这个问题供专家们批评指正。

最早的经子是由苘麻手工搓制而成的。白洋淀内的园田地和白洋淀周边很多田地都种植了不少苘麻，苘麻成熟后被从土里拔出来打捆儿，把一个个的苘麻捆儿放到河水或淀水里浸泡沤制。为了避免苘麻捆儿上浮，还要在上面压上泥土块，泥土块的数量以最上层的苘麻捆儿刚刚被水没过为准。沤制到能够把麻皮较为轻松地从麻秆上剥下为宜。然后是剥麻，剥下的麻皮经过漂洗后总体呈白色，晾干后就可以搓制麻绳经子了。剩下的就是白色的麻秆，麻秆重量轻、质地脆，稍稍用力就会折断，因此有“麻秆打狼，（人和狼）两头害怕”的俗语。

搓经子这种活儿人们一般不会占用白天大块儿的时间，也不会占用男劳力，而是妇女甚至孩子们利用晚上时间搓经子，大家一边说着闲话儿，一边搓着经子，不知不觉就到半夜，也搓出来一大盘经子。有的人家还专门靠搓经子卖钱。搓好的经子还要经过两道程序才能用来打箔，一是要挺经子，二是要缠经子。挺经子就是把一盘经子截成合适的长度。先在地上钉上两个木橛子或铁棍儿（大多用生煤火用的铁制火箸），两者距离要比将要打的苇箔的长度略长出一二尺，一块苇箔一般是一丈长，经子要截成一丈零一二尺。接着把要挺的经子的端头儿绑在一根橛子上，手里拉着经子走到另一个橛子处，把经子在橛子上一绕又往回走，走到开始那橛子后把经子也缠在橛子上，再拉着经子往另一个橛子走，这样周而往复，等到把两边的橛子缠满就在开始的那个橛子处把经子截断，这样经子的两个断头儿就都在一个位置了。然后把这边的橛子上缠着的经子从橛子上扒下来，用刀剪把一根根经子截断，把另一端橛子上的经子绑在一起。为什么另一端橛子上的经子不再截断呢？是为了缠好经子后能直接挂在架子嘴儿上。就这样，一桄子经子就挺好了。

接下来是缠经子。从绑在一起的那头拿起一根经子，用右手拿着在左手上按照一定的花形缠绕成一个经子卷儿，然后用这根经子的一段绳头儿把经子卷绑扎一下，这样就缠好了一个经子卷儿。接着重复刚才的方法缠下一个经子卷，以此类推，直到把这一桄子经子都缠完。这样一根经子就变成一段经子连接着两个经子卷。这种方法缠成的经子卷在打箔时，经子会从经子卷中一点一点被抽出来使用。

打苇箔用的苇子是提前经过梳理、分类、刀铡斧剁过的。打不同的箔需要准备不同的苇子，一般舒茬箔用较短的苇子，回头用较高的苇子。前文提到买来的天津大港苇子一般比较矬、细、硬，多用来打舒茬箔，回头箔要用本地产的较高、较粗、较柔韧的苇子。打铺房箔用织席的好栽苇，打出口箔用又粗又直、经过剥皮儿刷洗的好苇子，其他用处的箔就可以用水里套上来的柴火苇了。打舒茬箔时，在箔架子左右两边续苇子的地方各

用箔架子打苇箔 （摄影：刘全乐）

戳上一捆儿苇子，打回头箔只在箔架子左边续苇子的地方戳一捆儿苇子。

箔架子、经子、苇子都准备好了，下面我们介绍如何打箔吧！

先介绍八道经子舒茬箔的打法。把带着两个经子卷的经子一个个挂在架子嘴儿上，人站立在箔架子前，从箔架子的左边开始打箔。从左边的苇捆儿中抽出一根苇子，横着放在架子上，先抄起第二道经子的两个经子卷，左手抄架子后面（离墙近）的经子卷，右手抄架子前面（离墙远）的经子卷，左手把经子从架子嘴儿中提出来，把经子卷放到架子前面，这时右手把经子勒到架子嘴儿中去，同时把经子卷放到架子后面。这样经子就把苇子缠勒在了架子上，然后用同样的方法勒第四道经子，然后是第六道、第八道。这时脚步就移动到了架子右边，从右边的苇捆儿中抽出一根苇子，横放续到箔架子上，左右手改变成和刚才正好相反的方向抄勒经子，从右侧数依次抄勒第二、四、六、八道经子，就把右边续的这第二根苇子和第一根苇子缠勒在一起了。为啥要接过一道经子打另一道经子呢？一是为了续苇子时用手腕处压住苇子根儿避免苇子掉落，二是为了提高效率。这样一个来回后，循环往复，把一根根苇子都编织在一起，逐渐打成了一块苇箔。开始学打箔的人，手上动作慢，脚下步子慢，随着熟练程度的不断提高，手脚速度会越来越快，还会打出特有的节奏，特别是当几个人展开劳动竞赛时，会出现小跑着打箔的情况。

现在可以解释一下为什么把这种苇箔叫“舒茬”了。就是因为打这种苇箔时左右两边续苇子，所以芦苇根部的苇茬子都舒展在箔的两边，因此有了这个名称。

“回头”苇箔与舒茬苇箔的打法有些不同，主要表现在回头是只在架子左侧续苇，打到最右侧时，把剩余的苇尖部分窝折回来，再从架子右边向左侧打，所以叫“回头”，也叫“窝剂儿”。窝剂儿时，用右手拇指抵住窝折处的苇子稍微用力压破苇管儿，然后左手配合右手把苇子向左侧折回，这时苇子窝折处就会形成一个漂亮的折痕。假如窝折处遇上苇节儿就适当挪动一下芦苇避开苇节，因为苇节儿处很容易把苇子折断。为了避免苇子太脆窝剂儿时折断苇管儿，事先要在一捆苇子窝剂儿的大致地方瀰水闷一会儿，使窝剂儿位置的苇管儿韧性增强。打回头苇箔的苇子要求的高度比舒茬苇箔的高很多，尽管高很多，但是很多时候把苇子折回来后，苇尖也不能够到最左侧的苇根处，这种情况叫“脱空”，一根苇子脱的空太多，或者多根苇子连续脱空，打出的苇箔中间到苇根处会出现很多较大的缝隙，打出的苇箔稀拉不密实。假如苇箔购买者对苇箔密度要求严格，打箔者在打箔时就要采取弥补措施。方法有二，要么是在原有苇子尖上插上一截苇子，要么是在开始续苇子时，在大苇子根部加一根短苇子一起续、一起打。这些起到弥补作用的短苇子有三个来源，一是打舒茬都不够长的自然形成的又短又细的小苇子，二是打舒茬苇箔时铡剁下来的苇子尖儿，三是解织席苇时截下来的下脚料。苇子对于白洋淀人而言是很金贵的生产材料，绝对做到各尽其用，一点也不会浪费。

后来打箔的经子有了变化，先是由麻绳换成了塑料绳，塑料绳是工业制成品，不用手工搓制，更不用种植、沤制、剥晒苘麻了，所以种植苘麻的人家越来越少，这些过去在白洋淀司空见惯的东西渐渐成了稀罕物，以至于有一年有一家办白事，孝子披麻戴孝居然找不到白麻了。不过，塑料绳的经子还是需要挺经子、缠经子的。记忆中，塑料经子没用多长时间，迅速就被它的“本家亲戚”聚乙烯绳替代了。“聚乙烯绳”是不是这几个字还有待商榷，只是根据乡亲们的“吉利丝”的发音而来。我想这种材料本质上也是塑料制品，而塑料材质中有“聚氯乙烯”和“聚乙烯”的称呼，就想当然地认为乡亲们“吉利丝”的称呼是由“聚氯乙烯”和“聚乙烯”音变而来的。这种“聚乙烯绳”比麻绳和塑料绳的经子要细很多，所以人们就不再挺经子和用手缠经子卷儿，而是改成了缠“梭子”。

每个梭子都是由一截粗铁丝制成。把一截铁丝窝制成连接在一起的四个“U”形，上面一个开口较大且开口向上的“U”形连着一个开口很小且开口向下的“U”形，因为是同一根铁丝窝制，所以这大小两个“U”形一侧的铁丝是共用的，然后铁丝向下再窝制成与上面大小两个“U”形上下对称的大小两个“U”形。为了避免上面的“U”形开口处的铁丝断头儿扎刺摩擦损伤了“吉利丝”，要用钳子把这个断头向下窝出一个小耳朵，把铁丝断头儿处窝在开口下面，使这个开口处光滑圆润，一个梭子就制作好了。这样的梭子要制作好多个备用。

缠梭子要用到一个装置，没听说有名称，姑且叫它“转盘”吧。这个转盘由四部分构成，最下面是一个木墩或铁块样的重物，放在地上时起到固定和稳定的作用，重物上和地面垂直安装一个木棍或铁棍，棍子上面安装两个十字交叉的长条木片，把木条十字交叉的地方安放在棍子顶端，要使十字木条能够水平转动，在十字木条的四个外沿顶端分别钻一个小孔，每一个小孔上插上一根筷子或木棍儿，让一桄子吉利丝把四根筷子套住，找到线头，拿起一个梭子在梭子的两个大“U”形之间上下缠线，一边缠线，转盘一边随着转动，缠完一个梭子后把线头往缠好的吉利丝中用力勒一下，使缠好的吉利丝不至于秃噜了。还要把上面大“U”形上的那个小耳朵用力捏一下，使上面的大“U”形开口闭合，这样打箔过程中前后甩动梭子时吉利丝就不会秃噜了。

用梭子打箔和用经子有几个不同。一是每个梭子缠的吉利丝很长，也不好根据吉利丝的长度判断打出的箔的长度，这时就需要先量一量箔架子的高度，再用绑布条或苇根插芦花的方式判断打出的箔的长度。二是等露在梭子外面由于打箔的吉利丝变短时，需要用手稍微用力掰一下梭子上面封闭的大“U”形口，这样吉利丝就被放长了一些。三是吉利丝经子太细，很勒手，初学者会把手勒得很疼，特别是小手指的根部经常被勒出口子，甚至流血发炎，只有等到长了老茧才会不再疼了。四是用梭子打箔动静大，因为梭子是铁丝做的，重量比麻绳和塑料绳大多了，每次抄起来甩下去都会砸到正在打着的苇箔上，发出啪啪的声响。过去打箔还是比较安静的一项劳动，自从使用了铁丝梭子打箔就变成了一项有较大噪音的劳动，从好远的地方就能听到打箔的声音。打箔机被发明后，打箔的动静就更大了，与之相比，梭子打箔的声音可是小巫见大巫了。

打箔机的发明者我无从考证，不过自从有了打箔机，打箔的效率可是真真提高了太多。说是打箔机，也不是人们想象的像织布工厂里的织布机那样电动的自动化的机器，是需要手脚并用的半机械化工具，还是需要打箔人用脚蹬踏提供动力，用双手续苇子，还不时出现吉利丝经子互相缠绕、吉利丝线轴脱落等问题，需要人工处理解决，影响打箔的速度。这需要从打箔机的结构和工作原理去了解产生这些问题的原因。

早期的打箔机是由角铁、大木棍、钢筋、木条、绳索、轴承等组合而成的，后期的打箔机去除了木质材料，全部改用铁制材料。早期的打箔机较小，仅供一个人操作，后期有了供两个人一起操作的大型打箔机。不论新旧和大小，工作原理是一样的，动力来自打箔人踩踏机子底部的踏板，踏板带动机子底部的横杠，再通过连杆把动力传送给机子上部的横杠，这个横杠上安装着若干钢筋，这些钢筋段与横杠垂直，它们的间隔就决定着经子的间隔，每个钢筋段的顶端安装着一个铁丝钩子，用来钩住吉利丝经子。踏板的动力还同时传送给嵌在中间横杠里能左右平动的木条，木条上安装着若干呈直角三角形的细铁丝，木条左右移动时带动细铁丝也左右移动，每个三角形铁丝与木条垂直的直角边会左右推动搭在木条上的吉利丝经子，配合横杠上下来的铁钩子钩起或放下吉利丝经子，从而达到把苇子用经子编织在一起的目的。用打箔机打箔是坐在打箔机后面的中间位置，在机子和身体之间有一个长条的布兜，把苇子分两部分苇根对着苇根放在布兜里，拿起布兜右边的苇子把苇根伸到机子的左侧续在架子上，然后拿起布兜左边的苇子把苇根伸到机子的右侧续在架子上，这样周而复始。

打箔机就不能再用上文讲的那种梭子了，而是改用缝纫机用的那种木质线轴缠吉利丝经子。缠线轴也需要一个小机子。这种机子的结构是这样的：在一个较重的长底座上，两端分别安装一个大轮子和一个小轮子，两个轮子一般靠皮带或绳子传动，也有用齿轮传动的。大轮子边缘有一个把手，手持把手转动大轮子从而带动小轮子转动，小轮子中间安装一个尖头的小铁棍儿，把线轴插到小铁棍上，线轴就会跟着转动，再借助

用打箔机打苇箔 （摄影：王春光）

上文我们介绍缠梭子时用的那个圆盘，这样就能很快地把吉利丝缠在线轴上了。现在缠线轴大多采用电动机传动了，又快又省力。

打箔既然是一项劳动，必然有辛苦在里面。前面谈到的箔架子打箔时来回走动，一天下来腰酸腿疼。打箔机打箔虽然是坐着不用来回走动了，可是两脚长时间蹬踏板也是很累的，最主要的是坐的时间长了腰部也会疼，还有一个不好意思说出口的难受就是屁股很疼，虽然座位上垫上了厚厚的棉花软垫，时间长了也不行，特别是夏天，会把屁股蛋儿坐破甚至化脓，等结痂磨出老茧后才会好一些。

打箔在春秋两季还可以，冬冷夏热是一定的。我当年夏天暑假打箔的时候多，当时都是只穿一个短裤，光着上身，脖子上搭一条毛巾。总是用脏手拿着毛巾擦汗，毛巾总是黑黑的、湿湿的，都能拧出水来，用我母亲的话说就是毛巾成了“泥绷子”。生产队时期，人们都集中在箔场一起打箔，后来也实行了计件制，打箔速度是有极限的，劳动效率不能再提高了，人们为了增加产量只有一种办法，就是延长劳动时间，早出晚归，很多时候只要有月亮，就在月光下打箔。我母亲跟我提过一件事，我小时候一个冬天的晚上，母亲去对门家串门，只有父亲在家，坐在椅子上打着瞌睡，等着煤炉火着得差不多了封火。可我睡觉睡捺了（指梦游），迷迷糊糊问父亲："我妈呢？"

父亲含含糊糊回答："你奶家去了。"我们村管本家的奶奶辈的妇女都称呼"奶"，所以我有好多"奶"，也没问清是哪个"奶"，爬起来就迷迷糊糊出门去找了，半路上进入了梦游状态，跑到别人家门楼里转不出来了。

母亲回家后见我没在炕上睡觉，就问我父亲："春光呢？"

父亲惊奇地反问："没去找你呀？"

母亲一听就急了："没有啊！快去找吧！"

俩人找了几家也没见到我，母亲更急了，突然想起了什么，命令我父亲说："他不会去箔场找他二哥去吧，他头睡觉知道他二哥去箔场打箔了，你快去箔场找找！"

父亲跑到箔场，老远就喊："春风！看见春光了吗？"

二哥奇怪的回答："没有啊！我出来时他在炕上躺着玩儿呢！"

父亲真急了："别打箔了，赶紧找吧，村边凌窟窿都找找。"父亲最怕我迷迷糊糊地上了凌（白洋淀把冰叫凌），掉到凌窟窿里。整个箔场在月光下一起加班打箔的人们也不打了，都帮着分头去找，再加上左邻右舍被发动起来，大家找了半宿也没找到我。这时我母亲实在憋不住了，放声号啕大哭，一边哭，一边数落我父亲，怪他没有把我看住。参加寻找我的人中有我一位本家的姑姑，夜深了，她想回家穿件厚衣服，走到他家门楼，听到里面有个小孩子在念念叨叨的，进去一看才发现了我，赶紧抱起我出来向人们兴奋地高喊："找着春光啦！找着春光啦！"母亲兴奋地跑出来一把把我搂在了怀里。

母亲生前跟我说起这件事还感叹："为了找你，惊动了大半个村，那个后上（白洋淀人把夜晚叫'后上'）咱们队里少打了多少箔啊！"

就是因为母亲的这些话，直到现在，我一想起打箔的事，就会记起母亲说的那个我梦游的夜晚大家寻找我的情景，因为我的母亲、我的父亲、我二哥、我那个姑姑、我家的左邻右舍，还有那晚在生产队箔场打箔的乡亲们，我的心里都是暖暖的。

后来包产到户了，生产队散了，各家分了苇子分了地，各自在家里打箔了。那时箔还很值钱，大家为了多出箔多挣钱，还是没日没夜地劳作。那时很多人家没有钟表，都是听着鸡叫或估摸着时间起床。我们村有一家哥们儿四个，都非常勤劳，每天起大早儿打箔。有一次实际时间是子夜时分，哥哥睡醒一觉以为快天明了，赶紧开灯叫醒兄弟们起来打箔。打了好几块箔了，天还不亮，哥哥才发现自己起涨了五更（白洋淀方言，指错认为是快天明了实际上是半夜而起床的行为），让兄弟们上炕再睡个回笼觉，自己却打了大半夜箔。

箔打得多了，下一步就是打捆，就是把几块苇箔卷成一捆。这项工作一般在较大一点的院子里，或者选择一个比苇箔的面积大的场地也可以，特别是场地的长度要长些。因为把几块苇箔一块压一块平铺在地上时，上面的苇箔和下面的苇箔在宽度方向上是齐茬的，可是在长度方向上要上下错开二三十厘米的一小段距离，只有这样才能保证卷好后正好最底下的苇箔完全包裹住其他苇箔，否则在卷的过程中，随着卷儿越卷越粗，起包裹作用的最底层苇箔的最后的底边就一点一点向后措，到最后会导致包裹不住上面苇箔的最后底边。

把苇箔平铺好后还要齐箔边。假如打箔前提前比好尺寸用铡刀把苇子铡过了，齐箔边这项工序就没了。如果提前没有铡过苇子，还要使用斧子或剪刀沿着边把伸出苇根外的苇尖剁剪掉。

把苇箔平铺在地上后，还需要一个人在一个长度方向的底边踩住，另一个人抓起另一个底边使劲抻抻，使苇箔更加舒展好看，同时也会增加苇箔的长度，打捆后会保持这个长度，这样就能达到采购人对苇箔长度尺寸的要求。卷窄的苇箔一人就行，宽的苇箔必须两人来卷，两人并排一起用力就避免了卷好的箔捆儿一头大一头小、一头松一头紧的情况出现。苇箔卷好了，最后还要用两小段儿绳子、布条等把最外面的苇箔的底边和下层的几根苇子绑在一起。这样一个苇箔捆就算捆好了。

好多苇箔捆都被捆好后，就要储存起来。有闲房子存放是最好了，避免了苫盖和淋雨后晾晒的麻烦。大部分是在室外储存的。根据箔的宽度和箔捆的数量，在储存的地点先用砖和木杠子搭一个底架，避免下雨时或地面返潮把箔弄湿。再把箔捆码放在架子上。码放的方法有两种：一种是横一层竖一层码放多层的方法，一层四五捆不等，知道每层的捆数，再乘以层数，很容易算出箔捆的总数。一种是一个方向一层压一层码放多层的方法，为了箔垛的稳定，上面一层的箔捆要放在下面一层两个薄捆相邻的凹陷位置，这样整个箔垛码放好后从侧面看箔捆们构成一个等腰梯形。计算这样码放的箔垛箔捆数量的方法有二，一是先计算“码头”的数量，两层箔垛的“码头”是3捆，三层箔垛的“码头”是6捆，四层箔垛的“码头”是10捆，以此类推，再数最上一层除了“码头”那捆以外的箔捆数量，这个数量乘以层数，再加上“码头”的捆数就得出了整个箔垛的箔捆数量；另一种更简单的方法是我在上学时学了平面几何后知道的，就是运用梯形面积公式（上底+下底）x高/2来计算箔捆的数量。当年我把这种较为简便的方法告诉了我父亲，怎么说他也搞不明白，还是用他的老办法，我还嫌他总学不会这好方法，不接受好的方法，保守、固执。

“这是多简单的事啊，你怎么就学不会呢？”

他也揶揄我说：“要不是我花钱给你买了俩字儿（指供我上学），你还不如我呢！”

随着苇箔产业在白洋淀地区的迅猛发展，村里有商业头脑的人开始做起了苇箔生意，出现了专门的苇箔商人，当地人管他们叫“跑箔的”。他们去外地联系确定好砖瓦厂、建筑队等用户，按照他们所用苇箔的价格、数量、规格、质量等要求，回村降低价格收购乡亲们的苇箔，再以先前的协商价格贩运给用户，赚取差价。

这种贩运是有风险的。因为大用户都是送来新的一批苇箔才结算上一批苇箔的款项，一批压一批结账，甚至一下子压好几批才年终结算，一旦砖瓦厂倒闭，箔款就要不回来，打了水漂了。有时用户也会以质量不达标等各种理由大幅压低原来商议好的价格，跑箔的人也会亏损。我二哥就跑过箔，就经历过上述情况。

对于打箔卖的人们这种卖箔方式也有风险。一开始跑箔的人都是赊销，也就是收购苇箔时先不给结算箔款，等到砖瓦厂和建筑队等用户给结账后才把箔款给卖箔的人们结清，有的跑箔的人有钱了也先不给卖箔的人们结账，把钱留在自己手中以备不时之需。所以，后来人们在经历了血本无归的教训后，就都进行现金交易了。特别是有的用户对宽度、长度、质量有特殊要求需要提前订制的品种，更是先交定金再生产，因为这些特殊订制的苇箔不像大路品种可以提前打出来等待销售，一旦卖不出去，就砸在自己手里了。

卖箔是要记账的。白洋淀人们口语中把钱的量词说成“块”，如“8块钱”，把箔的量词也说成“块”，如“8块箔”。有一次，我记了一笔“8经8块”的箔账，时间长了居然一时分不清到底是“8块钱”还是“8块箔”了。从此以后，记账时为了避免有歧义不再写成“块”，而是把苇箔金额写成“元”，把苇箔数量写成“片”。

打箔卖箔的人还要负责把苇箔用船运到白洋淀边各个村庄的简易码头，在那里，跑箔的人再装车外运贩卖。运箔既是个力气活，也是个技术活。力气活指的是扛箔的劳动，技术活指的是在船上码放和划船运箔的劳动。

首先要把一捆捆的箔扛到村边装船。有人会问，为什么不用车把箔捆运到村边呢？您到白洋淀水村去看看就明白了。白洋淀水村土地金贵，人们恨不得有块地方就盖上房，所以房屋之间留出的街道极其狭窄，很多过道儿（胡同）只能对面行走的两个人侧身才勉强通过，根本就别指望用车把箔运出去。人们运苇子、苇席、苇箔、柴草等都是靠肩扛的。扛普通的八经箔时一般一个成年人扛两捆，妇女和半大小子一般扛一捆。成年人一般都是把平放在地上的摞在一起的两捆箔一下就撅起来扛在肩上，妇女和半大孩子们一般是先把一捆箔戳在地上，再蹲下去把肩膀放在直立的箔捆的中间，向下搬动箔捆，再借助苇箔下倒的力量把箔捆扛在肩上，有时还要有别人帮忙扶一下才会保持住平衡。我为什么对这事这样细致记述呢？是因为我从扛箔这项劳动中切实感觉到了我的成长过程。初中时，我只能扛一捆箔，还要别人帮助扶一下才能扛起来。记得到了高一时那个暑假，好像一夜之间我的个子就长高了，力气就变大了，自己一下就把两捆苇箔从地上撅起来扛到了肩上。当时我们全家都为我喝彩，我还明明看到了父亲眼中欣慰和自豪的目光。父亲还告诉我扛箔的一个重要原则，如果没有几步路，就一捆一捆地扛，又省劲儿，也不会很慢；如果路途远，身体也允许，就要尽量两捆两捆地扛，道远再一捆一捆地扛就都把时间浪费在路上了。这是劳动人民在长期的社会实践中总结出来的提高工作效率的经验啊！

在船上码放箔捆就采用上文提到的码放“码头”的方法。上船时，走船的中线，不能走两边，否则船会倾斜，船上的箔会漱到水里（船倾斜后掉到水里）。一般只能码放三四层，不然遇到风，船的阻力会加大，会上晃，不稳定。划行装着箔的船只要格外小心，可以不求快，关键是要稳。

记得我在县城上高中复习班那年的暑假，父亲为了锻炼我的驾驶装载儿船的能力，让我把一船苇箔送到李广村，在那里的码头装车。同行的是我的两个发小儿，我们仨人一人划着一只满载苇箔的四舱船就出发了。他俩参加劳动比我早，驾驶船只的能力、经验要比我丰富得多。我划着船慢慢地跟在他俩后面，当然他俩为了等我也降低了船速。我划空载船还可以，这么满载的船，特别是装的苇箔，力量和技术显然就差太多了。走到半路，刮起了风，还是刮的排风（指侧风，就是从船的侧面吹来的风），这种方向的风最考验人的驾船本领，一不小心就会偏离航道。我在这时就没有把握好航向，被风把船吹离了航道，船被刮到了航道边的苲草水域。当时也忘了带上一条撑船的竹篙，用两张船棹（船桨）在苲草地里是非常不好划船的，因为棹会被苲草缠住。我费了好大力气也出不了苲草地，又不敢贸然采取其他的方式，怕船只倾斜把箔漱到水里。正在这时，我的两个发小看到了我的窘境，最前面的那位就开始打趣我：“大学生啊！没干过活啊！出不来了吧！”

离我近的那个发小儿叫邵小贝，见到这种情况，听到前面那人打趣我的话就急了，大喊：“春光，你先别动！小心漱了！”他又呵斥前面的那位：“你快别打哈哈了！还不快帮忙！”说完，他把自己的船用创（撑船用的木杆子）固定好，一个猛子扎到水里，等露出头，迅速向我这边游来，到了我的船头，拉起我船的揽船绳子和揽船橛子带着我的船就向主航道游去，一边游还一边指挥我用棹划船，终于把我带到了主航道。把我的船的揽船橛子插到他的船的后面，他才上了他的船，用力划船，带着我的船向前进，我也用力划着我的船尽量为他分担一些。我们费了很大的劲儿才划到了李广村码头。什么叫危难时刻见真情，这就是。直到今天我还能清晰地记起当时的紧张、危机、感人的那一幕，真是亲兄弟一样的感情啊！我的好兄弟邵小贝，不仅重情重义，还非常聪明有头脑，他自己发明的掏螃蟹的方法堪称一绝，他还是我们村乃至白洋淀地区第一个用直播开展旅游的网红。我会专门写文章介绍我这个好兄弟邵小贝的，敬请大家关注。

把苇箔卸在码头后，就要装上拖拉机或卡车运走。装车也是有危险性的，特别是在车斗上面码放和勒杀绳索的那个人，要当心从高高的苇箔垛上掉下来。听人说一次就有一个装车的人从车上滑落下来，正好坐在了勒绳子用的绞棍尖上，绞棍尖刺破了肛门插进了腹腔，一个大活人就这样没了，真是让人痛心啊！任何劳动都是不容易的，甚至会在意外中失去自己的生命。

后来白洋淀人打箔的越来越少了，因为很多地方为了保护耕地，取缔了烧制黏土砖的砖瓦厂，建筑业也都用预制板或水泥浇筑取代了铺房箔，苇箔的销量急剧下降。我们邵庄子村过去家家打箔的场景不复存在，人们开始寻求别的挣钱之路。有的去城市卖水产，有的跑海船去渤海打鱼，有的开始养鱼养鸭，有的开始搞起芦苇、莲藕等水生种植，有的开办了塑料生产小作坊，有的搞起了旅游行业。现在还有不多的人家打箔，主要是打出口箔，这些出口箔主要用于室外遮阴、室内装饰，用量不是很大。加上苇席销量急剧减少，村里织席的人家也屈指可数，白洋淀的芦苇自然就不值钱了，芦苇也很少有人收割了，一年一年重茬长，新芦苇长出来，老芦苇经过夏天就自己烂在苇田地里、烂在水里了，不仅影响了芦苇的品质，还严重污染了白洋淀的水体。雄安新区成立后，近两年都组织收割芦苇，还研发了像芦苇菌袋等新用途，也加强了白洋淀水体的清淤工作，现在白洋淀的水质达到了全域3类水的标准，相信以后的白洋淀会更加美丽富饶。

30多年过去了，每当回忆起白洋淀打苇箔的繁盛时期，想起自己打苇箔的经历，总是感慨良多。当时虽然辛苦，但让我有了很多人生收获。今天如此细致地把这些描摹记述下来，主要是为了记录。在打箔这项劳动彻底消失之前，记录下打箔这种白洋淀古老的用来生存的劳动技艺，记录下在打箔中一点一滴的人生体验，记录下那么多与亲人和乡亲之间的美好情感。

冰雪篇

BING XUE PIAN

冰冻白洋淀——冰之趣

王春光

北京冬奥会让冰雪运动项目热了起来。观看比赛时，我不禁回忆起小时候在老家白洋淀的冰上运动趣事。

白洋淀的孩子们不仅喜欢在夏季的淀水中游泳嬉戏，还喜欢冬天在冰上追逐玩耍。每到初冬时节，就盼望着再冷点再冷点，淀里快快结冰、快快结冰，孩子们对冰的向往已经迫不及待了。一两场大风，两三个寒夜，啊！淀上被镜子一样的冰层覆盖了，胆子大一些的半大男孩子们就要冒险走冰了！

“咱们走凌去吧！”

他们身体比大人轻，而且具有初生牛犊不怕虎的勇气和胆量，冰上探险自然是他们的专利。他们三五成群，互相调侃着，互相推搡着，也互相激励着。总会有一个胆子最大的男孩儿先在岸边用一只脚试着踩踩薄薄的冰，没事，再上去两只脚，还没事，两只脚再用力颤动，真没事，壮着胆子向远处出溜出溜，也没事。

“唉，没事，都下来吧！”

这时，别的孩子一看，今天自己是当不了开路的英雄了，可是也不能再做退缩的狗熊啊，都分散开来，鼓足勇气下到冰面上，一边试探着，一边向远处走。

等大家都上到了冰面上，最前面的那个孩子可能是想搞一个恶作剧吓唬一下同伴，也可能是到了深水区透过薄薄的冰面看到了水里的苲草，认为危险就在前面，突然调头向岸边奔跑，一边跑，一边喊：“快跑吧！前面不结实！”

他这一跑不要紧，本来平平的冰面一起一伏涌动起冰的波浪，把大家吓得都赶快回身向岸上狂奔，嘴里不由自主发出喊叫："我的妈呀！"

等大家都跑到岸上，还心有余悸："哎呀，可吓死我了！"

回头看刚才的冰面并没有什么变化，还是平静如初，又都笑起来，也没事啊！还埋怨刚才那个英雄："你瞎跑什么呀？胆子真小！"

"我胆子小？我要是不下去，你们谁敢第一个下去？你胆子大，你别上来呀！"

"那好，我这次第一个下去！"

一轮新的试探和冒险又开始了，这次孩子们的胆子就更大了。这时候，孩子们在冰上走走停停、试探试探、打打出溜，也是在为他们真正的冰上游戏勘察勘察场地。一旦他们认为冰面没有任何危险了，真正的冰上游戏就开始了。

孩子们玩得最多的冰上游戏是抽皮拉猴子、滑冰。

抽皮拉猴子有的地方叫抽尜尜，工具有两个，一是皮拉猴子，一是鞭子。皮拉猴子主体是木质的，上部呈圆柱形，下部是侧面微鼓的类圆锥形，圆锥顶部镶嵌着一个小钢珠。讲究的皮拉猴子还要染上红、黄、绿、蓝等不同的鲜艳的颜色。鞭子一般是在一根小木棍儿上绑一根麻绳，麻绳要有一定的重量，以便抽打时能用上劲儿。麻绳和小木棍儿连接的一端较粗，越往鞭梢走越细，讲究的在鞭梢部分还有一小段儿皮条儿。皮拉猴子有的是买的，我们村经常来白沟"换泥娃娃的"，其实就是卖百货的货郎。为什么叫"换泥娃娃"的呢？是因为那个年代人们花钱艰难，经常采用以物换物的方式交易，白沟出泥塑，我们那一带俗称"泥娃娃"，孩子们经常用一些废品等和货郎换泥娃娃玩，所以就管这些白沟货郎叫"换泥娃娃的"，这里运用了借代的修辞手法吧。到了冬季，"换泥娃娃的"会不失时机地带来很多皮拉猴子换卖给孩子们，这样的皮拉猴子色彩艳丽，做工精细，应该是用机器削制的，抽起来平衡性能好。也有拿木头自己削做的，但是很多时候皮拉猴子上镶嵌的钢珠也是找"换泥娃娃的"换买的，自然自己做的要笨拙一些，一般是木头原色，因为对称性不好，所以抽起来平衡性也差，不过对于那时的孩子来说也聊胜于无吧。

抽前先要启动皮拉猴子，有不同的启动方法。一种是先把皮拉猴子垂直放在冰上，只有尖部钢珠接触冰面，俯下身子用双手固定住皮拉猴子侧面，沿顺时针方向迅速搓转，再快速起身用右手持鞭抽打皮拉猴子，为其旋转加速。另一种方法是站着搓转皮拉猴子，使其快速旋转着自然落到冰面上，再迅速抽打。还有一种要求技术更高的方法，先用鞭子梢部到中部的一段鞭子绳在皮拉猴子外侧面缠绕几圈，再把皮拉猴子垂直着钢珠接触冰面放在冰上，然后迅速拉动鞭子绳，把皮拉猴子启动起来再抽打。孩子们会彼此比赛，主要是从看谁的皮拉猴子转得快、转得时间长，看谁的皮拉猴子能定在原地旋转或在最小的范围里旋转，有时也一边抽着一边赛跑，看谁跑得快、跑得远还能让皮拉猴子旋转不倒，还要注意躲开冰窟窿。有时还比赛谁的鞭子抽得响。现在回忆起来，那种热闹的场面还会浮现在眼前，那啪啪的鞭子声似乎还回响在耳边。

滑冰是更有意思的游戏。滑冰主要有两种方法，用到两种器具，一种是拖床，一种是简易冰鞋（我们村叫“滑冰床儿”）。

拖床有大小之分，大拖床本来是白洋淀冬季生产生活的交通工具，孩子们也可以作为玩具来玩，一般是大男孩们玩。小拖床一般是专门制作出来供孩子玩冰的器械，大小孩子都适合玩。大拖床放在冰面上，整体就像一个平放的梯子，两条2米多长、20厘米左右高、几厘米厚的平行木条，间隔四五十厘米，中间安装五六根横木，纵向沿着木条下分别安装10厘米左右高的铁制滑冰条，拖床上可以放木板或苇箔等，供人乘坐或放货物。玩大拖床可以拉着玩，可以推着玩，最好是用挽子撑着玩。挽子是专门用来撑大拖床的工具，一根2米左右的木杆子，小头儿安装着尖尖的铁头儿，撑拖床时用来扎刺冰面，铁头一侧还伸出一个小耳湾模样的小钩子，用来拉拽拖床，木杆子大头安装着一个把手，这个把手是一小截儿一握粗细、五六厘米长的圆柱状木头，把手与木杆子垂直安装在一起，便于撑拖床时用力。孩子们在冰上用挽子撑大拖床玩，客观上也练习了技术，为长大后参加冰上劳动奠定了基础。玩大拖床最刺激的是过“罿河”。“罿河”是淀水结冰时因为体积膨胀挤压形成的隆起在冰面上的长长的一条冰带，一般都要数公里长。“罿河”属于冰面的断层带，一般冰层薄不结实，有时就不结冰，这样的“罿河”叫“活罿河”。还有一种是死罿河，是隆起时不剧烈或由活罿河再次冻结后冰层变厚可以通行的罿河。“活罿河”成为人们冰上行路的天堑、拦路虎，过“活罿河”有很大的危险，很多孩子徒步是不能过去的，必须借助拖床。撑拖床在到达罿河之前快速猛力撑几下，让拖床行进速度达到最快，在接近罿河之前，为了避免剧烈的颠簸把人颠下拖床，坐拖床的人要牢牢抓住拖床，撑拖床的人要迅速把身体趴伏在拖床上，靠拖床的惯性闯过罿河。闯过罿河后，孩子们会发出阵阵欢呼声，庆祝自己的成功，为自己或同伴的勇敢呐喊。小一点儿的孩子会向他们投去羡慕的目光。

白洋淀的大拖床 （摄影：王春光）

白洋淀现在的小冰床 （摄影：王春光）

小拖床就是小型化的拖床，上面铺上小木板，仅供一个人盘腿坐在上面，两手分别拿一个小小的挽子，左右用力撑着玩，也可以一个人拉着一个人在冰上滑着玩。

我小时候最喜欢的还是玩自制简易小冰鞋。这种简易冰鞋由孩子自己手工制作，这种制作过程本身就很有意思，制作的时候就满怀着热情和期待。我小时候制作简易冰鞋的过程是这样的：先找一块木板，用小锯锯成比自己的鞋大一些的长方形木板，再把夹煤球用的火筷子在炉火里烧红，在长木板两头中间位置用烧红的火筷子分别钻一个小眼儿，接着找来一根粗铁丝，用钳子把铁丝剪成合适的长度，然后将这根粗铁丝穿过木板的小眼儿，纵向安装固定在木板的下方中间位置，这根铁丝就成了滑冰的冰刀。有讲究的孩子不用粗铁丝代替冰刀，而是花钱专门到铁匠铺打制一个铁的冰刀。到这一步，这个简易冰鞋就可以踩在脚下在冰上滑了。但是，为了让它更像一个冰鞋那样穿在脚上，木板上面放脚趾和脚跟的两个部位各安装一条软带子，软带子选用废弃的帆布腰带，剪成合适的长度，用小钉子钉在木板两侧，为的是把穿着棉鞋的脚让这两个软带子套在木板上，再用结实的绳子把软带子和小腿捆绑在一起，滑行起来冰鞋就穿在脚上了。我们那时候都是做一只脚的冰鞋，一只脚穿着冰鞋滑，另一只脚不时蹬踩冰面提供动力。也可以再制作一个小挽子撑着滑，这个小挽子是用一根拇指粗细的竹竿，在竹竿粗的一端安装一个大铁钉子就可以了。撑小挽子时，不穿冰鞋的那只脚要适量抬起离开冰面，把小挽子从两腿中间穿过撑冰前行。小伙伴们穿上冰鞋在冰面上追逐比赛，看谁滑得快，看谁滑得稳，看谁能急转弯，高兴极了。

我至今还记得有一年冬天玩滑冰的一件事。几个小伙伴滑着冰到村东的东埝玩，那里是张庄子的汕窝地，还长着苇子，人家为的是出春汕捕鱼。我们到了那里一看冰下有大鱼，就脱了冰鞋，想破冰逮鱼。冰还没砸开，鱼更没逮到，不一会儿，人家看汕窝的大人来了，吓得我们拔腿就跑，等跑到村边才发现脱下的冰鞋没有拿上，远远地看见那个看汕窝的人手里拎着几只冰鞋走了。那可是我做了好几天才做好的冰鞋啊，还没滑上几天就让他给没收了，他家孩子几年都不用做冰鞋了，可我们几个小伙伴只能再自己做了。

后来，我到县城上学，我做的简易冰鞋立下了汗马功劳。春、夏、秋三个季节，我只能搭船回家，交通不方便，没有搭上船就回不了家。冬天就不一样了，等白洋淀的冰冻结实了，我就可以每周末滑着冰回家。每次返回学校，把简易冰鞋小心地存放在宿舍大通铺的床板下面，旱区的同学看着很新鲜，总是央告我拿出来给他们摆弄，有人还要试穿，在院子里泼水形成的小小冰面上滑滑。我也不是小气不愿给同学们玩儿，我做这只冰鞋不容易呀！最主要的是它是我的交通工具，弄坏了，我怎么回家呀！旱区的同学们也提出了跟我交换的条件，他们用我的冰鞋玩滑冰，我用他们的自行车学骑自行车。这个条件很有诱惑力！因为我们水区没有自行车，从小没学过骑自行车。我就是从这个交换条件开始学习，一直到了初三才学会了骑自行车。

读高中复习班时，安新东关码头有人开发了冰场，不允许自带任何滑具，只能出租正规的冰鞋给滑冰的人们玩。那年冬天，我迷上了在冰场穿正规冰鞋滑冰，不上课的时间就去，甚至逃课也要去冰场滑冰。因为我有较好的滑冰基础，所以穿上正规冰鞋适应得很快，学得也很快，一度成为初学滑冰的同学们羡慕的人物。东关码头是白洋淀水区人们赶集上岸的地方，一次我在上课时间滑冰，被我们村赶集的人看到了，回家就向我父亲告了状。

我回家后，父亲狠狠斥责我："我花着钱供给你，是让你好好学习，考大学，谁让你去滑冰玩了？"

从那次以后，我就再也不去滑冰了，发奋读书，考上了大学。参加工作几年后的一个冬季，我们几家朋友带着孩子们去保定竞秀公园玩，湖面上有出租冰鞋滑冰的冰场，我又来了劲儿，又一次滑了冰，还行，就像游泳一样，学会了就忘不了。现在20多年又过去了，我也年过半百，不知道还能不能有滑冰的机会，即使有机会，也不知道还滑得好不好，或许穿上冰鞋在冰上站都站不住了吧！最主要的是不能把我的这老胳膊老腿儿摔坏了。

看电视上的北京冬奥会比赛，于是想到要想在冰雪项目上取得更大的成绩，必须从孩子抓起，必须广泛开展群众性冰雪项目，扩大冰雪项目的群众基础。雄安新区成立了，白洋淀是雄安新区的一张靓丽的名片，应高度重视白洋淀地区的冰雪项目传统，挖掘和弘扬白洋淀地区的冰雪文化，可以大力开展群众性的传统冰雪项目或趣味冰雪项目，把冰雪项目打造成白洋淀冬季旅游娱乐项目，改变白洋淀冬季旅游淡季的现状，助力雄安新区的文化旅游事业。

不过有一些实际问题首先要想办法解决好。现在每到冬季白洋淀都要补水，主要是考虑尽量减少其他季节补水过程中的蒸发、渗漏和沿途截流。可是冬季补水会形成水流，水流在冰下冲刷，使冰层变薄，不结实，在冰上会有危险。再加上白洋淀冬季不像东北和河北坝上地区一样气温那样低，每年冬季结冰时和春季化冰时都有相当长时间的"孱河"期，所以真正能开展冰上运动项目和趣味项目的时间相对较短。我们相信，以现代人的智慧加上现代科技手段，这些问题是有办法解决的。

我们期待着！

冰冻白洋淀——冰之险

王春光　张莉萍

任何事物都具有两面性。冰冻的白洋淀给孩子们带来了快乐，给人们带来了便利，同时也不能忽视其中隐藏着的风险。前面文章里对白洋淀“孱河”期的危险已经详细记述，在《冰之趣》中我们也提到过罾河有不小的危险性，这里我们不再赘述。可是孱河、罾河还都是明面上可见的危险，最可怕的是没有想到的潜伏的危险，特别是对于不识凌水的外地人。

一个危险来自“疤眼”。疤眼，顾名思义，就是冰面上融化了一个小眼儿，走到它附近会从中冒上水来，就像冰面上长出了一个小疤瘌。一般会出现在气温升高冰开始融化的时候，冰面向阳的地方，如果是在东西向的水道里，疤眼会出现在水道北侧，这是水道的阳坡。这是由于冰面下或冰面里有水草、土块等异物，由于颜色深或对阳光的反射不强，造成局部温度高于整体冰面而先期融化形成的。出现一两个较为孤立的疤眼，危险度尚且不是很大，避开就可以了。如果出现多个集群的疤眼，就很危险了，要立即离开这片区域。白洋淀人在东西向的水道行走时一般尽量选择河道南侧，因为这是水道的阴坡，旁边有高出冰面的苇子地遮挡着冬日斜射的阳光。假如是南北向的水道，一般要走西侧，西侧相对东侧接受阳光热量较少，毕竟西照的太阳光线比东照的太阳光线温度要高。

另一个危险来自“白子”。这是自然形成的无冰区域，周围一定范围内的冰面也不结实。一般出现在气温整体升高的融冰期，也出现在冰面下有流水冲刷的区域（有时白洋淀冰期补水会形成冰下暗流）。很多时候，当人或拖床行进到周围发现“白子”时，已经来不及避险了，脚下的冰面会突然破裂，人掉入水中。

还有一个危险来自“亮子”。这是人工开凿的冰面，主要是为了防火、防盗、捕鱼、拉冰。特别是晚上在冰面上行走要格外注意。

老人们说，冬季刚刚冻结时的冰是横茬的，有韧性；立春后融冰期的冰是竖茬的，承重力小，有危险。还有“冬天走黑不走白，立春走白不走黑”的说法，就是说冬天的冰颜色发白的地方不结实，立春后的冰颜色发黑的地方不结实。

冰上不慎落水后，一定要了解正确的逃生和施救方法。落入亮子可以双手拄着冰上来，因为四周是结实的冰面。白子就不行了，天然的薄冰区不能用手拄，双手一拄冰就会塌下去，要尽量扑腾双脚让身体浮起来再往上爬。

施救要讲究方法，救人要用绳子、长杆子，找不滑的地方站稳，要尽量人多，以免救人不成施救者再落水。落水后要一边自救，一边呼救，不要等自己筋疲力尽后再呼救，那样就耽误了宝贵的救援时间。不要以为自己会游泳就掉以轻心。夏季落水和冬季落水有一个截然不同的地方就是水温和气温。有时冰上落水的人水性很好，怎么还会失去生命呢？他们基本不是淹死的，而是冻死的，就像火灾中遇难的人往往不是烧死而是被烟毒死的一样。

小时候，父兄会告诉我们，落水后要及时脱掉衣服，不然衣服浸水后会很沉，想爬上冰面很费劲。我也不知道有没有人运用过这种方法，即使这种方式管用，现在也不适合了。过去冬天一般只穿棉裤和棉袄，而且肥大宽松，容易在水里脱下，现在穿的衣服往往层数多，还包裹在身上，在水中非常不容易脱下来。

现在白洋淀地区有专业的蓝天救援队。我曾因一起事故感受了他们的专业素质和志愿精神。他们有专业的救援设备，经常开展训练，并且不收取任何费用。在此，我们向蓝天救援队的志愿者们致敬！

冰面上行走还有一个不容忽视的风险，就是冰面光滑容易摔倒，特别是老年人。

但愿冰给我们带来的永远都是快乐和收获。

冰冻白洋淀——冰之用

王春光　张莉萍

常言道："靠水吃水。"白洋淀人向水而居，水里求财。白洋淀里的水即便冻成冰，人们也照样可以"靠冰吃冰"。

数九寒天，正是白洋淀人凿冰藏冰的时候。凿冰藏冰之事古已有之，《诗经·豳风·七月》中就有"二之日凿冰冲冲，三之日纳于凌阴"的诗句。

这项劳动首先是挖冰窖。选择一处高园子，挖一个大深坑，这就是冰窖的主体。在深坑临水一侧挖出一条坡道贯通冰窖与水面。为了避免挖掘费力，一般在土地没有上冻之前就要开挖冰窖。这样做还有一个好处，冰窖的四个立面和底面的泥土随着气温的逐渐降低而冻结，就像冰墙一样冰冷而坚硬，随着春夏气温回暖，这些冰墙在一定程度上也有利于保持冰窖较低的温度，防止冰块过早过多融化。

隆冬季节，冰冻尺许，凿冰藏冰的工作正式开始。尽量选择离村庄较远又较为开阔的冰面作为凿冰场，因为这里水净冰洁。用冰镩把冰开凿成长宽各两三尺的一块块长方体，用绳索、铁钩等工具在光滑的冰面上把冰块拉拽到坡道下。先用冰块把坡道铺满（假如天气足够寒冷，也可以在坡道上泼水冻冰），这样就形成一个光滑的斜坡冰道，在冰道上把冰拉到冰窖里能省时省力。把冰块运到冰窖里后一层层码放好，表面覆盖厚厚的柴草，在柴草之上再覆盖厚厚的泥土，隔热保温的冰窖就算完工了。

到了盛夏时节，冰可是难得的消暑降温之物。孩子们最喜欢的是吃"冰丝"。制作冰丝要有特制的刨床，这种刨床呈长条板凳状，板凳中间挖空一小块儿，安上一片钢铁刨刀，卖冰丝的人骑坐在板凳的一头儿，拿着一块冰在中间的刨刀上来回擦刨，发出诱人的"嚓嚓"的声音，冰丝就顺着刨刀下

现在的储冰作业（摄影：刘全乐）

的孔洞落下。板凳下面接着一个绿绿的大荷叶，洁白晶莹的冰丝配上翠绿的荷叶，还要在冰丝上洒些用“吃色（shǎi）”（食用色素）调制的五颜六色的甜水，加上那丝丝凉意，太漂亮，太诱人了。甜味不是来自糖类，而是一种叫“糖精”的化工产品。虽然每份冰丝只卖一两分钱，但一分一分积攒起来也是一笔不小的经济收入，在过去的年代还是可以养家糊口的。

在夏天，冰除了给孩子们带来美味以外，还有更大的商业价值——把冰卖给鱼贩子。过去夏季贩卖鱼虾，没有冷藏车，没有增氧机，长途贩运无外乎几个方法，一是熏制成熟鱼，二是鲜鱼腌制，三是晒成鱼干儿，四是鲜鱼冰镇。前几种方法费时费力成本高，白洋淀的鱼贩子们就大多采用冰镇的方法。在大水管自行车后架驮上两个大木桶，从冰窖购买些冰，凿成大小适中的冰块，和新鲜鱼虾一起放到木桶里，冰块让木桶里保持适宜的低温，这样起码能在一天多的路程中还能保持鱼虾新鲜，就能卖出个好价钱。

白洋淀冰雪上的车辙 （摄影：王春光）

三伏盛夏，谁家老人去世办丧事，冰也是必不可少的。白洋淀地区的丧俗有停灵几日的讲究，过去没有电冷柜，为了避免遗体腐烂，一定要在停尸的门板（或棺材）下和四周摆放几大盆冰块，冰融化了还要不断加冰，让遗体周围持续处于局部低温状态，这样就可以保证遗体几天内不会变质腐烂。

冰的作用不仅是在夏天显现，冬季也是大有用途的。

冰冻的白洋淀给人们提供了交通便利。在冬季，淀里结了厚厚的冰层，各种船没有了用武之地，人们主要的交通工具是“拖床”（一种大冰床子）。在负载轻的时候，人们一般撑着拖床，撑起来飞快。当运送货物负载重时，一般拉着拖床，肩上拉着绳套，手里拿着挽子，走一步戳一下冰面。如果拉苇子，就可以两只手抓住苇子尖和芦花。启动时较为费劲，走起来后因为冰面摩擦力小，就省劲多了。

冰上还可以骑自行车，甚至可以开机动三轮车，有些年份寒冷冰厚，还可以开小型拖拉机呢。在无冰的季节，旱区那些做小生意的货郎只能雇船到白洋淀的水村，先把货物从车子上倒腾到船上，到了水村还要把货物从船上倒腾到车上，很麻烦。结冰后，他们就可以直接在冰面上骑自行车、推手推车到水村销售了。人们还总结出冰上骑自行车的一些小窍门，如轮胎打气不能太足，这样加大轮胎与冰面的接触面积，使车轮稳定性增加，否则容易侧滑摔倒；还有不要拐小弯儿，扭动车把不能太快，否则也会摔倒。

从很大意义上讲，人们很享受白洋淀的冰封季节，因为出行便捷多了，不用划船比划船还快，也不像行船时那样特怕大风天气了，即便有时没有交通工具，抬脚就可以走，这是其他用船季节不可相比的，出行的自由度大大提高了。特别是对孩子们而言，更是乐趣无边（参见《冰之趣》），也能自由自在地到邻村游玩了。

冰冻的白洋淀更给捕鱼的人们提供了一个绝好的作业平台。东北查干湖冬捕经媒体推广后成了一款有名的旅游产品，其实白洋淀的冬捕不仅有查干湖冬捕那样壮观豪迈的大兵团作战，还有很多别有情趣的单兵作战呢（参见《冬捕白洋淀》）。冰在人类渔业活动中发挥了重要作用，可是在全球气候变暖趋势日益严重的今天，连北极地区的冰层都快速消融，北极熊捕猎都遇到了挑战，它们的生存都受到了威胁。近些年，冬天不像过去那么寒冷了，白洋淀的冰层也不如过去厚实了，为行走、劳动在冰面上增加了更多的危险（参见《冰之险》）。

雪落白洋淀

王春光

北京冬奥会点燃了我们的冰雪激情。前面用几篇文章叙写了我的白洋淀冰上情愫，现在再说说白洋淀的雪。

小时候写作文，写下雪前的天空总会用到“彤云密布”这个成语，也忘了从哪里学来的，只是这样用，并没有搞清楚真正的含义。后来知道“彤”是红色，“彤云”就是红云。我还真用心观察过，冬天要下雪时天空云层的颜色还真是略带红头儿的。科学的解释应该是云里的冰晶折射了大量红色光线的缘故吧。这里我想强调一点，夏天的天空如果出现这样的彤云，就要小心了，可能是冰雹的前兆。

雪总能给我带来惊喜。每次冬夜下了大雪，半夜时分醒来，会发现窗户纸和玻璃都是亮亮的，好像天快明了一样。透过窗玻璃，看到院子里白亮白亮的雪铺盖一地，会情不自禁地轻呼：“下雪了！”

行文至此，我想起了在县城读书时的一件事。一次安新中学停电了，为了节省一些蜡烛，我和同桌就到学校前面的县委招待所，那里有发电机发电，我俩就在楼门外的门灯下读书。这时正值全县三级干部大会，我村的一位村干部看到我在门灯下读书的一幕，回到村里向父亲表扬我学习用功，我父亲很欣慰。

放假回家时，父亲专门跟我说了这事，还鼓励我说：“你这也是学古人啊，古时候有个人家里困难，晚上点不起灯，就在雪地里让雪的亮儿照着看书，你也一样，上学就要这么用功！”

后来，我知道了父亲讲的是“囊萤映雪”的故事。小时候体验了雪映深夜，就知道这些古人的故事并没有夸张，我们从祖先那里传承下来的成语典故大都是经过实践检验的。正如苏轼在《石钟山记》里慨叹的那样，

雪落白洋淀（一）（摄影：刘全乐）

“古之人不余欺也”。

其实每个人喜欢雪都是因为雪给我们营造的那份唯美的意境，银装素裹，妖娆万分。白雪皑皑，在寒冷的冬季，整个世界看上去却是那样的温暖。

今天，保定下了一场大雪，雄安也下了一场大雪。安新的一位老同学在群里说要到房顶扫雪，我才意识到自己已经多年不扫雪了，自打住上了楼房，在市里，在村里。

记得小时候每次下了雪，我都是抢着第一个起来，先出屋门，在雪地上踩下第一行脚印，再用脚在院子里踩出各种形状，欣赏一会儿。那时候，我特别喜欢在地上扫出一条小路，拿起笤帚，先从屋门扫到院门，再

雪落白洋淀（二）（摄影：刘全乐）

从院门经过胡同扫到水边。因为这是母亲起来后必走的路，她的第一件事是倒灶灰。看着母亲沿着我扫出的小路行走，心中会油然产生一种幸福感。

小时候，老家住的是平房，每当下了雪是一定要上房扫雪的，不然化雪时雪水就会顺着房檐往下滴。再有，房顶是水乡人家的重要劳动场所和物品堆放场地，要经常上房，如果不扫雪，雪化成水，水再结成冰，冻在房顶，上房就危险了。这种活儿都是我的父兄们干，后来我慢慢长大了，也加入到上房扫雪的行列。

雪后蹬着梯子上到房顶，嚯！视线马上开阔了起来，粉妆玉砌的世界展现在我的眼前。近处，各家房顶像覆盖着洁白的棉被，各家的柳树、杨树、榆树、槐树，原本只剩了光秃秃的枝杈，现在都被晶莹的雪花装扮成了玉树琼枝。远处，大淀里的冰面就像盖上了一个巨大轻柔的羊毛毯子，没有收割的芦苇在白雪的映衬下色彩艳丽，金黄的是芦苇秆，火红的是芦花。那洁白的、高高隆起的一堆一堆，就像蓝天上的朵朵白云飘落下来，那又是什么？哦！原来是已经收割的芦苇地，被白雪覆盖，远远望去还有一种“原驰蜡象”的境界。

各家扫雪的人们都会彼此交流对这雪的赞叹：“好大的雪呀！”

“是啊！好年头儿啊！”

白洋淀地区的房子有个特点，房顶北侧和东西两侧都有房拦，因此要用竹枝的大扫帚从房子北、东、西三面开始，先把雪扫到最南边，然后拥下去。在拥之前，先跟屋里的家人招呼一声，以免出门砸到。白洋淀地区盖房时有个讲究，前面人家的房子的后墙山不能压在宅基地的最北边界，要主动向南推一小段的距离，是要留出“滴水”的。北侧房顶上虽然有房拦，但要留出几个“水口”，下雨时往下排水。留出的这一溜儿“滴水”就是用来承接水口留下的雨水的。这样这一溜儿“滴水”的空间客观上成为后邻院子的一部分。至于为什么要留“滴水”，有个迷信的说法，“水是财，财不外流，要留在自家的宅基地上”，其实我觉得这是披上了迷信外衣的一种科学的民俗制度设计。这种设计是避免雨水常年冲刷后，地上出现的坑洞没人负责填平。假如房后的人家为了自家院子美观，就时不时地填填水坑；否则，为了避免水坑扩大影响到房子根基的稳固，“滴水”的主人就会主动填平水坑的。您看这种风俗是多么科学。如果有的人家房后是公共街道，就不用留“滴水”，而南面邻居给留了“滴水”，所以这家的院子就大出不少。虽然有“滴水”，可是“滴水”就是“滴水”，而不是“滴雪”，扫雪时是不能扫到房后的，房后是街道也要扫到房前，不然会影响行人通行。这是约定俗成的，这就是白洋淀的风俗。

把雪在自家院子里堆起来，还要用背筐或抬筐把雪运出去，倒在村外的水边。不像旱区的宽宅大院可以堆放积雪，更不像城市里家属院那样，成为孩子们堆雪人、打雪仗的欢乐之地。因为白洋淀村庄的院落很狭小，再者这狭小的院子还是白洋淀人重要的劳动场所。

白洋淀地区土地金贵，房子挨得很密，这家的东墙山靠着那家的西墙山。扫雪时，大家都要互相帮忙。有两处房的人家，扫完一处，再去扫另一处，往往隔壁已经帮助扫完了。二哥搬到定兴县居住以后，我老母亲住着他的房子，每次下雪后，我大哥从村南赶到村北来给老母亲扫雪时，往

雪落白洋淀（三）（摄影：刘全乐）

往隔壁本家的广东叔早就顺带给扫了。大哥去世后，大嫂到保定给二女儿照看孩子，老家房子扫雪的事情都是我那视力不佳的六叔帮忙做的。小时候，我家的房子和二爹家的新房子挨着，他家的这两间新房子好多年没住人，每次下雪都是我们帮着扫。我家的老房子闲下来后，房顶的雪也都是我五哥扫。不要误认为只是本家人和当家子帮助本家人和当家子，其实只要是邻居都是一样的。扫雪对于年轻人来说不叫什么事，可对老年人就是大事情，没劳力的孤寡老人更是由邻居帮助扫雪。“各家自扫门前雪，不管他人瓦上霜”这句话在白洋淀的村庄是行不通的。乡亲们的纯朴，乡亲们的善良，塑造了他们互帮互助的精神品格。

在安新上学时，一位同学的大姐夫在外地工作，大姐去探亲，我们给大姐看房子，这房子是租住的民房。一次下了雪，我们几个同学赶紧集合从学校出发，帮忙给大姐家扫雪。等我们到了大姐家，看到房顶上已经有

雪落白洋淀（四）（摄影：刘全乐）

个汉子在扫雪了。仔细一看，我还认识，是我表姐夫。原来大姐家租住的房子和我表姐夫家的老房子紧挨着，表姐夫来扫自家的老房子，看到紧邻的我同学大姐家没人，就顺便把雪扫了。这真是好事加巧事。

下大雪后，白洋淀人还有一项艰巨任务，就是冰上扫雪。拖床是白洋淀地区主要的交通运输工具。特别是运苇子、苇席、苇箔及煤炭、白菜等沉重的物资，没有拖床是不行的。拖床最怕下大雪，拖床的铁条会陷入雪中，使拖床的整个木质结构直接接触雪面，极大地增加了摩擦力，就没有办法前进了。再者，下雪后白洋淀的冰面更是危机四伏，因为看不出哪里冰厚、哪里冰薄。要赶在冰和雪没有凝筑在一起之前，及时清扫出一条冰道来，供人们撑拉拖床前行，也避免人们误入薄冰区发生危险。在《冰之险》一文中，我们介绍过冰上走路的原则，冰上扫雪道的原则也是一样的，此处不再赘述。我又想到了白洋淀干淀时的道路布局，跟冰上雪上道路的布局正好相反。东西向的水道在干淀时的道路是在北侧的，我想就是因为那里是阳面，泥土干得早，最初的行路者会在干地上走，后来者也会沿着先行者的足迹行进，久而久之就踩出了道路。正是那句话说的，“其实地上本没有路，走的人多了也便成了路”。

如果说雨给予人们滋润和清爽，雪带给我们的就是纯净和温暖。雪和雨，二者是同质的姊妹，都给予了我们美好的感受。鲁迅先生说，雪“是雨的精魂”，这话说得多好啊！

后记

日月如梭，往事如昨。

从 1989 年考入保定师专算起，我离开家乡已经三十几年。保定距离安新虽然空间上不是很远，也时常回去，可是不知怎的，我慢慢感觉，对于家乡，自己似乎已经成了一位匆匆的过客，成了一个在岸边盼望回家的“等船的孩子”。

回忆总是美好的，即便当年有时并不能觉出美好。在写作本书时，在我的深深回忆中，感觉自己又一次全身心地融入了我的家乡。为了写作本书，我还利用暑假到雄安采风，然后利用寒假潜心创作，确定主题，剪裁故事，讨论立意，润色词句。当时真有着魔之态，奋笔疾书，落笔千言，废寝忘食，“朝思暮想”，往事如潮水涌来，浮现在脑海，激荡在心中。期间还通过电话联系亲人和发小儿，他们帮助我解答了不少疑问。我以平均每天四五千字的进度，不到一个月就写出了十几万字，其中不免拉拉杂杂，却是真情的自然流露。

本书出版之际，心中唯有感谢。

感谢保定学院的校领导，他们带领大家对接雄安新区文化建设，立项出版《水润雄安》系列丛书，还让我参与其中，能够为家乡做点事情。感谢河北大学出版社，为了本书的出版，他们付出了很大的努力。可以说，没有他们，就不会有本书的出版。感谢刘全乐、朱金长、陈晓光、张建红、赵云耕、王占良几位先生，他们友情提供的图片为我们展现了生动的场景，铭刻下温暖的怀念，为本书增添了诗意的色彩。

感谢我逝去的时光，是你让我拥有了宝贵的人生阅历；感谢我的亲友们，是你们陪伴护佑我一路成长；感谢我的家乡，是你哺育我，又塑造了我的精神世界；感谢我们伟大的新时代，正是在这个伟大的新时代里，我的家乡正在成为一座妙不可言、心向往之的未来之城。